ECUS

ECUS

艾默思・奧茲
AMOS OZ

我的米海爾

MY MICHAEL

鍾志清──譯

國內外名家、媒體推薦

「只有奧茲能把一個愛情故事寫到如此豐厚動人，耶路撒冷這座城市因它而栩栩如生。」

——郝譽翔（國北教大語創系教授）

「這是一部會催眠人的小說。艾默思．奧茲用獨特充滿情感的方式，描寫熱愛彼此卻又在婚姻生活中迷路的靈魂，讓你不自覺跟著角色猜忌、絕望，卻又同時鼓起勇氣，在低迷的婚姻關係與高度夢想追求之間游移，尋找一扇有光的出口。《我的米海爾》字裡行間抒情又晦澀的生活歷程，彷彿一把解剖刀劃開所處的世界。每一個畫面、每一個情節、每一個轉折、每一個停頓，就連耶路撒冷的石牆、周遭瀰漫的氣息、溫度都散發令人著迷之處。」

——彭心楺（作家）

「在被迫陽剛的以色列民族政治氛圍中，奧茲以陰柔詩意作為一種突圍策略，狀似虛無卻又溫柔，彷彿厭世卻又對親朋鄰里處處心軟。正如國族身世始終曖昧，小說家深入自己的隱蔽心靈，寫出耶路撒冷這座古城的時光密語。」

——葉佳怡（作家）

「這雖然是奧茲的年少之作，卻完全不受其本身經歷影響，竟能成功揣摩出一個三十幾歲女性在面對婚姻生活的失序與癲狂……它能在文學史上留名，有其難能可貴的價值。」

——安東妮雅．拜亞特（英國作家）

「《我的米海爾》是一部意境深遠的優美傑作。它所描寫的愛情故事，彷彿一首抒情曲，讀後令人難以忘懷。」

——亞瑟．米勒（美國劇作家）

「如此濃厚的情感、純粹的嚴肅，在奧茲的精筆雕刻下，其中所湧現的生命力，讓我想到了偉大的俄國文學家。」

——梅爾文．布瑞格（英國作家）

「柔緩、細膩、充滿自信且精琢的文字，加上純熟的技法、豐富的音韻及質感……無可比擬的溫暖，令人眩惑的女性角色，這部作品堪稱現代以色列版的《包法利夫人》。」

——《紐約時報》

「《我的米海爾》是世界文學的經典。它的女性形象及心理圖景尤其特別，那是是一幅混雜著和平與戰爭、詩意與激情的動人景象。」

——法國《費加洛報》

「文字相當精緻，每個細節與詞語充滿了意象與哲思，一讀便久久占據心頭，很難忘懷。」

——英國《泰晤士報》

作者序——四十年後

《我的米海爾》是一部完全以第一人稱女性觀點寫成的小說。寫作的時候我差不多二十六歲，而我十分肯定那時的我非常瞭解女人。今時今日我已經沒有膽量再用單一女性的聲音為整部小說發聲。

小說出版之後，我收到許多女性讀者來函，信中她們詫異地問我，「你是怎麼知道的？」我也收到同樣是女性讀者來函，但在信中她們卻責備我根本搞不清楚狀況。我永遠不知道誰說的才對。

事實是我幾乎在一種監禁幽閉的狀況下寫出《我的米海爾》——漢娜（Hannah）這個角色重重包圍將我吞沒，我開始用她習慣的說話方式說話，夜裡做著本是屬於她的夢。但我並非以哪個人為底本仿製了漢娜。完全不是這樣。她就是來自那個屬於自己的無何有之鄉，在我體內駐足，而且不肯鬆手放我走。一開始我抵抗她的來臨，好幾個月連一句話都寫不出來——一位來自耶路撒冷長我十歲的年輕女士，我怎麼可能寫出關於她的愛情、她的婚姻、她的夢想幻滅？但漢娜就是不肯鬆手放我走。她走進我的生活，帶著她的米海爾、她的雙親和他的雙親、她的兒子和她的鄰居、整座街坊、她的整個耶路撒冷一起來，還有她夢中的阿拉伯雙胞胎，現在那也變成我的夢。為了重新回到我自己的生活，我不得不開始寫這本書。於是接下來我的生活變成像個胡爾達（Hulda）的基布茲公社成員（kibbutznik），把時間切分給教書和整理莊稼，這樣的生活遠離漢娜・戈嫩（Hannah Gonen），遠離她日漸衰微的愛情，遠離她陰鬱沉悶的耶路撒冷。

那時候我並不覺得自己會寫完這本書。我以為我可能只會寫幾頁漢娜的故事，或許是個短篇小說，然後就跟她分道揚鑣逃得遠遠的。我對她沒有太多好感，也不熱中她在婚姻上的哀痛，她那神祕的幻想生活我也不特別感興趣。

這本書是在一九六五年動筆，在我第一本小說《何去何從》（*Elsewhere, Perhaps*）之前。一開始我只有星期四才寫（那一年基布茲公社指派我一週可以有一天進行我的文學實驗）。但很快地漢娜就強迫我得每天都寫她的故事。那時內人妮莉（Nily）和我及兩個女兒住的地方就在基布茲公社旁邊，公車站對面，屋裡有一個小房間，另一個房間則只有一半那麼大。我可以下午回家，沖個澡，整個晚上都陪在家人身邊。女兒和妮莉就寢之後，我就坐下來寫兩三個小時直到深夜。由於我沒有專屬的書房，也由於我要是沒在指間夾根點燃的香菸就寫不出隻字片語，又由於在瀰漫著菸味又開著燈的房間裡妮莉根本睡不著，我只好把自己關在狹窄的浴室裡寫作。那浴室差不多就跟飛機上的盥洗間一樣大而已。我把馬桶蓋放下來當作椅子，再把我結婚時人家送的梵谷畫冊墊在膝蓋上。我打開筆記本，平放在那本畫冊上，點支菸，把漢娜要我寫的東西都寫下來，直到午夜或凌晨一點，我帶著疲倦與悲傷闔上眼睛。

每當我聽說有些作家穿梭風情獨特的勝地與令人屏息的美景間，以旅行尋求靈感，都會讓我回想起《我的米海爾》大部分是在廁所裡寫就的（這或許也反映在小說裡了，大部分的故事發生在耶路撒冷的一間公寓，無地立錐，狹窄而陰暗，還有低垂的天花板）。

前面我說我把漢娜要我寫的東西都寫下來，但這麼說並不精準。事實是我盡我所能對抗她。不只一次，甚至該說不只兩次，我聽見自己對她說：「那不相稱啊！妳的本性不是那樣的。我不要那樣寫。」接下來她喝斥我：「用不著你來告訴我怎樣才是我的本性而怎樣不是。閉上你的嘴寫就是了。」我可能會堅持下去：「我不會為妳寫那些的。我很抱歉。妳去找別人吧！去找個女人！我沒辦法寫那樣的東西。我不是女人，而且更不是女作家。」她還是如頑石般固執：「我告訴你什麼你就寫什麼，你休想干預我。」「但我又不是妳的祕書。妳只是我小說裡的一個角色而已，可不是反過來那樣。」她跟我，會為了這樣的事在夜裡辯個你死我活。有時候我會照她的意思，但有時候我一步也不會退讓。相較於我已經做的，如果我對漢娜再多些讓步或者再少些讓步，會不會讓這本小說變得比較好或者比較糟呢？事到如今我還是不知道。

一九六七年四月，也就是六日戰爭爆發前一個月，我寫完了這本書，那時的我才終於得以由漢娜的奴役中解放。我坐下來讀這部小說，沉重的疑惑在心頭揮之不去：我創作了一部小說，裡面沒有人被殺也沒有人遭到背叛，這是一部可以預期結果的編年史，日漸乏味的婚姻，歇斯底里的老婆，淒涼孤寂的老公，呆頭呆腦的兒子，卑鄙齷齪的鄰居，還有分崩離析的耶路撒冷，看起來如此荒涼陰鬱，而且不祥。此外，六個星期後哭牆下響起猶太羊角號（*shofar*），全城瀰漫著〈金鑄的耶路撒冷〉（Jerusalem the Gold）樂聲，這跟漢娜和米海爾的那個耶路撒冷全然相反。如果我不是在戰爭爆發前的一個月就寫完這本小說的話，那麼我想必永遠都不可能寫完了。

我嘗如此自忖：這樣的書只會迎合一小簇敏感讀者的喜好，他們願意以這樣一部其實沒有情節的小說為滿足，小說裡的主角沒有主角的樣子，故事發生的地點，那個分崩離析的耶路撒冷，也早已不復存在。

懷著沉重的心情，我把手稿送去給一位「勞動國度」（Am Oved）出版社的編輯。看完之後他告訴我，很遺憾地，這本書沒有暢銷的潛力，也不會吸引公司旗下頗受歡迎的「人民圖書館」（People's Library）書系的讀者。事實上，他告訴我，這本小說讓他有種詩集的感覺——字裡行間充滿感性，但總體來說完全不適合一般大眾。他還提供一些意見讓我改善這本書：舉例來說，他提議漢娜至少該背著米海爾出軌一次，或者另一種可能是，原來米海爾是科學天才而最後獲得國際間的聲譽。又或者他們可以一起離開耶路撒冷，在其他地方開始他們人生的新篇章，或許在一個基布茲公社如何？可能把書名改掉才是最好的方法，從《我的米海爾》改成《漢娜日記》如何？還有為什麼要取這麼老派的名字？或許我該叫她諾娃

（Noa）還是茹西（Ruthie）？但這位編輯說，就算我拒絕像他說的那樣在書裡做些修改，「勞動國度」還是願意放下身段，按照小說原有的樣貌出版。他只不過是想提供我一些思想的食糧，以及建議我如何在這本單調無趣的小說中加入一些生氣。

對我來說，那句「字裡行間充滿感性」就讓我夠得意了，而且我也同意他那番關於一般大眾的言論。出版社原先只打算少量印行就好，但因為在書名更訂上的些微齟齬，《我的米海爾》終於被收錄在「人民圖書館」書系出版，已經是一九六八年四月的事，差不多是我交付手稿後的一年。出版社怎麼也沒想到，當然也出乎我意料之外，我那幾位看過手稿的知己更是想都沒想過，《我的米海爾》幾乎一上市就立刻成為暢銷書，廣受女性讀者與男性讀者的喜愛。單單是在以色列就賣出十三萬本，另外還有幾十萬本的銷量是在世界各國賣出，其中涵蓋七十二種版本，譯成二十八國語言。也許真的是這樣：有些書之所以獲致舉世普遍的喜愛，恰恰因為其本質是如此具有地方特性，而其中廣袤之所以能包羅生命百態，又恰恰因為其本質是如此簡單純粹。也許是這樣。

有時憶及當年，我會想起漢娜．戈嫩和她先生米海爾，他們蝸居在那間陰鬱的小公寓裡，想起他們枯燥到令人生厭的平淡生活，想起在胡爾達基布茲公社的那間小廁所裡，漢娜的聲音在我耳邊響起，細數婚姻的牢籠給她帶來的苦難，細數她那些不曾止息的渴望，渴望遙遠的他方，渴望熙攘的城市，渴望遼闊的生命全景。我看見漢娜佇立窗前，總是將視線放在她無法企及的那片蒼茫廣闊。於是在心裡，我對她說：漢娜，現在妳已經身處四方了，在日本、韓國和中國，在保加利亞、芬蘭和巴西——現在的妳，過得比以前開心些了嗎？但願妳一路平安。我這樣對她說。然後我回過神來，專注於此刻的書寫，這距離漢娜如此遙遠，但卻又不是，那麼遙遠。

艾默思．奧茲，二〇〇八年

編按：節自 Vintage Books 於二〇一一年出版之英文版。

◎本文譯者：林熙強

輔仁大學比較文學博士，現任中央研究院中國文哲研究所計畫博士後、國立臺北大學中國文學系兼任助理教授。曾擔任四卷《晚明天主教翻譯文學箋注》主編之一，著有《修辭．符號．宗教格言——耶穌會士高一志〈譬學〉研究》。譯有英語小說《吠》（*Bark*）。

我的米海爾

1

我之所以寫下這些，是因為我愛的人已經死了。我之所以寫下這些，是因為我在年輕時渾身充滿著愛的力量，而今那愛的力量正在死去。可是我不想死。

我是個三十歲的已婚女子。丈夫米海爾・戈嫩博士是位地質學家，性情溫厚。我愛他。十年前，我們在塔拉桑塔學院相識。那時我是希伯來大學一年級的學生，當時的塔拉桑塔學院依舊設有講座。

我們是這樣認識的：

那是一個冬天，早晨九點鐘，我從樓梯上滑了下來。有個素不相識的年輕人一把抓住我的手臂。他的手既有力量又不失分寸。我看見他手指短粗，指甲扁平，蒼白手指的關節處有黑色的絨毛。他急忙止住了我的下滑。我靠著他的手臂，直到疼痛退去，卻也因為突然在陌生人面前滑倒，面對著敏銳、詢問的目光與不可捉摸的微笑，讓我感到一陣慌亂。年輕陌生人的手寬厚而溫暖，我覺得很不好意思。他抓住我的時候，透過母親為我編織的藍色羊毛洋裝袖子，我能感覺到他手指的溫暖。此時正是耶路撒冷的冬天。

他問我受傷了沒有。

我說可能是腳踝扭到了。

他說他覺得「腳踝」這個詞很好聽。他笑了笑。那微笑本身十分尷尬，同時也讓人尷尬。我臉紅了。他邀我去一樓喝咖啡，我沒有拒絕，只覺得腳很痛。塔拉桑塔本是座基督教修道院，一九四八年獨立戰爭結束後，斯克浦斯山上的建築一度遭到封鎖，塔拉桑塔便被借給了希伯來大學。這幢建築陰森森的，走廊寬敞高大。跟在剛才還緊緊將我抓住的這個年輕人身後，我感到心神不定。我很樂意回應他的聲音，卻無法正視他，無法審視他的面孔。這時我意識到——但不是看到——他的臉瘦長而且黝黑。

他說：「我們坐這裡吧。」

我們坐在那裡，誰也沒有看對方。他也沒問我要什麼，便點了兩杯咖啡。這個世界上所有的男人當中，我最愛的是我去世的父親。然而當這位新同伴轉過頭去，當我看到他剪著平頭，鬍子刮得參差不齊，尤其是下巴底下還露出黑色的鬍碴的模樣，不知道為什麼，這一細節在我眼中竟然顯得至關重要，實際上也是讓我對他產生好感的重要原因。我喜歡他的微笑，喜歡他的手指，那手指正在擺弄著茶匙，就好像它們自己有獨立的生命，不依附任何東西，小茶匙似乎也高興地聽任它們擺佈。此時，我的手指有一種隱隱的衝動，想去碰他的下巴，觸摸一下那刮得不太像樣、鑽出鬍碴的地方。

他的名字叫米海爾．戈嫩。

他是地質系三年級學生，土生土長的霍隆人。「你們耶路撒冷太冷了。」

「我們耶路撒冷？你怎麼知道我是耶路撒冷人？」

他說要是錯了就向我道歉，但他認為自己沒錯。現在他已學會一眼就能認出耶路撒冷人。說著，他第一次正視我的雙眼。他的眼睛是灰色的，目光裡露出笑意，但絕對不是快樂。我說他猜得沒錯，我正是耶路撒冷人。

「猜的？才不是。」

他假裝被惹惱，嘴角露出微笑：不，不是猜的。他能看出我是耶路撒冷人。「看出來？」這是他地質學課程的部分內容嗎？不，當然不是。其實，這是他從貓那兒學來的。從貓那兒？是啊，他喜歡看貓。貓從來不願意跟不喜歡自己的人交朋友。貓也從來不會看錯人。

「看樣子你是個樂天派。」我高興地說著便笑了。這笑把我給出賣了。

隨後，米海爾請我跟他到塔拉桑塔學院的三樓，那裡正要放映有關死海和阿拉瓦谷地的教學影片。

上樓時，我們經過了剛才我滑倒的那個地方。米海爾又一次抓住我的袖子，就好像在那層樓梯上有再次摔倒的危險。隔著藍毛衣，我能感覺到他的每根手指。他乾咳了兩聲。我瞥了他一眼。他覺察到我的目光，臉一下子紅了，甚至紅到耳根。雨擊打著窗櫺。

米海爾說：「好大的雨啊。」

「是啊，好大的雨。」我熱情地應和道，就好像突然間意識到我們之間有緣。

米海爾猶豫了一下。接著，他補充道：

「今天一早我就看見有霧，像是要颳大風了。」

「在我們耶路撒冷，冬天就是冬天。」我得意地說，並有意強調「我們耶路撒冷」，想提醒他記起剛剛說過的話，繼續那個話題。可他一時間卻接不上話，他真不是個機靈的男人。他只好再一次微笑。那是耶路撒冷的一個雨天，在塔拉桑塔學院一、二樓之間的樓梯上。我沒有忘記。

我們在影片中看到，水經過蒸發最後被提煉成精鹽：潔白的晶體在灰泥巴上熠熠生輝。晶體裡的礦物質就像毛細血管，纖弱，易裂。

灰泥巴漸漸在我們眼前剝離，因為是在教學影片內，過程自然被人為地加快了速度。這是部無聲電影。為避免日光照進室內，他們將黑窗簾拉了下來。外面的光線其實也很微弱暗淡。有位老教授不時加以評論和解說，我聽不懂他的話。老教授說話緩慢，嗓音洪亮，不禁讓我想起九歲那年為我治好白喉的羅森塔博士的悅耳聲音。教授不時用教鞭在重要的畫面上指指點點，為的是不讓學生們分神。唯獨我可以盡情欣賞那些沒有教學意義的細節，諸如那些一遍遍出現在鉀鹽採掘機周圍、可憐然而頑強的沙漠植物。在昏暗的幻燈光照下，我自由自在地端詳那位年邁老教授的面容、手臂和那根教鞭，他看上去就像是我喜歡的一本舊書中的插圖。我聯想到《白鯨記》中的黑色版畫。

外面傳來陣陣沉悶的雷聲。雨猛烈地擊打在黑黝黝的窗子上，似乎要我們凝神諦聽某個緊急情報。

2

我父親約瑟經常說：強者幾乎能做他想做的一切事情，但即使最強的人，也不能挑選他想做的事情。我並不屬於那類強者。

當天晚上，米海爾和我約定在本耶胡達街的阿特拉咖啡館見面。外頭，暴風雨依然咆哮怒吼，狂打著耶路撒冷的石牆。

在當時，咖啡館還是遵行著樸實的老規矩。侍者一開始就為我們端上劣等咖啡和幾小袋的白糖。米海爾還藉此調侃了一番，只是他的話並不引人發笑，因為他不是個機靈的男人，也有可能他根本就不懂怎樣講笑話。不過，我倒是很喜歡他為此付出的努力，我也很高興是我讓他這麼煞費苦心。為了我，他努力破繭而出，學習逗樂別人，也讓別人逗樂他。我九歲時還常常期望自己能長成一個男人，而不是女人。小時候，我總是和男孩子玩耍，讀男孩子的書，也常玩摔角、踢球、爬高。我們住在卡塔蒙邊郊的克亞施穆爾村，斜坡上有一塊荒地，到處是石塊、薊花和碎鐵片。斜坡腳下有間房子，住著一對雙胞胎。這對雙胞胎是阿拉伯人拉希德．沙哈達之子，名叫哈利利與阿濟茲。當我扮演公主時，他們扮演我的護衛；當我扮演征服者時，他們是軍官；我當探險家，他們是土著腳夫；我當船長，他們是船員；我當情報頭子，他們當探員。我們一起到離家很遠的街上探險，在樹叢中穿來穿去，餓著肚子，喘著粗氣，取笑正統派猶太教徒的孩子，偷偷溜進聖西蒙修道院周圍的矮樹叢，嘴裡嚷著英國員警的名字。一會兒追，一會兒逃，一下子隱身，一下子又突然衝出來。我統治著這對雙胞胎。那是一種冷酷無情的快感，而如今這快感離我是那麼遙遠。

米海爾說：

「妳是個害羞的女孩，是不是？」

喝過咖啡後，米海爾從大衣口袋裡拿出菸斗，放在我們面前的桌上。我一身棕色燈芯絨褲子和一件紅色的厚毛衣，是當時女大學生的流行裝扮，為的是製造一種隨性的效果。米海爾不好意思地評論說，早晨的藍色洋裝讓我看上去比較有女人味，至少對他來說是這樣。

「你今天早上的穿著好像也不一樣。」我說。

米海爾此刻穿著一件灰色大衣，我們坐在阿特拉咖啡館時他一直沒脫掉，而且因為剛剛在外面凍過，臉頰顯得紅通通的。他身材瘦削，臉部稜角分明。他拿起未點燃的菸斗在桌布上來來回回勾畫著，那擺弄著菸斗的手指給我一種平靜的感覺。或許他突然後悔對我衣服所作的評論，像是為了彌補過失，他說他覺得我是個漂亮的女孩。說這話時，他眼睛盯著菸斗。我不是個特別強勢的人，但是比起這個年輕人我還是要強勢一些。

「說點你自己的事吧。」我說。

米海爾說：「我沒在帕爾馬赫①中打仗，之前在信號團，是卡羅馬利縱隊的通信士。」

接著，他說起他父親。他是個鰥夫，在霍隆市的水利部門工作。雙胞胎的父親拉希德．沙哈達，也是在英轄耶路撒冷託管區的技術部工作。他是個很有教養的阿拉伯人，在陌生人面前，舉止就像個侍者。

米海爾告訴我，他父親把收入的一大部分拿來供他讀書。他是家裡的獨子，父親對他寄予厚望，他不肯承認自己的兒子只是個平庸的年輕人。比如，他常常誠惶誠恐地讀米海爾的地質學課作業，總是使用「科學傑作」、「十分精確」等詞語加以評價。他父親的最大願望是想讓米海爾成為耶路撒冷的教授，因為他的祖父曾在格羅德諾的希伯來教育學院講授自然科學，得到極高的評價。米海爾的父親始終期望，要是這個傳承能夠一代代延續下去就好了。

「家庭不是一場接力賽，要把職業當作火炬一代代傳下去。」我說。

「但我不能對父親說這話。」米海爾說，「他是個多愁善感的人，總是小心翼翼地使用希伯來詞語，就像人們對待易碎的名貴瓷器那樣。現在也說說妳自己的家庭吧。」

我對他說我父親死於一九四三年。「他很文靜。對人講話時好像是要撫慰他們，以換取一種他本不該得到的同情。他經銷無線電和電器業務，並做簡單的維修。父親死後，媽媽到

① 一九二八年至一九四八年間，活躍在巴勒斯坦的猶太地下軍事組織「哈戈納」的先鋒部隊。

諾夫哈倫基布茲②與哥哥伊曼紐住在一起，晚上她會和我兄嫂坐在一起喝茶，同時教他們的兒子學點禮貌，因為孩子的父母那一代不太在乎禮貌。白天，她把自己關在基布茲邊陲的一間小屋子裡，讀屠格涅夫和高爾基的俄文原作，用蹩腳的希伯來文寫信給我，或是打毛衣、聽收音機。我今早穿的那件你所喜歡的毛衣，就是母親為我編織的。」

米海爾笑了。

「要是讓妳母親和我父親見個面，應該滿好的。我相信他們會找到許多話題。不像我們，漢娜——坐在這裡談論父母。妳煩了嗎？」他急切地問，問話時他畏縮了一下，好像被他自己的問話傷害了。

「沒有，」我說，「我沒煩。我喜歡這個樣子。」

米海爾問我這樣回答是否只是出於禮貌，我否認了。我求他再多講講他父親。我說我喜歡他談話時的樣子。

米海爾的父親樸素而又謙遜。他自願犧牲晚上時間，而去管理霍隆工人俱樂部。管理？就是擺放板凳，整理單據，影印通知，然後在會後撿菸蒂。要是我們的父母能夠見面或許是件好事……噢，他已經說過一遍了。他為重複此話惹我不耐煩表示歉意。我在大學裡學什麼？是考古嗎？

我告訴他，我現在住在阿赫瓦區一個正統派猶太教徒的家裡。上午我在凱里艾弗罕區的莎拉・傑爾丁幼稚園裡任教，下午去旁聽希伯來文學課。但我還只是一年級學生。

「學生和謹慎挺押韻的。」米海爾力圖顯得機智以避免話題中斷，因此要起玩弄詞藻的把戲。但用意卻不太清楚，於是他努力設法再作解釋。突然，他不再說話，用不太熟練的動作很惱火地點燃他那頑固的菸斗。看到他那副狼狽的樣子我倒滿開心的。因為當時，我依然對朋友們所崇拜的那種粗俗男人反感：那些壯得像笨熊、對你傾洩虛情假意的帕爾馬赫人；還有那粗手臂粗腿的拖曳機駕駛，他們酷似從淪陷城市擄掠女人的搶劫犯，從內蓋夫風塵僕僕地一路趕過來。我喜歡在這樣的冬夜裡看著學生米海爾・戈嫩在阿特拉咖啡館的窘相。

這時，一個名學者在兩個女人的陪伴下來到咖啡館。米海爾伏在我耳邊低聲說出學者的名字，他的嘴唇幾乎掠過了我的頭髮。我說：

「我現在能夠看透你的心思，猜中你在想些什麼。你在對自己說：『接著會發生什麼事呢？我們從這兒離開後又該上哪兒呢？』對不對？」

米海爾像個偷吃糖的孩子被人抓住似的突然紅了臉。他說：

「我以前從沒有固定的女朋友。」

「以前？」

米海爾若有所思地挪開空杯子。他看著我。溫順的目光深處潛藏著一種強壓的譏誚。

②基布茲：以色列的集體農場，以財產共有的原則組成村落，其中的勞動、收益、支出等全部均等分配。

「直到現在也還是。」

十幾分鐘後，學者與其中一個女人離開了咖啡館。她的朋友挪到角落的一張桌子旁點了一支菸，臉上的表情是苦澀的。

米海爾說：

「那女人嫉妒了。」

「嫉妒我們？」

「或許是妳吧。」他試圖掩飾自己。但因為太刻意，顯得很不自在。我要是能夠對他說，他的努力已經贏得我的好感，他的手指很吸引人，那該有多好。但我不能講，可是我又害怕沉默。我告訴米海爾，我喜歡見到耶路撒冷的名作家與名學者。這是我從父親那裡繼承下來的一個嗜好。小時候，爸爸經常在街上把他們指給我看。他很喜歡「世界知名」一詞，常常會激動地低聲說，剛剛走進花店裡的教授是位世界知名人士，不然就是在街上購物的某個人享有國際聲譽。然後我會看到一個身材矮小的老頭，小心翼翼一步一步地朝前趕路，就像來到一座陌生城市的流浪漢。我在學校讀《先知書》時，想像著先知就像父親指給我看的作家和學者。他們相貌文雅，戴著眼鏡，留著整齊的白鬍子，步態艱難，像是走在冰山的陡坡上。每每想起這些弱不禁風的老頭子怒喝人類罪孽時的樣子，我便忍俊不禁。我想，他們義憤填膺時，聲音一定是乾澀的，只能發出尖叫聲來。要是哪天作家或教授光顧了父親在雅法路所開的那間小店，那天他回家時的樣子就會像是看到了聖靈顯現。他會莊嚴地重複他們隨口講出的話語，反覆咀嚼，好像那些話是什麼稀有錢幣。他總在那些人的話中尋找隱含的意義，因為他把人生當作一堂課，認為從中應該學到一則教義。他是個兢兢業業的人。一個安息日的上午，父親帶我和哥哥伊曼紐到帖沃爾電影院聽馬丁·布伯爾③和雨果·伯格曼在和平組織贊助的集會上發表演說。我依然記得一段奇妙的插曲。就是當我們離開講堂時，伯格曼站在父親面前說：「真沒想到今天能在這裡見到您，親愛的利伯曼博士。對不起——您不是利伯曼博士？但是我敢肯定我們見過面。先生，您很面熟。」父親結結巴巴。他面色蒼白，好像是被控做了什麼醜事。教授也很慌亂，為他的過失致歉。或許是因為感到尷尬，教授拍了拍我肩膀。「不管怎麼說，親愛的先生，你女兒——是你女兒吧？——真是個漂亮可愛的女孩。」教授露出一絲笑意。父親有生之年從沒忘記這段奇遇，他總是激動而欣喜地一遍遍向人講述此事。即使坐在扶手椅，身上穿著睡袍，眼鏡高高地掛在前額，嘴角疲倦地下垂時，父親的那副樣子也像是在傾聽某種具有神祕力量的聲音。

「米海爾，你知道嗎，直到現在我有時仍在想像，自己會嫁給一個注定要舉世聞名的年輕學者。在書桌檯燈的燈光下，我丈夫埋首於成堆成疊的古舊德文經卷中，我躡手躡腳地走

③馬丁·布伯爾（Martin Buber,1878-1965），猶太宗教哲學家，曾任耶路撒冷希伯來大學社會哲學系教授。

進去房裡，往他的桌上放杯茶，倒空菸灰缸，輕輕地關好百葉窗，趁他不注意時悄悄離開。

現在該你嘲笑我了吧。」

3

十點鐘。

米海爾和我像學生一樣，各自付了帳，走進夜幕之中。嚴霜打在臉上，像火燒火燎般疼痛。我呼出一口氣。只見我呼出的氣息與他的融為一體。他的大衣布料粗糙、厚實，手碰上去感覺很舒服。我沒戴手套，米海爾執意要我戴他的。他的皮手套很粗糙，皮面已經磨損。水流沿著街溝流向錫安廣場，好像市中心那邊發生了駭人聽聞的事件。一對裹得密不透風的情侶從我們身邊走過，他們緊緊偎依著。女孩說：

「這不可能，我不信。」

她的伴侶笑了：

「妳太天真了。」

我們站在那兒好一陣子，不知該怎麼辦。我們只知道彼此不願意分手。雨停了，天更冷了。我凍得受不了，渾身直打顫。我們眼看著雨水流進溝裡。馬路光澤發亮，反射出稀疏、昏黃的車頭燈光。我的腦海裡閃現出各種雜亂無章的念頭——該怎樣多留他一會兒？

米海爾說：

「我正在打妳的主意呢，漢娜。」

我說：

「恐怕是要害人反害己了。可得小心點啊，米海爾。」

「我正對妳居心不良呢，漢娜。」

顫抖的雙唇把他給出賣了。有那麼一陣子他看起來像個可憐的大孩子，一個幾乎剃光了頭髮的孩子。我想要給他買頂帽子。我想要觸摸他。

米海爾突然揚了揚手。一輛計程車發出刺耳的尖叫，濕漉漉地停在眼前。我們一起鑽進暖烘烘的車內。米海爾對司機說，隨便開到哪裡都行，他不在乎。司機詭異地瞥了我一眼，目光中露出很猥褻的快意。儀表板上小燈暗紅的光線灑在他臉上，就像是他的臉皮被剝掉之後露出了殷紅的血肉。司機那副面孔活像薩堤爾④的翻版。我沒有忘記。

我們乘車行駛了近二十分鐘，並不知道要開往哪裡。兩個人呼出的熱氣蒙住了車窗玻璃。米海爾談起了地質學：在美國的德克薩斯州，人們在找水時突然挖到了油井，原油砰然湧出。說不定在以色列也潛藏著豐富的原油資源。米海爾說起「岩石圈」，說起「沙石」，說起「白堊層」，說起「前寒武紀」、「變質岩」、「火成岩」、「大地構造學」。那是我平生第一次感到一種內在的緊張，即使到了現在，每次聽見丈夫說起那些奇怪的名詞術語，我也還是有這種感覺。這些語詞講述著對我來說——只有對我一個人來說——有意義的事實，就像用電報密碼發出的訊息。在地表下，內外力的相互作用是永恆的。薄薄的沉積岩在壓力作用下總處在永不停息的剝蝕過程中。岩石圈就是地殼，地殼下是熾烈奔湧的地核。

我不太敢肯定米海爾是在一九五〇年的這個深夜，在耶路撒冷搭計程車漫遊時，確實一字不差地使用了這些詞語。但有些是我在這個夜晚平生第一次聽他說起，我被深深地吸引住了；就像是怪異、不祥的訊息，讓我無法破解；就像是為了重建已在記憶中淡漠了的一場夢魘所做的失敗嘗試；就像夢一樣難以捉摸。

米海爾說話時聲音深沉壓抑。儀表板的燈在黑暗中發出紅光。他講解這個話題時神情莊重，好像一個身負重任的人。而在此時，「精確」本身似乎至關重要。如果他此時抓住我的手，我也不會縮回的。可是，我愛的人卻沉浸在被壓制的感情潮水中。我靜靜地悲憫，也十分動情。然而我錯了。他做起事情會很強悍，比我強多了。於是我接受了他。他的話讓我恍恍惚惚進入了一種寧靜的狀態，這種寧靜酷似午睡後我所體驗到的那種靜謐；酷似黃昏醒來時那段溫馨時光的靜謐，那段時間裡我是溫柔的，周圍一切也都溫柔了。

汽車穿過一條條泥濘的街道。窗玻璃蒙上一層霧氣，我們分辨不清是哪條街。擋風玻璃上的雨刷來回交叉，發出有節奏的聲響，像是在執行某種嚴格的律法。車開了二十分鐘後，米海爾叫司機停車，因為他不是有錢人，我們的漫遊已花去了他在馬米拉街底學生餐館的五

---

④希臘神話中的森林之神，具人形而有羊的尾、耳、角等，嗜嬉戲，好色。

頓午餐錢。我們在一個陌生的地方下了計程車，踏上一條鋪著整齊石板的小弄。鋪築的石面上掉了幾個雨點，隨即又開始下雨了。一陣寒風迎面襲來，我們走得很慢，渾身上下都濕透了。米海爾的頭髮全濕了，臉的樣子也很滑稽，簡直像個哭泣的孩子。這中間他伸出一根手指拂掉我下巴上一顆水珠。我們突然發現自己站在保險公司大樓前的廣場上。一尊長著翅膀，濕漉漉、僵挺挺的石獅，正向下窺視著我們。米海爾信誓旦旦地說，石獅正在發出竊笑呢。

「妳聽到了嗎，漢娜？笑了！它在看著我們笑呢。我說得沒錯。」

我說：

「真可惜，耶路撒冷只是一座小城，你在這座城市裡根本無法迷路。」

米海爾陪我來到麥里桑達街、先知街，接著又到史特勞斯街，醫學中心就在那條街上。我們並未遇到半個人影，彷彿居民都已棄城而去，我們兩人成了這座城市的主人。小時候，我常玩一種名叫「城中王子」的遊戲。鄰居那對雙胞胎裝扮成順服的子民，有時我也讓他們扮成反抗者，然後無情地鎮壓他們的氣焰。那曾是極大的快事。

冬天的夜晚，耶路撒冷的建築就像凝固在黑色布幕上的灰色圖案。一幅充滿暴力的景觀。有時，耶路撒冷化為一個抽象的城市：石頭、松樹、鏽鐵。

尾巴豎得直挺的貓兒穿過空無一人的街道。街道的牆壁迴盪著我們的腳步聲，腳步聲因而變得單調而冗長。在我的房門外我們站了足有五分鐘，我說：

「米海爾，我不能請你進屋喝杯熱茶，因為房東夫婦是教徒。我租房子時曾向他們保證過，不在這兒招待男人。現在已是晚上十一點半了。」

當我說到「男人」一詞時，我們倆都笑了。

「我不希望妳現在就把我請進房裡。」米海爾說。

我說：

「米海爾．戈嫩，你真是個道地的君子。謝謝你給我一個愉快的夜晚，要是以後你再邀我度過同樣一個夜晚，我想我是不會拒絕的。」他朝我彎下身子，使勁用右手抓住我的左手，在上面吻了一下。他的動作很猛，好像經過了一路的彩排，好像吻我之前已先數過了一、二、三。透過離開咖啡館時他給我的皮手套，一股強烈的暖流衝擊著我的全身。一陣潮濕的微風掀動了一下樹梢，接著又停了一下。米海爾就像英國電影中的公爵，隔著手套吻了我。唯一的差別只是他淋得濕透，忘了應該微笑，還有，那手套不是白色的。

我摘下手套，遞給米海爾。他趁著裡面尚有我的餘溫連忙戴上。從二樓緊閉的百葉窗內傳來病人的咳嗽聲。

「你今天的樣子好怪啊。」我笑著說。

好像我從前就認識他。

4

我愉快地回想起自己九歲那年患過的一場白喉。那是個冬季，一連好幾個星期我躺在床上，臉朝著南邊的窗戶。煙雨濛濛的天空透過窗戶映入我的眼簾：南耶路撒冷，伯利恆山影，埃梅雷費區，山谷中富饒的阿拉伯郊區。這是一片缺乏細節的隆冬世界，是一片由淺到深的灰濛濛的世界。我也能看見火車，看著它們沿著埃梅雷費駛過長長的一段路，從燻黑的車站駛向阿拉伯村莊貝薩法法腳下的彎道。我是火車上的將軍，對我忠心耿耿的士兵控制著制高點；我也是個流亡的國王，其權威性並未因時空距離而減退——在夢中，南方郊區變成我在哥哥集郵冊中見過的聖皮爾島和密克隆島，那些名字牽動著我的心弦。我習慣於在清醒的世界中繼續自己的夢，讓夜與晝接成了一個連續的世界。高燒加劇了這種變形效果，那是頭暈目眩而又豐富多彩的幾個星期：我是女王，我那有條不紊的統治遭到公開的反叛；我也曾被暴民俘虜，受到監禁、凌辱與折磨，但是，一群忠心耿耿的支持者也在籌劃著要營救我，我對他們充滿信心。我喜歡受難，因為從受難中可產生一種自豪感，身分失而復得。我的醫生羅森塔博士常說，是我不願意恢復，因為有些孩子喜歡生病，拒絕接受治療，這是由於生病在某種程度上可達到一種自由境界。這是一種不好的習性。冬季結束之際，身體復原了，我卻產生一種遭受放逐的感覺。我失去了自己的法術，失去了讓美夢帶我跨越睡眠與清醒的能力。直至今日，我醒來時還會產生某種失落感。我總是嘲笑自己想要大病一場的模糊渴望。

和米海爾道別後，我回到自己房間，泡了杯熱茶。約有十幾分鐘，我只是站在煤油爐前取暖，什麼也不想。然後我削了一顆蘋果，這是哥哥伊曼紐從諾夫哈倫基布茲送來的。我想起米海爾試圖點燃菸斗，點了三、四次都沒有成功；我也想起德州是個令人神往的地方：有人在院子裡挖坑種果樹，突然從樹坑裡冒出一股石油。我以前沒往這方面想過，從沒想過腳下沉睡的世界是什麼樣子，更沒想過礦藏、石英、白雲岩等諸如此類的東西。

接著，我給母親及哥哥一家寫了封短信，告訴大家我一切都好。還告訴自己，要記得明天早上去買張郵票。

在希伯來啟蒙時期的文學作品中，時常可見光明與黑暗的衝突，但作家總喜歡讓光明贏得最終勝利。然而我喜歡黑暗，因為它比光明要有生機，而且更加溫暖宜人。尤其是在夏天，白晃晃的日光在耶路撒冷肆虐，給城市蒙上了一層恥辱。但在我的內心深處，光明與黑暗並沒有衝突。我記得那天早晨自己怎樣在塔拉桑塔學院滑了一跤，那一刻真教人難堪。而我喜歡沉睡的原因之一，就是我討厭做決定。夢中有時會出現一些棘手的事，但總是有某種力量為你做出決定，你可以自由得像一葉輕舟，載著睡熟的船員，任睡夢帶你漂流遠行。柔和的冰丘、海鷗，以及表面上陣陣漣漪、幽深之處卻又捲動漩渦的無垠海水。我知道，深水被視作幽冷的所在。但並不總是這樣，並非完完全全是這樣。我曾在一本書中讀到海底暖流與火山的事。在封凍著的海面下，縱深之處往往隱藏著一個溫暖的洞穴。小時候，我喜歡一遍遍地閱讀哥哥那本儒勒・凡爾納⑤的《海底兩萬哩》。在那些豐富多彩的夜晚，我發現了一個祕密通道。沿著這個通道，我穿過海水深處，穿過黑暗，在黏糊糊的綠色海水生物中，我敲開一扇溫暖的洞穴之門。這是我的所在。一位輪廓不清的船長在那裡等我，四周是書、菸斗和圖表。船長留著黑鬍子，露出饑渴的目光。他像個野人似的抓住我，才總算平息了他的憤恨。小魚兒在我們身邊游來游去，好像我們都是水的造物；而當魚兒游過時，亦釋放出一種熾烈的快感。

我讀了兩章瑪普⑥的《錫安之戀》，為明天的專題討論課做準備。如果我是塔瑪，我就會讓阿默農在我面前跪上七個晚上。當他最後用《聖經》上的語言表白他在忍受著愛的煎熬時，我將命令他用帆船帶我到愛琴海的島嶼。在那個遙遠的地方，紅種印第安人化作身長銀斑並且放射出電流的美味海洋生物，海鷗在蔚藍的天空上自由自在地飛翔。

有時，我在夜晚能夠看到荒涼的俄羅斯大地。封凍的平原上披上一層嚴霜，淒清的月光時隱時現。雪橇、熊皮地毯、披斗篷的車夫的黑色後背、桀驁不馴的奔馬、暗處閃閃發光的狼眼、白雪皚皚的斜坡上立著的一棵枯樹，這是夜幕中的平原景色。星星陰險地注視著這一切。突然，車夫粗厚的臉朝我轉了過來，那張臉像是醉酒的雕刻家刻出來的，亂七八糟的鬍子上掛著細冰柱。他微張著嘴，似乎發出陰風般的怒號。斜坡上的枯樹偶爾會變換位置，它具有我在清醒時無法名狀的作用。但即使醒來之後，我仍記得它具有某種作用，所以我並非空手而歸。

早上我出門買郵票，把寫到諾夫哈倫的信寄出去，然後回家吃了麵包捲、優酪乳，接著又喝了一杯茶。房東塔諾波拉太太這時走進房裡，要我今天下班後買一罐煤油回來。喝茶時，我又搶讀了一章瑪普的作品。在莎拉．傑爾丁的幼稚園，有個小女孩說：

「漢娜，妳今天快樂得像個孩子一樣。」

我穿著那件藍色羊毛洋裝，脖子上繫了條紅絲巾。照鏡子時，我忍不住笑了，發現自己戴上方巾的樣子酷似一個即將走上斷頭台的勇敢女子。

中午時分，米海爾站在塔拉桑塔入口處兩扇鑲有黑色金屬飾物的沉重鐵門旁等我。他手上拿著一個裝滿地質標本的盒子。這樣，即使我想和他握手也沒辦法。

「噢，是你呀？」我說，「你在這兒等誰？還是有人叫你在這裡等著？」

「現在沒下雨，不必怕被淋濕。」米海爾說，「要是被淋濕了，就不會這麼大膽了。」

接著，米海爾把我的視線引向樓頂上，那裡有一尊帶著微笑的聖母銅像，她展開雙臂，彷彿要擁抱整座城市。

⑤儒勒．凡爾納（Jules Gabriel Verne, 1828-1905），法國作家，現代科幻小說奠基人。
⑥瑪普（Abraham Mapu,1808-1867），現代希伯來文學史上第一位小說家。

我下樓來到圖書館地下室。陰暗狹窄的走道裡放著一排黑沉沉的密封箱子，我在那碰見好心的圖書管理員，他矮矮的，戴著一頂滑稽的小帽。我們一向會互相打招呼並且說笑。他像是發現新大陸似的問我：

「妳今天是怎麼啦，年輕人？有什麼喜事吧？要是妳不介意的話，我可要說『漢娜簡直開心得全身發光呢』。」

在關於瑪普的專題討論課上，老師講述了一則頗為典型的軼事，說的是一個狂熱的正統派猶太教教徒，聲稱自亞伯拉罕．瑪普發表《錫安之戀》以來，傷風敗俗的事多了起來。天理難容。

今天大家是怎麼回事？難道閒話已經傳遍了嗎？

當我回到住處，看到房東太太塔諾波拉買了一個新火爐，她朝著我慈祥地微笑。

5

那天晚上，天空亮了一些。藍色的雲朵向東飄去。空氣濕漉漉的。

米海爾和我約好在愛迪生電影院門口見面，先到的人先去買票。電影是葛麗泰・嘉寶⑦主演。女主角把身心獻給一個猥瑣鄙俗的男人之後，在癡戀中鬱鬱而終。整場電影裡，我一直控制著自己想發笑的強烈衝動。她的痛苦與他的鄙俗就像簡單方程式中的兩個元素，我從沒有興趣去解。我感到無限的滿足和充實，把頭靠在米海爾肩上，斜視著銀幕，直到圖像轉換成一串黑白雪花的光點，在以淺灰為主體色調的布幕上跳盪著。

走出電影院時，米海爾說：

「當一個人心滿意足、無所事事的時候，感情就會像惡性腫瘤一樣蔓延開來。」

我說：

「老套。」

米海爾說：

---

⑦葛麗泰・嘉寶（Greta Garbo, 1905-1990），生於斯德哥爾摩的美國女影星。以美貌和卓越的演技聞名。主演《急流》、《肉與魔》和《安娜・卡列尼娜》等影片。

「漢娜，妳要清楚，我不是藝術家，我只是人家說的那種卑微的科學工作者。」

我沒有就此罷休，說：

「還是很老套。」

米海爾微笑著：

「嗯？」

只要他無言以對，他就微笑，就像一個看到成年人做了什麼滑稽事的小孩，那是一種既尷尬、又令人尷尬的微笑。

我們從以賽亞街逛到蓋烏拉街。明亮的星星在耶路撒冷上空閃爍。英國託管時期的許多路燈都已毀於獨立戰爭的炮火之中，到了一九五〇年，多數路燈皆已被破壞。此時，街道另一端掩映在遠山的陰影裡。

「這不是一座城市，」我說，「只是一個幻影。四面八方都是山：卡斯塔爾山、斯克浦斯山、奧古斯都維多利亞山、奈比薩維爾山、密斯凱利山。整座城市突然間顯得非常虛幻。」

米海爾說：

「雨後的耶路撒冷讓人憂傷。實際上，耶路撒冷總令人感到憂傷。在一年中不同的時刻、不同的季節，憂傷的程度又不盡相同。」

我感到米海爾的手臂勾住了我的肩膀。我的雙手插進我溫暖的燈芯絨褲袋裡。然後，我又伸出一隻手摸了一下他的下巴。今天，他的臉刮得很乾淨，不像我們在塔拉桑塔第一次見面時那樣。不用說，他刮臉是為了討我歡喜吧。

米海爾很不好意思，謊稱他今天買了一把新的刮鬍刀。我大笑起來，他遲疑片刻，也和我一起笑了起來。

蓋烏拉大街上，我們看到一位頭包白巾的正統派猶太教婦女。她推開三樓的窗戶，探出半個身子，一副想跳下去的樣子。但這女人只是把沉重的鐵百葉窗關上。鉸鏈呻吟著，發出某種絕望之聲。

經過莎拉．傑爾丁幼稚園的遊樂場時，我告訴米海爾自己在那裡工作。我是個嚴厲的教師嗎？他猜是這樣。他為什麼要這樣想？他不知道怎麼回答。我說，他像個孩子，開始說起一件事，卻不知道如何結尾；發表某種見解，卻不敢堅持。像個孩子。

米海爾笑了。

我們走到了馬拉哈伊街轉角，從一個院子裡傳出了貓叫。那是一聲響亮而又歇斯底里的尖叫，接著又是兩聲幾近窒息的哀號，最後是一聲低沉的嗚咽，微弱而又謙恭，彷彿沒有感覺，沒有希望。最後，嗚咽聲消失了。

米海爾說：

「牠們是在求偶。你知道嗎，漢娜，貓發情的高峰是在冬季，在最寒冷的日子裡。以後我結了婚要養隻貓。我一直想有隻貓，但我爸爸不准我養，家裡又只有我一個孩子。貓在求偶時嚎叫，因為牠們不受任何限制，不受任何習俗的約束——在我的想像中，發情期的貓就好像是被陌生人抓住、被拚命壓擠那樣。這是一種肉體上的痛苦。是一種灼燒——不，我在地質學中沒學過。我這樣說話恐怕你又要嘲笑我了吧。我們走吧。」

我說：

「你在家裡一定是個被寵壞的孩子。」

「我曾經是家裡的希望。」米海爾說，「現在也是。我父親和他的四個姐妹都在為我打賭，我在他們眼裡像是一匹賽馬，我的大學教育彷彿是一場越野障礙賽馬。漢娜，妳上午在幼稚園裡做些什麼呢？」

「多有趣的問題。我做的正是其他幼稚園老師做的事。在上個月的光明節⑧，我們一起黏好頭箍，用硬紙板剪出馬加比。有時清掃庭院裡的落葉，有時彈鋼琴。我經常為孩子們說故事，說自己記憶中的印第安人、島嶼、旅行和潛水艇。小時候，我很喜歡哥哥買的儒勒·凡爾納與詹姆斯·庫伯⑨寫的書。我以為，只要摔角、爬樹、讀男孩子的書，自己就會長成男孩。我恨自己是個女孩。成熟婦女總是惹我反感。即使現在，我也渴望遇見一個米海爾·斯卓果夫⑩式的男人。高大魁梧，但同時又穩重寡言。他一定非常安靜、忠誠、溫和，而他所擁有的強大力量則是用來控制住內心洶湧澎湃的激情。這又是什麼意思呢？當然，我不是把你比作米海爾·斯卓果夫。為什麼要把你比作他呢？當然不是。」

米海爾說：

「要是我們小時候就認識的話，妳會把我打倒在地上。我在低年級時，常被比較強壯的女孩子們擊倒。我就是妳說的那種好男孩：無精打采，但卻用功，責任心強，愛乾淨，非常誠實。可現在，我再也不是無精打采的人了。」

我跟米海爾講起雙胞胎的事。我以前常和他們一起摔角。後來，十二歲那年，我愛上了他們兩人。我都叫他們哈濟茲——哈利利與阿濟茲。他們是一對俊秀的男孩。尼摩船長手下一對強健、馴服的水手。他們幾乎不說話，要不就沉默，要不就只發出喉音，不喜歡言語。他們是兩隻大灰狼，長有白色利齒，非常機警；他們也是陰森可怕的野人、強盜。那你呢？你小時候都怎麼過的？

後來，米海爾跟我講起了他母親。「我三歲那年，媽媽就去世了。我記得她那雙白皙的手，卻想不起她的樣子。雖然我有一些她的照片，但都已模糊不清。是父親撫養我長大。他把我當成一個小猶太社會主義者，為我說哈斯蒙孩子的故事，說猶太村孩子的故事，說非法

⑧又名淨殿節。猶太人的傳統節日，紀念西元前一六五年猶太人在馬加比率領下，戰勝敘利亞人後在耶路撒冷的淨殿活動。

⑨詹姆斯・庫伯（James Fenimore Cooper, 1789-1851），最早獲得國際聲譽的美國作家之一。

⑩儒勒・凡爾納作品《沙皇的信使》（*Michel Strogoff*）中的男主角。

移民孩子的故事，講基布茲孩子的故事。講印度饑童的故事，十月革命時期俄國孩子的故事。講亞米契斯《愛的教育》中的故事：受傷的孩子拯救他們的小城、孩子們分享他們最後一片麵包、被剝削的孩子、參加戰鬥的孩子。另一方面，父親的四個姐妹，我的姑媽們，又持不同態度：小孩子應該乾淨，勤勞，用功讀書，在生活中積極進取。將來做個年輕的醫生，為國家奉獻，並為自己揚名；不然做個年輕律師，在英國法官面前慷慨陳詞，被各大報紙爭相報導。在宣布獨立的那天，父親把自己的姓氏甘茨改為戈嫩。我本來叫米海爾·甘茨，霍隆的朋友還在叫我甘茨。但是，漢娜，你不准叫我甘茨，你得繼續叫我米海爾。」

我們經過施耐勒軍營的圍牆。許多年前，這裡有一座敘利亞孤兒院。它的名字讓我聯想到某些古老的悲哀，原因我已忘了。這時，東方傳來悠揚的鐘聲，我努力不去數它到底響了多少下。我和米海爾手挽著手。我的手凍僵了，米海爾的手很溫暖。米海爾調侃地說：

「手冷，心熱；手熱呢，心卻冷。」

我說：

「我父親倒是有一雙溫熱的手和一副熱心腸。他經營無線電和電器生意，卻是個很糟糕的生意人。我記得他的樣子：腰上圍著媽媽的圍裙，站在那兒洗碗；用抹布擦拭灰塵，拍打床罩，熟練地煎蛋餅；他也會漫不經心地站在光明節蠟燭前祈禱；把無足輕重的人對他的評價視為珍寶；總是在設法取悅別人，好像大家都在審查他，而他雖然疲憊不堪，卻總是被迫在無休無止的測試中好好表現一番，以彌補某種不經意的過失。」

米海爾說：

「漢娜，要做妳丈夫的那個人一定得很強悍。」

雨絲又徐徐飄落，迷霧沉沉，建築物顯得失去了重量感。走到麥括巴魯區，一輛摩托車從我們身邊駛過，激起一片水花。米海爾陷入沉思。在我的屋門外，我踮起腳尖吻他的臉頰。他撫摸並擦乾我的前額，嘴唇怯生生地觸到了我的皮膚上。他說我是耶路撒冷的冰山美人。我對他說我喜歡他，我要是做了他妻子絕不會讓他這麼削瘦——因為在黑暗中，他的身形顯得有些單薄。他聽了我的話，笑了。我說，我要是做了他妻子就會教他在交談時要回答問題，不要只會微笑、微笑，就好像世界上已經沒有文字了。米海爾吞了口口水，盯著彎彎扭扭的欄杆扶手說：

「我想和妳結婚。請不要馬上回答我。」

冰凍的雨絲又一次散落下來，我直打寒噤。這時，我很慶幸自己不知道米海爾的年齡。我現在會抖得這麼厲害，的確是他的過錯。當然，我不能請他進我的屋子，但是他為什麼不建議我去他那裡呢？當我們從電影院出來後，有那麼一兩次，米海爾似乎想說些什麼，都立即被我打斷，我說他的話太老套了。至於後來米海爾又想說什麼，我已記不得了。當然，我會讓他在家裡養貓。他讓我覺得如此安詳寧靜。為什麼和我結婚的男人一定得很強悍呢？

6

一星期後，我們一起去坐落在耶路撒冷山上的愓拉亞爾基布茲。

米海爾有個學生時代的女性朋友住在愓拉亞爾，她與基布茲的一個年輕人結了婚。米海爾找我陪他一塊兒去。這對他很重要，他說要把我介紹給他的老朋友。

米海爾的老朋友又高又瘦，一臉尖酸刻薄。她滿頭灰髮，嘴唇噘起的樣子就像個精明的小老頭。兩個人湊在一起，就如同看不出年齡的孩子蜷在牆角。他們笑個不停，我有些慌亂，猜想會不會自己臉上或衣服上有什麼東西，才招致他們吃吃直笑。米海爾和老朋友及她丈夫快活地交談了兩個小時，但我在三、四句寒暄之後就被遺忘了。招待我的只有溫茶和餅乾。整整兩個小時，我坐在那兒怒目而視，玩弄著米海爾公事包的扣鎖，打開，又拉上。他把我帶到這裡來幹什麼？我為什麼要跟來？將我置於尷尬處境的究竟是個什麼樣的男人？用功，負責，誠實，乾淨——還有，無聊透頂。還有他那可悲的玩笑。這樣一個木訥的人應該永遠不開玩笑。但是，米海爾總是盡其所能，以使自己顯得聰明睿智、開朗活潑。他們講述著無聊老師們的無聊軼事，談論體操教師耶海姆．佩萊的私生活時，米海爾和朋友們爆出了男生們特有的那種浪笑。繼之而起的，是有關約旦國王阿布都拉與戈爾達．梅厄⑪在獨立戰爭前夜會晤時的激烈爭論。米海爾老友的丈夫敲打著桌子，連米海爾也拔高了聲音。當他歇斯底里喊叫的時候，聲音又高又顫。那是我第一次看見他和別人在一起。我以前錯看他了。

後來，我們摸黑走到了大街上。一條兩邊長著松柏的小徑把惕拉亞爾和耶路撒冷的大街連在一起。冷風吹得我周身寒澈，耶路撒冷的叢山在落日的餘暉中似乎在策劃著什麼惡作劇。米海爾在我身邊走著，一聲不吭。他找不出一句話可對我說，我們形同陌路。記得在一個奇怪的瞬間，有種強烈的感情佔據了我內心：這一切都是在做夢，這不是真的。這種感覺以前時常出現；不然就是許多年前，有人曾嚴厲地警告過我，不要在黑暗中沿著這條小徑與壞人同行。時光不再均勻緩慢地流淌，它化作了幾股激流：或許是在童年；或許是在夢裡，在一個恐怖的故事中。忽然間，我開始懼怕起這個在我身邊移動、默不作聲的人形。他的衣領豎起來，遮住了下巴，身體瘦得像個鬼影，臉上其他部分也被拉得低低的黑色學生皮帽掩蓋了。他是誰？你瞭解他什麼？他不是你兄弟，和你非親非故，不過是個遠離塵世、在暗夜中躑躅的怪影。也許他在思忖著要襲擊你。也許他身體有病，而你也沒聽過任何可信賴的人說過他的事。他為什麼不和我說話？他為什麼不向我敞開心扉？他為什麼把我帶到這裡來？他心裡想做些什麼？這是在深夜，在荒郊野外。我孤身一人，他孤身一人。或許他對我所講

⑪戈爾達・梅厄（Golda MeiR, 1898-1978），以色列首位女總理，一九四八年參加簽署以色列獨立宣言。

的一切都是假的。他不是學生。不叫米海爾．戈嫩。他是從收容所裡逃出來的，他很危險。這是以前什麼時候發生在我身上的事？很久以前，有人曾對我說起過將會發生這場大禍。黑暗的田野中接連不斷傳來的是什麼聲音？柏樹屏障甚至擋住了閃爍的星光。果園裡會有人吧！如果我不住地呼喊，又有誰會聽見呢？一個陌生人，腳步匆忙而又笨重，全然不理會我的步態。我故意落後了幾步，他也沒在意。我又冷又怕，牙齒直打顫。寒風怒號如割。黑色剪影只是一個遙遠封閉的軀殼，並不屬於我，我好像只是他臆想出來的東西，並不是真實的存在。米海爾，我是個真實的人，我好冷。他沒有聽見。不然就是我說話不夠大聲。我竭盡全力地喊道：

「我好冷，我跑不了這麼快。」

米海爾就像個被打斷思路的人，冷冷地回我：

「沒多遠，馬上就到車站了。再忍一下。」

說完話，他又縮回大衣裡，一聲不吭。我喉嚨哽咽著，眼眶裡噙著淚。我感到受了傷害，感到屈辱，恐懼。我想抓住他的手。我只認識他的手，並不認識他這個人。完全不認識。

冷風用輕柔而又充滿敵意的語調向松柏訴說著。這世界上再無幸福可言。柏樹林中，破碎的山路上，漆黑的山丘裡，都沒有幸福可言。

「米海爾，」我絕望地說，「米海爾，上星期你對我說你喜歡『腳踝』這個詞。看在老天份上，請你告訴我，你現在是否知道我鞋裡浸滿了水，腳踝疼得像是走在荊棘路上？告訴我，這是誰的錯呢？」

米海爾驚恐地疾轉身，在黑暗中困惑地盯著我。隨之把濕漉漉的臉頰貼在我臉上，溫暖的嘴唇像嬰兒吮吸乳汁一樣壓住我的頸項。他的臉潮濕、冰冷，鬍子參差不齊，我可以感覺到每根鬍碴。我喜歡他粗糙的大衣料子，那上面似乎有股靜謐的暖流。他解開大衣，把我攬入懷中。我們依偎在一起。我吮吸著他的氣息。那時的我覺得他是個真實的存在。我也一樣真實。我不再是他臆想出來的東西，他也不再讓我感到恐懼。我們是活生生的人。我體味到他心靈深處的惶恐，並為此陶醉。你是我的，我喃喃地說，別再離我遠去。我的嘴唇觸到了他的前額，他的手指撫摸著我的後頸。他的撫摸小心而又微妙。我們的牙齒都在打顫。我猛然想起，塔拉桑塔咖啡館中的茶匙在米海爾的手指中間是那樣快樂。米海爾要是個壞蛋，那麼他的手指也一定很邪惡。

7

離我們的婚禮大概還有兩星期時，我和米海爾去探望他在霍隆的父親和幾個姑媽，以及我在諾夫哈倫基布茲的母親和哥哥全家。

米海爾父親的住處擁擠陰暗，這是工人住宅區裡的一間兩房套房。到霍隆的那個晚上，我們正巧碰到停電。耶海茲克爾．戈嫩藉著暗淡的煤油燈光做了自我介紹。他感冒了，不願意吻我，免得我在婚禮前被傳染。他身穿一件暖和的家居長袍，面帶菜色。他對我說，相信我手上正拿著一個寶貴的負擔——他的米海爾。接著，耶海茲克爾．戈嫩有些不好意思，為向我說了這些話感到抱歉。這老人努力想把這句話當成笑話岔開，他又急又羞地數落著米海爾小時候患過的各種疾病。接著，他把話題停在米海爾十歲時一次近乎致命的高燒上。最後他強調說，米海爾從十四歲以後就再沒生過病。不管怎麼樣，我們的米海爾即使算不上最強壯的人，也絕對稱得上是健康的年輕人。

記得父親向顧客推銷他的二手收音機時，就是這副腔調：坦誠，公平，含蓄的友好，極度渴望取悅他人。

耶海茲克爾和我說話時口氣頗為禮貌，而和他兒子講話時則判若兩人。他只是對兒子說，收到他的來信並得知信中所述情況後十分震驚。他很抱歉不能給我們泡茶或沖咖啡，因為現在停電，而他又沒有煤油爐，也沒有煤氣爐。米海爾的母親托娃——上帝與她同在——要是她還在世，能在這個場合和我們在一起的話，一切都會快樂點。托娃是個不平凡的女性。但眼下他不想再提起她，因為他不願在歡樂之中攙進傷感。有朝一日他會告訴我一個極其傷感的故事。

「我用什麼來招待你們呢？噢，對了，巧克力！」

於是，好像被指控犯了瀆職罪的人，耶海茲克爾．戈嫩在抽屜裡翻騰了半天，找出一個舊盒子，盒子依舊像禮品似的包裹著。「給你們，我親愛的孩子，快點吃。」

「對不起，我並不十分清楚妳在大學學些什麼東西。對了，當然是希伯來文學。這下我記住了。跟隨克勞斯納教授？對了，對了，儘管克勞斯納不喜歡工人運動，可他很偉大。噢，順便告訴妳，我還有一本他的《第二聖殿史》呢！我找出來給妳看。事實上，我是想把這本書送給妳作禮物：妳比我更需要它。妳前途無量，而我已是日薄西山了。停電時不容易找到這本書，但是為了兒媳婦我是不怕麻煩的。」

當耶海茲克爾彎腰在書架底層找那本書時，四個姑媽中的其中三個來了。她們應邀前來看我。由於停電，姑媽們來晚了，也沒找到吉塔姑媽，所以只到了三位。為了我，為了這個非常的時刻，她們特意叫了計程車從台拉維夫來霍隆，以便能準時到達。整個路上一片漆黑。

姑媽們轉身朝向我，露出有點誇張的同情，似乎我所有的伎倆已在她們面前暴露無遺，可她們還是寬宏大量地饒恕了我。她們很高興與我認識。米海爾在給她們的信中說了我許多好話。當發現米海爾並未誇大其詞時，她們該有多麼開心。莉亞姑媽在耶路撒冷有位朋友，名叫卡迪什曼，這是一位頗具文化修養、又有影響力的人物，在莉亞姑媽的請求下，卡迪什曼先生調查了我的家世。於是，四位姑媽得知：我出身清白世家。

傑妮雅姑媽想和我單獨說幾句話。「不好意思，我知道在眾人面前說悄悄話不好，但是一家人沒必要講究嚴格的禮教，我想從今以後我們就是一家人啦。」

於是，我們來到另一個房間，摸黑坐上耶海茲克爾的硬床。傑妮雅姑媽打開手電筒，好像我們兩人正於夜間孤獨地走在戶外田野上。我們的影子不時在對面牆上瘋狂地跳躍著。那是因為手電筒在她手上抖動。我腦海裡忽然閃現出一個荒誕的念頭：傑妮雅姑媽會叫我脫光衣服。會這麼想，大概是因為米海爾曾經對我說過她是個小兒科專家吧。

姑媽開始堅定而熱情地說：「耶海茲克爾，我是說米海爾的父親，經濟狀況不太樂觀，實際上非常不樂觀。他只是個地位低微的小職員。對妳這樣一個聰明女孩就沒有必要解釋什麼是地位低微的小職員了。他把大部分收入都花在供米海爾讀書上。至於負擔到底有多重，我就沒必要告訴妳了。米海爾不能中斷學業。我必須清楚明白、毫不含糊地讓妳知道，全家人絕對不會同意米海爾中斷學業。這是確定無疑的。

「我們坐車來這兒的路上已經商量好了這件事。我們打算盡力幫助你們，就是說，每人出五百鎊左右。吉塔姑媽儘管今天晚上沒到，但也一定會資助這筆錢的。用不著向我們道謝。我們家，若是用希伯來文形容的話，可是家族味很濃的。要是將來米海爾成了大教授，你們可以再把錢還給我們，哈哈。

「再說，這算不了什麼。關鍵是這筆錢現在還不夠成家的。這些日子物價漲得讓人難以置信，貨幣每天都在貶值。我們想知道，你們是否決定三月結婚？能不能往後拖一拖？我現在像對家裡人一樣，直言不諱地再問妳一個問題：是不是發生什麼事，所以不能拖延婚期？沒有嗎？那為什麼這麼急？我跟妳說，我是在庫夫諾和第一任丈夫訂婚六年後才結婚的。六年呢！我當然知道，現在訂婚沒有這麼長時間的，要等六年。但一年怎麼樣？不行？那好。妳在幼稚園當然也攢不了什麼錢吧？還得付房租和學費。妳應該體認到，一開始的經濟拮据會導致婚姻生活的失敗。我這是經驗之談，以後哪天我再告訴妳一個嚇人的故事。作為醫生，我要坦誠告訴妳，婚後的一兩個月、半年內，性生活可解決一切問題。但之後呢？妳是個聰明女孩，請妳理智地思考一下。聽說你們家住在某個基布茲。而且，妳還將要從父親遺囑裡繼承三千鎊的嫁妝，是嗎？這倒是個好消息，非常好的消息。妳看，漢娜啊，這件事米海爾在信中忘記說了。總而言之，我們的米海爾仍然很不現實。做學問他是個天才，但在生活中卻又是個孩子。好吧，那麼你們就決定在三月舉行婚禮了？三月就三月吧！老人不能把自己的意願強加給年輕人。你們前途無量，我們卻只能追憶往事了。每一代人都應從自己身上汲取教訓。祝你們好運。還有，無論妳需要什麼建議或幫助，一定要來找我。我的生活經驗要比路上隨便一個女人都多上十倍。現在我們回到大家那兒去吧。祝福你，耶海茲克爾；

祝福你，米海爾；祝你們生活幸福，身體健康。」

在加利利的諾夫哈倫基布茲，哥哥伊曼紐緊緊擁抱米海爾，開心地拍打米海爾的肩膀，歡迎他的到來，那情形好似碰見了失散的弟兄。伊曼紐興致勃勃地花了二十分鐘，帶他看遍了整個基布茲。

「你是在帕爾馬赫嗎？不是？那有什麼，沒關係。在外面也一樣能做重要的工作。」

伊曼紐半開玩笑半認真地建議我們搬到這裡來住。「這有什麼？聰明的年輕人在這裡照樣能夠像在耶路撒冷一樣有所作為，開創美滿的生活。的確，我一眼就看出你不是一頭雄獅。你外表給人的印象是這樣，但這又有什麼？我們這兒又不是足球隊。你可以到養雞場或在辦公室工作。瑞娜，瑞娜，快去把我們在普珥節⑫舞會上贏的那瓶白蘭地拿來，快點，我們的準妹夫在這兒等著呢！妳怎麼啦，小漢娜啊，幹嘛悶悶地不說話呢？明明就要出嫁了，可這副樣子倒讓人覺得她是個寡婦。米海爾，我的老朋友，你是否聽說他們為什麼解散帕爾馬赫嗎？噢，別費神思考了，我只是想問問你有沒有聽過這個笑話。沒聽過嗎？聽著，我告訴你。你們耶路撒冷人已經落伍了。」

最後，是我媽媽。

她與米海爾說話時哭了。她用支離破碎的希伯來語向米海爾講述了我爸爸的死。一邊說，一邊泣不成聲。她想量一下米海爾的身材。量身材？對，是量身材。她想給米海爾織件白毛衣。她會儘量在婚禮之前把它織好。他有黑色西裝嗎？他願意穿可憐又可愛的約瑟那套西裝去結婚嗎？她能夠輕易地替他把衣服改得合身。不麻煩的，而且可以改得非常合身。她非常希望為米海爾改衣服，這是她的一份心意，也是她能夠贈送的唯一一件禮物。

母親操著濃重的俄羅斯口音重複了好幾遍，好像一定要徵得他的同意後才肯罷休。「漢娜是個好女孩，非常乖巧的女孩，吃過很多苦。你應該知道的。並且……我不知道用希伯來文怎麼說……並且也是個非常好的女孩。你也應該知道的。」

⑫猶太教節日，紀念猶太人免遭波斯宰相哈曼的屠殺。

8

我父親約瑟常常說：普通人不可能徹頭徹尾地撒謊，欺騙總是要露出馬腳的，就像一條極短的厚毛毯，你遮住腳就露出了頭，蓋住頭又露出了腳。人們煞費苦心地尋找藉口，目的是想隱瞞什麼，但卻未曾想到，藉口本身就會暴露出某些令人不快的事實。另一方面，純粹的事實又很消極，起不了什麼作用。普通人還能做些什麼呢？我們只能一言不發地觀看。一言不發地觀看，這是我們所能做的。

婚禮前十天，我們在耶路撒冷西北部的麥括巴魯區租到一間兩房的老公寓。五〇年代居住在這裡的人們，除正統派猶太教教徒外，多是在政府部門及代辦處工作的地位低微的小職員，不然就是紡織品零售商、電影院或盎格魯－巴勒斯坦銀行的出納。這是一個正在逐漸沒落的市郊社區，現代耶路撒冷正向南部和西南部擴展。我們的公寓非常陰暗，管線設備也十分陳舊。但房子卻很高，這點我倒是非常喜歡。我們商量好用鮮亮的塗料粉刷牆壁，再於花盆裡種些花草。但當時我們還不知道，在耶路撒冷，盆栽不易生長，大概是由於水中含有大量鐵鏽和化學淨化劑的緣故吧。

我們利用空餘時間在城裡購買必需品：基本家具、刷子、掃把、廚房用具，以及衣物。

我驚訝地發現，米海爾知道討價還價，而且不覺得難為情。不過我從未見他發過脾氣，為此我很感自豪。我的好友哈達莎最近嫁給一個有前途的年輕經濟學家，她對米海爾的大體印象是：

「謙虛而聰明的男孩。也許不太優秀，但很可靠。」

家族故交、耶路撒冷的老市民們則說：

「他給我們的印象不錯。」

我們手挽著手出入。我盡力從每個熟人的臉上捕捉他們對米海爾的評價。米海爾不愛說話，他目光敏銳，在生人面前表現得隨和得體。見到他的人說：「地質學家？真看不出來，你不覺得他像是搞藝術的嗎？」

晚上我就去毛斯拉拉區米海爾租的房子，我們買的東西全部放在那兒。我晚上的大部分時間是坐在那兒繡枕頭，在新買的衣服繡上我們的姓氏：戈嫩。米海爾喜歡刺繡品，而我很擅長刺繡。我喜歡坐在扶手椅上休息。椅子是我們買的，想放在新家的陽台上。米海爾坐在書桌旁，專心準備地質學論文，他想在婚禮前完成並提交。他是這樣承諾過的。藉著寫字檯燈的燈光，我看到他瘦長黝黑的面孔，一頭濃密的短髮。我眼中的米海爾就像教會學校裡的小學生，或是迪斯金孤兒院的孩子。小時候，我曾望著那群孩子經過我們街口去火車站。他們剃著光頭，兩人一排，手拉著手，神情憂鬱順從。透過這層恭順，我能感覺到某種壓抑著的暴力情緒。

米海爾又開始讓鬍子亂長了，他下巴上鑽出了黑色的鬍碴。他那把新刮鬚刀丟了嗎？沒有。他曾承認，我們在一起的第二個晚上，他是在騙我。他根本就沒買新刮鬍刀，他刮臉主要是想讓我高興。他為什麼要撒謊？因為是我讓他感到難堪了。他為什麼現在又是兩天刮一次臉？因為眼下他已不再為我的出現而感到不自在了。「我恨刮鬍子，我要是個藝術家而不是地質學家的話，一定會蓄長鬍子。」

我努力想像著那幅畫面，不禁爆出一陣大笑。

米海爾抬起頭，吃驚地看著我。「妳為什麼這樣大笑？」

「你生氣了？」

「沒有，一點都沒生氣。」

「那你為什麼這樣看著我呢？」

「因為我終於讓妳放聲大笑了。多少次我都想逗妳笑，但妳一直沒有笑，而現在，我不費吹灰之力卻成功了。這件事讓我很開心。」

米海爾的眼睛是灰色的，微笑時嘴角只會微微牽動。我那總是自我克制的灰色米海爾啊。

每兩個小時我就會為他泡一杯他喜歡的檸檬茶。我們很少說話，因為我不想打擾他工作。我喜歡「地貌學」這個詞。有一次，我悄悄地爬起來，在他伏案工作時，打著赤腳偷偷站到他身後。米海爾不知道我站在那兒。透過他的臂膀我可以看到幾個句子。米海爾的字整齊渾圓，像小學女生那種整齊的字體。但字的內容卻讓我戰慄：礦物開採，火山衝力向外擠壓，固體熔岩，玄武岩。順向河與後成河。始於數千年前並仍在持續的地殼構造過程。漸進剝蝕與突發性剝蝕。地震干擾極其輕微，只能透過最靈敏的機器才可探測得知。

又一次地，這些詞彙令我驚愕不已：我正在接受一條用密碼傳遞的信息。這是我生活的依靠，但我手上沒有解密的鑰匙。

接著，我又坐回安樂椅中繼續刺繡。

米海爾抬起頭說：

「我從沒見過像妳這樣的女人。」

而後又搶在我前面加了一句：「真老套。」

這裡我想做個記錄：直到新婚之夜，我始終沒和米海爾發生過肉體關係。

父親去世前幾個月，他把我叫到房間，隨即把房門關上並反鎖。疾病使他面目全非。雙頰凹陷，皮膚枯黃。他沒有看我，而是緊盯著眼前的地毯，好像正在照著地毯念出要告訴我的話。父親對我說，確實有那麼一些壞男人，他們用甜言蜜語引誘女性，得手後又將她們無情地拋棄。當時我只是個十三歲的小女孩，所有這些話我已從那些咯咯傻笑的女孩子、或是臉上長著雀斑的男孩子口中聽說過了。但是，爸爸說這話時一點都沒有開玩笑的意思，語調裡帶著一種淡淡的悲哀。他闡述著自己的種種見解，就好像兩性關係是這個世界上滋生痛苦的不正當行為，是一種人們必須竭盡全力才能減弱其惡果的不正當行為。最後他告訴我，要是我在逆境中還會記起他的話語，或許能避免做出錯誤的決定。

我覺得這並非我在婚前避免和米海爾有肉體接觸的真正原因。真正的原因是什麼，我不想寫在這裡。人們在使用「原因」一詞時必須要非常慎重。這是誰對我說的？怎麼竟是米海爾本人呢？當米海爾用雙臂摟住我的肩膀時，他很用力，但也很克制。他大概和我一樣，也有幾分羞怯。他不用語言懇求我，而是用手指傳達他的請求，但從不堅持。有一回，他用手指慢慢地順著我的後背向下撫摸，接著又挪開，看看手指，再看看我；看看我，又看看手指，好像是小心翼翼地把兩件東西拿來比較。我的米海爾啊。

一天晚上，當我準備離開米海爾，回自己的住處時（那時我在阿赫瓦區與塔諾波拉一家人共住的時間剩不到一個星期了），我說：

「米海爾，你聽說後會大吃一驚的，我知道什麼是順向河和後成河，說不定連你都不知道呢。如果你是個好孩子，有一天我會把我所知道的都告訴你。」

說著，我用手指撥了撥他剛剪過的頭髮：簡直像刺蝟！我此時究竟在想些什麼，連我自己也不明白。

婚禮前兩天的那個夜晚，我做了一個噩夢。夢見米海爾和我一起到耶利哥市去，在市場上買東西。市場兩邊是低矮的泥棚（一九三八年，我曾和爸爸及哥哥一起到耶利哥。當時正值住棚節⑬，我們乘坐的是阿拉伯人的汽車，那一年我八歲。我沒有忘記。我是住棚節期間出生的）。

我和米海爾買了一張地毯、幾個東方式大蒲團、一張考究的沙發。米海爾不想買這些家具。我挑東西，他一言不發地付帳。耶利哥的市場五光十色，熙熙攘攘，人們大吵大鬧，我穿著一條便裙靜靜地從他們當中穿過。毒辣辣的太陽當空而照，就像我在梵谷畫中見到的一樣。一輛軍用吉普車在我們附近停下，一位矮小精悍的英國軍官從車上跳了下來，拍了拍米海爾的肩頭。米海爾突然一個疾轉身，著魔似的拔腿就逃，奔跑之中撞翻了幾個攤位，然後就消失在人流中，剩下我孤零零一個人。四周的女人們尖聲叫喊，兩個男人出現在眼前，伸出手臂將我抓住。他們裹得密不透風，只露出閃閃發光的兩隻眼睛，兩人力氣很大，抓得我好痛。我被拖到通往城郊的羊腸小道上。這地方就像耶路撒冷新城東區阿比西尼亞街後面那陡峻的小巷。他們順著一段漫長的樓梯把我推到一個地窖裡，那裡點著一盞髒兮兮的煤油燈，一片漆黑。我被摔在地上。一股潮氣撲面而來，空氣中散發著惡臭味，外面隱約傳來狗

⑬猶太人的傳統節日，為猶太教三大節日之一，紀念其祖先在曠野流浪的時候居住在帳篷裡。節期在十月初，前後八天。見《舊約·出埃及記》23：16。

叫。雙胞胎突然扯掉了他們身上的外袍。我們三個年紀相同，他們家與我家相對，中間隔著一片荒地，坐落在卡塔蒙與克亞施穆爾之間。他們家是幢別墅，有個四四方方的庭院，房子繞庭院而建。爬滿了藤蔓的外牆，是由紅石砌成，這種石頭在耶路撒冷南郊的阿拉伯富人區相當流行。

我害怕雙胞胎。他們準備拿我開心。這兩個人牙齒雪白，皮膚黝黑，身子靈巧，簡直是兩隻大灰狼。「米海爾，米海爾。」我叫喊著，卻發不出聲音。我成了啞巴。黑暗將我吞沒；只有當我經歷了極度的快樂或痛苦之後，黑暗才會讓米海爾前來解救我。要是雙胞胎能夠想起我們的童年就好了，可是他們完全沒想起，只是一味大笑。在地窖的地板上跳來跳去，好像他們快要凍僵了似的，但天氣並不冷。他們精力旺盛地蹦蹦跳跳，一副興高采烈的樣子。終於，我控制不住自己，爆發出一陣緊張、駭人的狂笑。阿濟茲比他哥哥稍高一點，也略黑一些。他從我身邊跑過，打開一扇我不曾注意的門，用手指著門，謙卑地一鞠躬。我自由了，可以出去了。這是個可怕的瞬間。我可以出去，但我沒有出去。哈利利發出一聲低沉顫抖的呻吟，關起門、插上門閂，然後，阿濟茲從長袍中掏出一把亮閃閃的大刀。這刀正是我和米海爾昨天在錫安廣場的一家商店裡買來切麵包用的。阿濟茲兩眼放光，四肢著地蹲伏在那兒。他的雙眼在冒火，眼白渾濁而佈滿血絲。我不停地後退，後背緊貼著地窖的牆壁。那牆面骯髒不堪，一股黏糊糊、腐臭的濕氣滲入我的衣服，觸到了我的皮膚。我使出全身力氣放聲尖叫。

早晨，塔諾波拉太太進屋告訴我，我在睡夢中哭叫。倘若漢娜小姐在婚禮兩天前的夜裡大喊大叫，一定預示著大麻煩。夢告訴你該做什麼，不該做什麼。塔諾波拉太太說，在夢中我們得為自己所做的錯事付出代價。如果她是我母親，即使我再生氣，她也不會允許我嫁給一個在街上偶遇的人。也許我會有機會碰到另一個截然不同的人，或者什麼人也碰不到！這一切將導致什麼？導致的是災禍！「你們結婚就像普珥節上的轉瓶子遊戲。我自己是由媒人介紹結婚的，媒人知道按照天意行事，因為她熟悉兩個家庭，仔細查過新娘新郎的底細。畢竟，什麼樣的家庭養出什麼樣的人。父母、祖父母、叔伯姑嬸、兄弟姐妹，看到他們，就如同看到井就想到水一樣。今晚妳上床睡覺之前，我會給妳泡杯薄荷茶，對安撫受驚的靈魂很有效。妳所仇恨的每個人在自己的婚禮前夕也會做這樣的噩夢。漢娜小姐，這些事發生在妳身上，是因為人們結婚就像《舊約》中的偶像崇拜一樣：少女碰到一個男人，不瞭解他是做什麼的就和他海誓山盟，並訂下婚期，似乎人生在世就是害怕孤單。」塔諾波拉太太在說「少女」一詞時，無奈地笑了一笑。我沒有開口。

9

我和米海爾在三月中旬結婚。婚禮在雅法路土舊拉比樓的平台上舉行，樓對面是斯泰瑪斯基外文書店。灰濛濛的天空上湧動著大塊大塊的烏雲。

米海爾和他父親身穿黑色西裝，都在上衣口袋裡插了一塊白手帕。他們長得如此相像，有那麼兩次我都弄混了，朝著丈夫米海爾喊他爸爸的名字「耶海茲克爾」。

米海爾遵照習俗用力踩碎玻璃瓶，碎玻璃發出喀嗞喀嗞的響聲。人們在瑟瑟低語。莉亞姑媽哭了，我媽媽也哭了。

我哥哥伊曼紐忘了戴小帽，他在蜷曲不馴的頭髮上蓋了一塊花格手帕。嫂嫂瑞娜用手緊緊抓住我，好像我有可能暈倒似的。我沒忘記此事。

當晚，大家在拉蒂斯本大樓的一間教室裡舉行舞會。十年前，也就是我們舉行婚禮的那個時候，大學的多數院系都設在基督教女修道院的側房。獨立戰爭把斯克浦斯山上的教學大樓與城市分割開來。老耶路撒冷人堅信，這只是一種暫時現象，畢竟關於政局的小道消息數不勝數，許多事情懸而未決。

舉行舞會的拉蒂斯本修道院的房間高大蒼涼，天花板烏黑一片。裝飾過的屋頂上，許多圖案已模糊不清，色彩業已剝損。我費了一番氣力，才從畫上弄明白耶穌從降生到釘上十字架的各個時期的生活場景，然後把視線從天花板上移開。

我母親身穿一件黑色洋裝，這是一九四三年父親去世後她自己縫製的。此刻，她在衣服上刻意別了一枚銅胸針，以便區別歡樂與憂傷。她戴著一條沉甸甸的項鍊，項鍊在數盞舊日光燈的映照下顯得熠熠生輝。

前來參加舞會的有三、四十個學生。他們多數來自地質系，但也有一部分是希伯來文學系一年級的學生。我的好友哈達莎帶著她年輕的丈夫前來，送給我一幅時髦的葉門老婦複製畫像作為禮物。父親的幾個老友合送我們一張支票。哥哥伊曼紐從基布茲帶來七個年輕人，他們的禮物是一個鍍金花瓶。伊曼紐和他的朋友竭力想為舞會營造一種歡樂的氣氛，但大學生們的出現又使得他們有些侷促不安。

接著，兩位地質系的學生起身朗讀了一段以地層影射性生活的對白，既無聊又冗長，其中充滿了猥褻的暗示和雙關語，目的是想娛樂我們。

而幼稚園的莎拉．傑爾丁，也就是我那個外貌蒼老、滿臉皺紋的園長，她則帶來一套茶具，每件物品上都鑲有金邊，畫著身穿藍色服裝的一對情侶。她擁抱了我媽媽，兩人互相親吻，用意第緒語交談著，頻頻點頭。

米海爾的四位姑媽，他父親的姐妹們，圍坐在一張放滿三明治的桌子前，喋喋不休地議論著我。她們並不刻意放低嗓門。我感覺到她們不喜歡我。這些年來，米海爾一直是個又聽話、又可靠的孩子，現在他閃電式地結婚，毋庸置疑會惹來許多閒言閒語。畢竟，傑妮雅姑媽與第一任丈夫在庫夫諾訂婚後，可是等了六年才結婚。此時，四位姑媽正用波蘭語談論我們火速結婚將會招致的紛紛議論。

哥哥伊曼紐和他基布茲來的朋友喝得太多了。他們吵吵鬧鬧，又亂七八糟地唱起一支著名的飲酒歌。他們挑逗女孩子，浪笑聲、尖叫聲混成一片。地質系女生雅德娜，她擺動著一頭漂亮的金髮，甩動綴滿閃爍亮片的裙子，一腳蹬掉鞋子，跳起了瘋狂的西班牙舞，其他客人則打拍子伴奏。哥哥伊曼紐還捧了一個柳橙汁瓶子為她助興。雅德娜站到椅子上，手上拿著滿滿一杯酒，唱起一支著名的美國失戀歌曲。

我必須寫下另一件事：舞會結束時，我的丈夫悄悄到我身後，突如其來地想要吻我的脖子。這也許是他同學給的點子。然而當時，我的手上正拿著哥哥硬塞給我的一杯酒，所以在米海爾的嘴唇一碰到我的脖子時，我便驚得跳了起來，酒不僅灑在我雪白的禮服上，還濺到了傑妮雅姑媽的棕色套裝。這段細節有那麼重要嗎？自從房東太太對我夢中哭泣之事講了那些話之後，我的腦海裡就一直被象徵與暗示所困擾。這也如同我父親一樣：他是個對任何事都留心的人，始終把人生當成一門基礎課，覺得人只要留心，便可以從中學到東西並積累經驗。

10

週末，教授來向我道喜。那是在塔拉桑塔學院的門廳，在他每週一次的瑪普講座的休息時分。「漢娜……噢，不，是戈嫩太太，我剛剛聽到這個好消息，趕緊來向妳表達祝賀。我衷心希望你們會建立起一個傳統的猶太家庭，典型的開明家庭。接下來呢，我祝妳一切如意。新郎是做什麼的？對了，是在地質系。多麼具有象徵意義的專業結合：一個地質，一個文學，都是挖掘深層次的東西，尋找珍藏著的寶藏。戈嫩太太，妳還打算繼續妳的學業嗎？太好了，我很高興。妳知道，我把學生看得像子女一樣寶貴。」

我的丈夫買了一個大書架，雖然那時他沒什麼書，也就二、三十冊吧，但他認為以後會不斷增多。我們準備把一整面牆全部用來放書，但眼前的書架幾乎是空的。於是我從幼稚園帶回自己用鐵絲和彩色纖維板做成的玩具，放在上面，讓它不至於顯得太空盪。這只是為了應急。

後來，我們的熱水管故障了。米海爾試圖自己動手修理，他說小時候經常為父親和姑媽修水管，但這次他卻沒有修好，甚至弄得更糟了。於是我們請來了水電工，這個英俊的北非小伙子，輕而易舉就解決了問題。米海爾為自己的失敗不好意思，默默地站在那兒，就像個受罰的孩子。我喜歡他這副狼狽相。

「好甜蜜的一對啊，」水電工說。「那我就少算一點吧。」

最初的那些夜晚，我只有服下安眠藥才能入睡，因為從我八歲那年，哥哥伊曼紐有了自己的房間後，我便都是一個人睡。而米海爾睡覺的樣子，我一直到新婚之夜才頭一次看到。他的睡姿很奇怪，是會用被子蒙住頭，把整個身子裹在裡面。有時我提醒自己，那有節奏的嘶嘶聲就是我丈夫的呼吸，從現在開始，這個世界上沒有比他與我更親近的男人了。躺在幾乎沒花什麼錢便從好心的前任房客手中買下的二手雙人床上，我輾轉反側，直至天明。床壁上飾有花色雕紋，漆得棕黑鋥亮。床就像多數舊式家具一樣，有點太寬了。有一次，我甚至以為米海爾已經起床，悄悄走了，但其實他只是離我遠遠的，全身裹得緊密地躺在那裡。幾乎要等到黎明時分，某些可感知的觸動才會來到我身邊。它們來得美妙而猛烈；來得朦朧、恬靜、輕柔。

我從來就不想找一個粗暴的男人，但為什麼我卻感到如此失望？小時候，我總想嫁一個注定要舉世聞名的青年學者。我想像自己會躡手躡腳來到他布置考究的書房，把一杯茶放在堆滿書桌的德文經卷中，倒空菸灰缸，輕輕關上百葉窗，在他毫無覺察的時候，踮起腳尖悄悄走出去。我想過，如果丈夫像個饑渴至極的人一樣撲向我，我將會為自己感到羞恥。然而米海爾，當他靠近我時，卻是把我當成一件易碎的器皿，或者像科學家手中的一支試管，那麼我又為什麼會感到鬱鬱不樂呢？夜晚，我會想到我們一起從惕拉亞爾走向車站的那個深夜，他所穿的那件溫暖粗糙的大衣。在最初的那些夜晚，我總是想到在塔拉桑塔玩弄茶匙的手指。

一天早晨，我問丈夫我是不是好女人，我顫抖的雙手端著一杯咖啡，眼睛卻盯著地上一塊有裂縫的瓷磚。他思忖片刻，用一種學究的方式回答我說，因為他以前從未接觸過別的女人，所以不能做出判斷。我的丈夫米海爾，他回答得如此坦率，我卻不知道自己的手為什麼依然顫抖，把咖啡濺到了嶄新的桌布上。

每天早晨我都要煎一個雙黃蛋餅，為我們兩人沖咖啡。米海爾則切麵包。我喜歡穿上藍圍裙，在廚房中重新擺放各種用具與器皿。我們的日子過得很平靜。八點鐘，米海爾去上課。他手提新的公事包，這個又黑又大的公事包是他父親送給他的結婚禮物。我在街道轉角和他道別，接著便轉身走向莎拉．傑爾丁幼稚園。我給自己買了件嶄新的春裝，輕薄的棉布上印著黃色的花朵，但春天遲遲沒有來臨，冬天仍在繼續。耶路撒冷一九五〇年的冬天漫長又難熬。

由於服用安眠藥，我每天都做夢。老莎拉．傑爾丁透過金絲眼鏡會意地審視著我，她大概在想像著，以為我度過了如何瘋狂的夜晚。我想修正她的錯誤，但又找不出合適的詞句。其實我們的夜晚很平靜。有時，我覺得有種朦朧的期待湧上心頭，爬上脊背；好像決定性的事件尚未發生，一切似乎都是序曲、彩排、預備。而我正在練習一個即將要扮演的複雜角色，就在生活中不久就會發生的一個重要事件裡。

這裡我將寫下關於佩雷茨・斯默倫斯基⑭的一件怪事。

教授結束了亞伯拉罕・瑪普的系列講座後，便開始對斯默倫斯基《人生路上的徘徊者》一書進行討論。教授向我們詳細講述了作者的旅行以及他的感情遭遇。那些年，評論家依然相信，作家的經歷會反映在作品之中。

我記得有好幾次，我在一瞬間強烈地意識到自己認識佩雷茨・斯默倫斯基本人。也許是他書中的照片讓我想起了某個我認識的人，但我覺得這並非真正的原因。我感到，兒時聽他所講的一些東西對我的人生產生了影響，所以我應該馬上再見到他。我必須、必須在腦海裡歸納好恰當的問題，到時候才知道該問什麼。實際上，我必須思考清楚狄更斯對斯默倫斯基在創作的影響。

每天下午，我坐在塔拉桑塔閱覽室裡的書桌前，讀英文版《塊肉餘生錄》。狄更斯筆下的孤兒科波菲爾，簡直像極了斯默倫斯基書中的孤兒約瑟。兩個孤兒都經歷了各種艱難困苦；兩位作家也都同情孤兒，因而都鞭撻社會。我會靜靜地坐上兩三個小時，觀看痛苦與暴虐，就像在閱讀有關恐龍滅絕的傳說，或者在閱讀沒什麼教育意義的寓言。那是一種超然的理解。

那時，塔拉桑塔地下閱覽室的圖書管理員中有一位戴便帽的小老頭兒，他既知道我單身時的名字，也知道我婚後的姓氏。現在他想必已經不在人世了。我很喜歡聽他說話。「漢娜．格林鮑姆—戈嫩小姐，漢娜與戈嫩的第一個字母在希伯來文中拼在一起正好是『節日』一詞。我祝你們天天都像過節一樣。」

三月結束了，四月也已經過半。耶路撒冷一九五〇年的冬天漫長又難熬。黃昏時分，我佇立窗前，等候丈夫的歸來。我往玻璃上哈出一口氣，畫一顆心，用尖尖的手指在裡面寫上HG、MG和HM⑮幾個字母，有時也畫其他圖形。一看見米海爾的身影出現在街頭，我便趕緊把這些東西全部擦掉。米海爾在遠處以為我是向他招手，也向我招招手。他進門時，我那剛剛擦過玻璃窗的手潮濕冰冷，他喜歡對我說：「手冷著呢，心卻是熱的。」

後來有一天，諾夫哈倫基布茲寄來一個包裹，裡面裝著媽媽織的兩件毛衣。白色那件是給米海爾的，給我的那件是藍灰色的，像米海爾寧靜的雙眸。

---

⑭佩雷茨．斯默倫斯基（Peretz Smolenskin,1840-1885），現代希伯來文學史上重要的小說家。

⑮HG、MG、HM為主角名字的英文縮寫。HG指漢娜．戈嫩，MG指米海爾．戈嫩，HM指漢娜、米海爾。

11

一個蔚藍的安息日早晨，春意突然降臨到山丘上。我們準備從耶路撒冷出發，徒步旅行到惕拉亞爾。早上七點鐘，我們出了家門，走在通往卡法利弗塔的路上，兩個人手拉著手。這是一個湛藍的早晨，藍天掩映著山巒，彷彿彩筆勾勒出的畫面。岩石縫隙中是一簇簇破土而出的仙客來。山坡上銀蓮盛開，地上濕漉漉的，石穴中依然泛著雨水，松柏被沖刷得乾乾淨淨。一棵孤零零的柏樹聳立在克隆尼亞的阿拉伯村莊廢墟上，盡情地吮吸著大地的芬芳。

有那麼幾次，米海爾停下來，讓我看一些地形特徵，並告訴我這些地形特徵的名稱，問我是否知道，數萬年前這裡的山巒曾被大海所淹沒。

「大海最終會重新淹沒耶路撒冷的。」我斷然地說。

米海爾笑了。

「漢娜也變成先知了嗎？」

他興高采烈，不時撿起石子，猛地扔出去，像是在指責這一切。我們爬上城堡，一隻不知是老鷹還是禿鷹的鳥飛了過來，在我們頭頂上盤旋。

「我們還沒死呢！」我興奮地叫著。

石頭仍然很滑。我故意踉蹌一步，以紀念塔拉桑塔的那一跤。我也對米海爾講了婚禮前塔諾波拉太太對我說的話：我們這種人的婚姻像《聖經》中的偶像崇拜，像普珥節的遊戲。少女把目光集中在一個與她萍水相逢的男人身上，但她也許會碰到另一個截然不同的人。

接著，我採下一朵仙客來，把它別在米海爾的鈕釦眼上。他抓住我的手。我的手冰涼，而他的手指卻是熱呼呼的。

「我正在想著一句很俗氣的格言。」米海爾哈哈大笑。這件事我沒有忘記。忘記意味著死亡，我不想死。

米海爾的朋友莉奧拉要在安息日值班，沒空招待我們，她只是稍稍問候我們，便回到廚房工作。我們在餐廳吃過午飯後，懶洋洋地躺到草坪上，米海爾枕著我的膝頭時，我差點對他說出我的痛苦，說出那對雙胞胎，還有折磨人的恐懼佔據了我的內心。但我終究沒開口。

之後，我們步行去阿奎貝拉泉。附近的灌木叢旁邊，站著一群騎車從耶路撒冷趕來的年輕男女。一個男孩子正在修車胎。有些話傳到我的耳邊。

「真的不能說謊。」修車胎的男孩說，「昨天我跟我爸說要去青年會，卻跑去錫安戲院看『霸王妖姬』⑯。結果你們猜坐在我後面的是誰？就是我老爸！」

---

⑯《霸王妖姬》（Samson and Delilah），一九五〇年代最賣座、最受肯定的史詩電影。

一會兒後，我們又聽到兩個女孩聊天。

「我姐姐根本是為了錢才結婚。可是我，將來只會為了愛情結婚，因為人生不是兒戲。」

她朋友回答說：「事實上，我並不完全反對自由戀愛，但你二十歲的時候，怎麼會知道三十歲時還能不能找到愛情？我聽過一個青年領袖公開說，現代人的戀愛應該單純而自然，就像喝白開水一樣。所以我還是不想陷進去，也覺得任何事情都要有個限度：別像芮貝卡每週都換男朋友；但也不要像達麗亞，如果有男人走近她，只是問個時間，她便臉紅跑掉，好像他們都要來強姦她似的。我覺得人活著不能走極端，要適度，就像褚威格所說的：『生活沒有節制的人會早死』。」

我們乘安息日結束後的頭班車返回耶路撒冷。晚上，颳起了強勁的西北風，天空彤雲密佈。早上的春意一定是虛構出來的，耶路撒冷依然是冬天。我們放棄了進城到錫安戲院看《霸王妖姬》的計畫，回家早早上床。米海爾讀著報紙的週末增刊，我明天有個討論課，於是就讀了佩雷茨．斯默倫斯基的小說《驢子的葬禮》。屋子裡靜極了，百葉窗緊閉著，床頭燈投射下的暗影讓我無法再繼續閱讀了。這時，廚房裡傳來滴水聲，我凝神聽著那節奏。

又過了一會兒，一群剛從青年會出來的年輕人從門前經過，男孩們唱著：女孩是撒旦的骨肉，我愛一個就夠了。女孩們聽了則尖叫起鬨。

米海爾放下報紙，問能否打擾我一下。他說：「要是我們有了錢，就買一台收音機，這樣就可以在家裡聽音樂會了。不過今年因為揹了些債，我們應該沒有多餘的錢可以買。但說不定吝嗇的老莎拉．傑爾丁下個月會給妳加薪。順便告訴妳，雖然修熱水管的那個水電工熱情可愛，但是現在水管又壞了。」

米海爾關上燈，在黑暗中摸索我的手。但他的眼睛還沒有適應從百葉窗滲進來的微光，手臂便重重地撞在我的下巴上，我疼得哼了一聲。米海爾跟我道歉，撫摸我的頭髮。我很累，有些心不在焉。他把臉貼在我的臉上。今天我們愉快地散步了這麼長時間，所以他沒有時間刮鬍子。鬍碴刮著我的皮膚。記得那是個很糟糕的時刻，我突然想起一個常聽到的笑話：有個個性保守的新娘，竟然完全不懂丈夫的求歡，而反問丈夫：難道這張雙人床不夠我們兩人睡？這真是讓人發窘的一刻啊！

就在那個夜晚，我夢見了塔諾波拉太太。我們來到一個平原小鎮，也許是霍隆，也許是我公公住的地方。塔諾波拉太太倒了杯薄荷茶給我，茶的味道很苦，讓人倒胃口。我一噁心，弄髒了潔白的結婚禮服。塔諾波拉太太粗聲大笑，「我提醒過妳了，」她誇口說，「我事先就提醒過妳，但妳卻不顧一切徵兆。」一隻尖鉤利爪的惡鳥朝我撲過來了，利爪劃到我的眼皮。我驚醒了，搖著米海爾的手臂。他生氣地嘟囔著：「妳有病啊，別煩我。我要睡覺，明天還有許多事情要做。」我吃了一顆安眠藥，一小時以後又吃了一顆，最後才沉沉睡去。第二天早晨，我有點發燒，沒去上班。吃午飯時和米海爾吵了一架，說了些傷人的話，米海爾則努力地壓抑自己的情緒，一言不發。晚上，我們和解了，並且責備自己不該吵架。後來，我的好友哈達莎和丈夫來家裡聊天。哈達莎的丈夫是個經濟學家，話題於是轉向了嚴肅的政治。按哈達莎丈夫的說法，政府所採取的措施是立基於荒謬的空想上，把以色列當成了一場偉大的青年運動。哈達莎引用傳遍耶路撒冷的一場驚人貪瀆案，解釋說官員只知關心自己的家庭。米海爾沉吟片刻之後發表見解，他說對生活要求過高是錯誤的。我不明白他是在替政府說話，還是在附和我們的客人。我問他是什麼意思，他對我微微一笑，好像我不是要他回答問題，只是要他微笑。我起身到廚房弄些咖啡、茶，還有蛋糕。透過敞開的房門，我能聽見哈達莎的說話聲，她在我丈夫面前讚美我，說我曾是班上最優秀的學生。接著，大家的話題轉向希伯來大學：這麼年輕的一所學校，卻受到這麼多傳統戒律的約束。

12

六月時，我發現懷孕了，那是婚後三個月。

我把消息告訴米海爾時，他一點也不高興，再三追問我是不是真的。婚前，他曾在醫學書中讀到，這種事很容易弄錯，尤其是第一次。有沒有可能是我弄錯了徵兆？

我起身離開房間，他仍留在原地，站在鏡子前，在嘴唇與下巴之間這一敏感部位移動著刮鬍刀。或許在他刮臉時說這話不是時候。

第二天，小兒科專家傑妮雅姑媽從台拉維夫趕來。原來是米海爾一早就打電話給她，她便放下一切，十萬火急地趕來了。

傑妮雅姑媽說話時神情嚴峻，指責我不負責任，說我將毀掉米海爾的全部心血。難道我不明白自己的命運與米海爾的前途息息相關嗎？又正好碰上大學期末考試這個節骨眼！

「簡直像小孩子，」傑妮雅姑媽說，「簡直像個小孩子。」

她拒絕留下過夜，而且後悔自己居然拋下一切像個傻子衝到耶路撒冷；她很後悔，為很多事後悔。「不過是一次二十分鐘的手術，就像割扁桃腺一樣簡單。但世界上就有這麼複雜的女人，連這麼簡單的事情也搞不懂。你呢，米海爾，竟像個啞巴似的坐在那兒，好像此事與你無關。有時我覺得，長輩為年輕人犧牲奉獻並沒有任何意義。我最好還是閉嘴吧，反正我心裡想說的話你們也不想聽。兩位，再見了。」

傑妮雅姑媽撿起她的棕色帽子，橫衝直撞地走了出去。米海爾半張著嘴坐在那兒，默默無言，像剛聽完恐怖故事的孩子。我走進廚房，鎖上門，哭了。然後我站在櫥櫃前，削了一根胡蘿蔔，撒上糖，加了些檸檬汁，哭泣著。我決定就算丈夫來敲門，我也不會開的。不過我現在幾乎可以確信，米海爾是不會來敲門的。

一九五一年三月，婚後近一年，歷經痛苦的妊娠之後，我們的兒子亞伊爾出生了。

而在這之前，在剛開始懷孕的夏天時，我在街上丟了兩本糧票，一本是米海爾的，一本是我自己的。沒有糧票就不能買必要的食物。一連幾個星期，我出現維生素缺乏的症狀。米海爾連粗鹽也不肯在黑市買。這是他從父親那裡繼承的人生準則：一定要嚴格遵守國家法律。領到新糧票以後，我繼續忍受新的煎熬。有一次，我不小心在幼稚園操場跌了一跤，醫生於是不允許我繼續工作。這個決定對我們來說很殘酷，因為我們的經濟狀況很拮据。醫生還給我開藥方，要我保護肝臟，補充鈣片。有慢性頭痛的我，常覺得好像有塊冰冷的金屬片戳在太陽穴上，於是我又開始噩夢纏身，經常在尖叫中醒來。米海爾寫信回家，告訴他們我不再工作了，並說明了我的精神狀況。在這個困境下，多虧哈達莎的丈夫幫忙，才讓米海爾從學生助學金管理機構借到了一小筆錢。

八月末，傑妮雅姑媽寄來一封掛號信。信中沒寫半行字，但我們卻在信封內發現一張摺好的支票，面值三百鎊。米海爾說，要是自尊心驅使我把錢退回去的話，他願意中斷學業去找份工作，於是我留下了傑妮雅姑媽的錢。我對米海爾說，我不喜歡「自尊」這個詞，還說我會充滿感激地將錢收下。既然如此，米海爾要我別忘記他曾願意為了我中斷學業去找工作。「我會記住的，米海爾。你瞭解我的，我不懂如何遺忘。」

我不再去大學聽課，也不再去上希伯來文學了。我在筆記中寫道，強烈的孤兒情緒在希伯來文學復興時期的詩人創作中十分普遍。但這種孤兒意識從何而來？又包括哪些內容？我就不得而知了。

這時候的我，家務事也顧不了了。整個上午，幾乎是獨自一人待在小小的陽台上，俯瞰一片荒涼的院落。我坐在折疊椅上，扔麵包屑餵貓，看鄰居的孩子在院子裡玩耍。父親以前常用一個成語「靜觀默察」。我默不作聲地觀看，但是離寧靜卻相去甚遠，與父親所說的那種默察大概還是相去甚遠。孩子們氣喘吁吁地激烈競爭，究竟是為了什麼？遊戲令人疲憊，勝利只是一片虛空。成功的期待又是什麼？夜幕即將降臨，冬天就要返回；暴風雨將要沖刷一切，耶路撒冷將會再吹起勁風，或許即將展開一場戰爭。捉迷藏的遊戲太愚蠢可笑了。我從陽台上可把一切看得清清楚楚。誰能真正藏匿起來呢？又是誰在找呢？熱情是個多奇怪的東西啊！疲倦的孩子們啊，休息一下，放鬆一會兒吧！冬天雖然非常遙遠，但已經在積蓄力量了。距離其實是一種錯覺。
午飯後，我便精疲力竭地往床上一倒，連報紙都讀不了。
米海爾早上八點離家，晚上六點回來。時值夏天，我不能往窗子上哈氣、在玻璃上畫東西了。為了不讓我費心，米海爾重新開始了過去的生活，與他的同窗好友一起到馬米拉路口的學生餐廳吃飯。

十二月是我懷孕的第六個月。米海爾參加第一個學位的考試，拿到了第二名。對他的喜悅我無動於衷。讓他獨自慶賀去吧，留我一個人待著。其實從十月開始，米海爾已開始攻讀第二個學位。晚上他疲憊不堪地回來時，總會自動去買日用品、買菜、買藥。有一回，他還因為去診所替我拿化驗結果，以至於錯過一個重要的實驗。
那天晚上，米海爾一掃往日的沉默。他試圖向我解釋他自己目前的日子也不好過，我不應該以為他一切都稱心如意，像從前那樣。
「米海爾，我並沒那麼想。」
那麼，我為什麼讓他感到內疚呢？
我讓他感到內疚了嗎？他必須意識到，在眼前這種時候我浪漫不起來。我連件孕婦裝也沒有，每天穿著便服，既不合身，也不舒服，如何能使自己美麗動人呢？
不，他要的不是這些。他想念的不是我的美麗。他所要求的只是希望我別這麼倔強，別這麼歇斯底里。

的確，在這期間，我們之間有一種不穩定的妥協。我們就像兩個在漫長的火車旅途中被命運安排在一起的乘客，雙方得互相體諒，彬彬有禮，互不干擾，互不侵犯，少打聽對方的私事；要謙恭有禮，體諒他人。或許可以時不時地閒聊一番，讓對方高興。但不能要求，甚至要偶爾流露出適度的同情。

然而車窗外卻是一片單調陰鬱的景色：乾涸的土地，低矮的灌木叢。

我要是讓他關上窗子，他會很願意去做的。

但這只是某種冷漠的和諧。既小心又辛苦，就像走在被雨水打濕的一段石階上。啊，真希望能好好休息。

我承認，經常是我自己打破了這種和諧。若不是米海爾那堅實的臂膀，我早已跌倒了。整個夜晚我故意靜坐在那兒，好像房間裡只剩下我一個人，要是米海爾問我感覺怎麼樣，我會說：

「你在乎嗎？」

如果第二天早晨他要是賭氣，不問我感覺如何，我就會咆哮起來，說他不關心我，所以不問候我。

冬天開始時，有那麼一兩次，我用眼淚把米海爾弄得狼狽不堪，我叫他畜生，罵他木訥無情。米海爾溫和地駁回這些指控，措詞冷靜又有耐心，好像是他犯了錯，我成了被撫慰的對象。但我仍像個反叛的孩子一樣不肯罷休。我恨他，恨得喉嚨哽咽。我想用力搖他叫他別再那麼心平氣和。

但米海爾冷靜又徹底地洗刷地板，攤開抹布，把地板擦了兩遍。接著，他問我感覺是否好一些。他為我熱牛奶，撈去了上面讓我討厭的奶皮；他為在我懷孩子的狀態下還惹我生氣而道歉。他要我告訴他，究竟是哪件事惹我生氣了，好讓他不再犯同樣的錯誤。然後，他出去到街上去買煤油。

懷孕的最後幾個月，我覺得自己奇醜無比，不敢去照鏡子。臉上的妊娠斑令我面目全非。由於靜脈曲張，我不得不穿上彈性長筒襪。我這時的樣子大概像房東太太，或者像老莎拉了。

「你覺得我變醜了嗎，米海爾？」

「妳對我來說貴如珍寶，漢娜。」

「你要是不覺得我醜，為什麼不抱我？」

「因為，我要是做了，妳就會落淚，說我是裝的。妳忘了今天早晨你對我說什麼？叫我不要碰妳。所以我沒有擁抱妳。」

米海爾出門時，我又體驗到兒時的渴望，就是想大病一場。

13

我公公耶海茲克爾用散文詩體寫來一封信，祝賀他兒子期末考試的成功，將「得勝在考場」與「欣喜賦詩章」、「漢娜喜洋洋」都押韻。米海爾對我大聲朗讀來信，說他也想從我這兒得到一件小紀念品，或許是一個新菸斗吧，以慶祝他順利通過第一個學位的考試。說這話時，他露出既尷尬又使別人尷尬的微笑。而他的話讓我生氣，他的微笑也讓我生氣。我對他說過多少遍了，我的頭像被刺進冰冷的鐵塊一樣痛，為何他總是只想到自己，從來不為我著想。

因為我的緣故，米海爾三度放棄了所有同學都參加的重要地質考察。第一次是去發現過鐵礦的邁那拉山，第二次是去內蓋夫，第三次是去索多瑪的鉀鹽場。就連他已婚的朋友也全都參加了這些旅行。然而，我並不感激米海爾所做的犧牲。但有一天晚上，我的腦海裡冒出兩句記不太清楚的著名童謠，說的是一個叫作米海爾的孩子。

小米海爾蹦蹦跳跳過了整整五年。
六歲時向心愛的和平鴿道聲再見。

我爆出一陣大笑。

米海爾驚愕地睜大眼睛看著我，他說我這種高興並不常見，他想知道我為什麼突然這樣放聲大笑。

我望著他那雙驚愕的眼睛，依然大笑不止。

米海爾陷入沉思。稍過片刻，他緩過神來，開始告訴我他今天從學生餐廳裡聽來的一個政治笑話。

後來，母親從上加利利的諾夫哈倫基布茲趕來，一直和我們住到孩子出生，幫助我們料理全部家務事。一九四三年父親去世後，母親就搬到諾夫哈倫基布茲，從此她就再也沒機會做家事。她做起事來熱情洋溢，又俐落迅速。剛進門做過第一頓午飯後，她對米海爾說，她知道他不愛吃茄子，可實際上他吃了三碟用茄子做的菜餚卻渾然不覺。能把菜做成這樣簡直是個奇蹟啊。他真的沒嚐出來這是茄子嗎？一點也沒嚐出來嗎？

米海爾禮貌地回答說，一點也沒吃出來，您做飯的功夫簡直神乎其技。

母親常會支使米海爾忙東忙西，她的潔癖讓米海爾深受其苦。他得經常洗手；大家在吃飯時他不准把錢放在桌上；他要把紗窗拿下來好好擦洗一遍。「你在幹什麼呢？別在陽台上弄，你怎麼就不明白呢，灰塵會重新飛進屋子裡，不要在陽台上弄，下樓去，到院子裡。對，就是這樣，好多了。」

她知道米海爾自幼喪母，所以不對他發脾氣。但她卻無法理解，這樣一個又聰明又有教養的大學生，竟然不知道世界上遍布著細菌。

米海爾馴服得像個懂事的孩子。需要我幫什麼忙？讓我來吧；礙事嗎？好的，我這就下樓去買；當然我會問賣菜的；好的，一定早點從學校回來；我會帶菜籃出門；不會的，我不會忘的，漢娜已經列了菜單……他甚至同意放棄購買新版《希伯來大百科全書》前幾卷的想法。買書並不是至關重要的，現在他知道我們得儘量節儉。

晚上，米海爾會幫系圖書館管理員做事打零工，以賺點錢貼補家用。我常對他嘀咕著：「這些日子我連晚上都沒機會看到閣下大駕光臨呢。」米海爾甚至不在屋子裡吸菸，因為母親受不了菸味，也因為母親告訴米海爾，抽菸對孩子不好。

一旦憋得受不了，米海爾就會走到街上，站在電線杆下抽一會兒，就像個在尋找靈感的詩人一樣。有一次，我站在窗前遠遠地看著。藉著街燈，我看見他的平頭短髮。煙圈在他周圍繚繞，好像他是一個從陰間被喚來的幽魂。我想起很久以前米海爾對我說過的話：貓從來不會看錯人；「腳踝」這個詞很好聽；我是個耶路撒冷的冰山美人；按他自己的說法，他是位普普通通的小伙子；在認識我之前他沒有固定的女朋友；在雨中，保險公司大樓前的石獅無聲地嘲笑；當一個人心滿意足、無所事事之時，情感就會像惡性腫瘤一樣蔓延開來；耶路撒冷是一座令人憂傷的城市，然而在不同的時刻、不同的季節，憂傷的程度又不盡相同。那已是很久很久以前的事了，米海爾肯定全都忘了。只有我不願將一切都拋棄給無情的時間魔爪。我問自己，時間作用於瑣碎的言語上，會有什麼奇妙的變化？世間萬物中有一種神奇的魔力，那便是生命的內在韻律。那位青年領袖曾對我們在阿奎貝拉見過的那兩個女孩說，現代的愛情應該要像喝杯白開水一樣簡單。這個說法大錯特錯。而在蓋烏拉大街上，對我說我找的丈夫得是個強者的米海爾，則非常正確。在那一刻我覺得，儘管他在路燈下站著吸菸，像個失寵的孩子，但他也無權指責我帶給他種種折磨，因為不久我將死去，所以我不必體諒他。米海爾敲了敲菸斗，朝回家的方向走來。我趕緊躺回床上，臉面向牆壁。母親叫米海爾幫她開罐頭，他回答說他很樂意幫忙。遠處響起了救護車的呼嘯聲。

一天夜裡，我們一言不發地熄了燈後，米海爾小聲對我說，有時他覺得我已不再愛他。說這話時他十分平靜，好像在背誦一些礦物質的名稱。

我說：

「我只是低落，其他沒什麼。」

米海爾很能體諒，他知道我情況特殊、健康狀況不好，我們生活條件艱難。但我覺得他倒不如乾脆使用「心理異常」、「身心失調」等詞語來解釋我的狀況。整整一個冬天，耶路撒冷的寒風都在吹動著松柏，而風離去時卻沒有留下任何痕跡。你是個陌生人，米海爾。你夜裡躺在我的身旁，可你卻如此陌生。

14

一九五一年三月，我們的兒子亞伊爾出生了。

我父親的名字約瑟，已經給了哥哥伊曼紐的兒子。最後，我們給兒子取了兩個名字：亞伊爾和扎爾曼，以紀念米海爾的祖父扎爾曼・甘茨。我公公耶海茲克爾・戈嫩在孩子出生的第二天即趕到耶路撒冷，米海爾帶他來到沙茲迪克醫院的婦產科。這是上個世紀建造的一棟陰暗沉悶的建築，床對面的牆壁斑斑剝剝。我凝視著牆壁，發現了稀奇古怪的圖案：凹凸不平的山巒，凍結在歇斯底里狀態中的幾個黑衣女人。

耶海茲克爾・戈嫩也心情低落，悶悶不樂。他在我床邊坐了好一陣子。他拉著米海爾的手，喋喋不休地念叨著他的不幸遭遇，說他是怎麼從霍隆來到耶路撒冷，怎麼誤去了開往梅沙阿倫方向而不是到麥括巴魯方向的車站。梅沙阿倫搖搖欲墜的樓梯與歪歪扭扭的晾衣繩，令他想起波蘭的拉多姆。他說，我們根本無法想像他受的罪、他的渴望、他的傷心。噢，他到了梅沙阿倫逢人便問，人家告訴了他；他又問，人家又指錯了路——他不敢相信傳統派猶太教的孩子竟施這樣的詭計，大概是耶路撒冷街上具有某種欺騙本性吧。最後，他精疲力竭，終於找到了，這也僅僅是碰對了。「最後終於好了，就像大家所說的那樣，全都好了。這一切都不重要。重要的是，我要吻一下妳的前額，向妳表示我的祝福，以及四位姑媽的祝福。還要交給妳這個信封，裡面有一百四十七鎊，這是我的全部積蓄。很抱歉忘了給妳買花。我希望妳可以給我的孫子取名叫扎爾曼。」

說完，他用破帽子搧著疲倦的面頰，像從井口搬開一塊石頭似的輕輕吐了一口氣。「為什麼要取名叫扎爾曼呢，讓我簡明扼要地向妳解釋一下。因為我對這個名字懷有感情。親愛的，這些話讓妳感到煩嗎？是的，我深懷感情，扎爾曼是我父親、我們親愛的米海爾祖父的名字。扎爾曼・甘茨是個傑出的猶太人，就像猶太人平常所說，你們有責任將他銘記在心。他是位老師，一位不折不扣的老師，在希伯來師範學院教自然科學。我們的米海爾就是從他那裡繼承了自然科學的天賦。好了，我們言歸正傳。我請求你們，以前我從未求過你們——順便問一下，什麼時候能讓我看到孩子？好——我從未求過你們什麼，我總是把我的一切都給你們。現在，親愛的孩子們，求你們給我一個恩惠，一個特殊的恩惠，這對我的意義無比重大。請給我孫子取名扎爾曼。」

耶海茲克爾起身走出房門，以便讓我和米海爾商量一下。他真是一位善解人意的老人，只是我被他弄得哭笑不得。「扎爾曼」，這算什麼名字！

米海爾小心翼翼地提出建議說，我們不妨在出生證上寫下亞伊爾・扎爾曼。他只是建議，但並不堅持，最後還是由我做決定。米海爾提議，孩子長大成人之前，要將他的第二個名字祕而不宣，以免給孩子的生活蒙上一層陰影。

你太聰明了，我的米海爾。太聰明了。

丈夫輕撫我的臉頰，問說他回來時要不要順便買些什麼東西。接著，他和我道別，出去向父親宣布我們採納了他的建議。我想像丈夫會向公公稱讚我樂意接受這個安排，其他的女人若處在我的位置就不會接受，等等。

我沒去參加割禮。醫生發現我患有輕微的併發症，限制我臥床休息。下午，傑妮雅姑媽來看我，是那個當醫生的傑妮雅·甘茨·克里斯賓。她旋風似地衝過婦產科，來到辦公室朝醫生大聲咆哮，用德文和波蘭文吼叫著，威脅說要用私人救護車把我轉到台拉維夫的一家醫院，她在那兒的小兒科做一級護理。她嚴厲地責備我的主治醫生，並當著其他護理人員的面，譴責醫生怠忽職守。「真可怕！」她叫嚷著，「簡直就像有些亞洲醫院。天哪！」

我不知道傑妮雅姑媽和醫生之間的衝突究竟是怎麼回事，也不瞭解她為什麼如此火大。她只在我床邊待了一會兒，用嘴唇和唇上的絨毛在我臉上蹭了蹭，她要我別著急。「一切由我來料理。若有必要，我會毫不猶豫地去找醫院的最高層算帳。在我看來，米海爾生活在象牙塔裡，就像他父親一樣。」

傑妮雅姑媽說話時，把手放在我潔白的毛毯上。我發現她的手指粗短，簡直就像男性的手。此時，她的手指僵直緊繃，彷彿當她把手放在我床上時，正同時竭力抑制住抽泣。

傑妮雅姑媽年輕時吃了不少苦，米海爾曾跟我講過她的生活經歷。她的第一任丈夫是位婦產科醫生，名叫利帕·弗洛德。一九三四年，弗洛德拋下傑妮雅姑媽，追隨一位捷克女運動員去了開羅，後來在近東一家一流的飯店臥室裡自縊身亡。二次大戰期間，傑妮雅姑媽又和一位名叫亞伯特・克里斯賓的男演員結婚。這個丈夫在一次嚴重的精神崩潰之後，整個人變得心神木然。十年前，他被送進納哈里亞一家療養院，整天就是吃飯、睡覺和發呆。傑妮雅姑媽用自己的錢養活他。

我問自己，為什麼別人的遭遇聽起來就像戲劇中的情節？只是因為這是別人的事嗎？父親不時說，即使最強的人也不能挑選他想做的事情。傑妮雅姑媽臨走時說：「漢娜，等著瞧吧，那位醫生一定會後悔今天碰上我。這個混蛋。無論你走到哪兒，都會碰見蠢貨和混蛋。祝妳早日康復，漢娜！」

我說：

「也祝妳健康，傑妮雅姑媽。我很感謝妳，為了我妳不遺餘力。」

「哪裡，別這麼說，漢娜。人就該像人，行為不該像畜生。除了鈣片，他們給妳什麼藥妳都別吃。就說是我說的。」

15

那天夜裡，婦產科病房裡一位東方女人絕望地慟哭。值班醫護人員試圖安慰她，使她平靜下來。他們求她說出哪裡不舒服，以便能夠幫她。但東方女人還是有節奏地哭個不停，好像這世界已經沒有了語言，沒有了旁人的存在。

而醫護人員對她講話時，就像在審訊罪犯。他們時而粗暴，時而輕聲細語，變換著方式威脅她，向她保證一切都會好起來。

東方女人對他們的話無動於衷，或許是那種執拗的自尊不容許她這樣做。借著昏暗的燈光，我可以看見她的臉，她沒有表情地哭泣著。臉上皮膚光滑，沒有皺紋，但她聲音淒厲，淚水慢慢地流淌著。

午夜，醫護人員開了一個會。護士把嬰兒抱給哭泣的女人，雖然按照嚴格的規定現在時間還沒到。女人從毯子底下伸出一隻動物爪子般的手，摸了摸孩子的頭，隨即像摸到熾熱的烙鐵似的把手縮了回去。她們把孩子放在她的床上，女人仍然哭泣著。孩子被抱走之後，她還是哭。最後，護士抓住她纖細的手臂打了一針鎮定劑。女人緩緩地來回搖著頭，神色茫然，好像被那些執著關心她的聰明人給弄糊塗了，難道他們意識不到這個世界上什麼都已不重要了嗎？

這一整夜，她都持續著令人揪心的哭泣。髒兮兮的婦產科病房漸漸在我眼前消失了，暗淡的夜燈也消失了。我看到耶路撒冷發生了一場地震。

一位老人沿著茲法尼亞街行走。他身體笨重，表情陰鬱，肩上揹著一個大布袋。到了阿摩司街轉角，他停了下來，吆喝著：修——爐子！修——爐子！街上沒有行人，沒有風，沒有鳥。隨後，一群尾巴豎得挺直的貓一起從院子裡溜出來。牠們瘦骨嶙峋，佝僂著身子，躲躲閃閃，然後撲向人行道旁的大樹，爬到樹枝最高處。接著，牠們從上面往下偷看，聳起毛髮，惡狠狠地嘶叫著，好像正有一隻惡狗經過凱倫亞孚罕區。老人把布袋往馬路中間一放。由於英國軍方頒佈了宵禁令，所以此時街上沒有半個人影。老人搔搔脖子，面有慍色。他手上有顆鏽鐵釘，順手便將鐵釘插到瀝青中，劃了一條小縫，裂縫越來越寬，就像教學片中鐵路的快放鏡頭那樣在迅速擴展。我握緊拳頭，為的是不發出驚叫。我聽到石子順著茲法尼亞街向布哈拉區滾動的聲響。小石子碰著我時，我一點也沒有疼痛的感覺，就像小棉球。但是空氣有些不安地抖動，就像貓撲出去之前的顫動與毛骨聳立。接著，巨石從斯克浦斯山滾下，壓過貝特伊色列區——房子像骨牌般紛紛倒下——繼之滾到了先知以西結街上。我覺得，巨石無權滾上山坡，應該順著山坡下來，否則就不公平。我害怕自己的新項鍊會給人從脖子上扯下來，因為丟掉項鍊我會受到懲罰的。於是我轉身就逃，但老人把布袋往路上一攤，站在上面，擋住去路。我挪不動那布袋，因為它太重了。我趕緊將身子緊緊貼住籬笆牆，儘管知道這會弄髒我最喜歡的裙子——但這時，巨石朝我滾來把我壓住了，但它卻像絨毛一樣柔軟，一點也不堅硬。高樓搖搖欲墜，紛紛倒下，就像歌劇中的主角，慢慢地走向毀滅，輝煌地死去。瓦礫並沒有讓人感到疼痛，而是像溫暖的棉花、輕柔的羽毛一樣把我掩埋。這是一種溫柔愜意、半真半假的擁抱。此時，一個個女人從廢墟中站了起來，其中一位是塔諾波拉太太。她們唱起一首東方歌曲，好像是我參加父親葬禮時，在比庫爾醫院太平間外面見到的那些雇來的孝女。成千上萬的孩子們，正統派猶太教的孩子們，身穿黑色毛外套、身體單薄、鬢髮鬈曲的孩子們，一言不發地從阿赫瓦、蓋烏拉、桑海卓亞、貝特伊色列、梅沙阿倫、特拉阿薩魚貫而出，來到廢墟之上。他們在廢墟上尋找著，心懷叵測地尋找著，情緒十分高漲。看著他們，你會禁不住想要成為其中的一員——而我，就是他們之中的一分子。一個孩子身穿警察制服，站在一座獨立建築的破平台上。他見到我躺在路上，便放聲大笑，這個低俗的孩子。我癱倒在路上，看見一輛橄欖綠的英國軍車徐徐開來。炮塔上的喇叭傳來希伯來語廣播。那聲音冷靜雄厚，給我一股歡愉的顫抖，從頭頂直傳到腳底。它在宣布宵禁令：擅自到戶外者格殺勿論。醫生們站在我身邊，因為我倒在路上，起不來了。他們講波蘭語，他們說：「有爆發瘟疫的危險。」波蘭語曾是希伯來語，但不是我們的希伯來語。蘇格蘭紅帽憲兵等候著頭戴血紅帽子的增援兵，從兩艘英國驅逐艦「龍號」和「虎號」下來。突然，穿警察制服的那個孩子從平蓋上飄落而下，徐徐地落到了人行道上，好像巴勒斯坦的最高行政官康寧罕將軍暫停了萬有引力定律。他徐徐地朝殘破的人行道飄落，飄落。

我叫不出聲來。

快要兩點了，護士把我叫醒，用吱吱作響的小車把我兒子推來餵奶。夢魔依然糾纏著我，我哭個不停，甚至比正在嗚咽的東方女人哭得還要厲害。我邊哭邊透過模糊的淚眼請求醫生向我解釋，我的孩子為什麼還活著？他究竟是如何逃過劫難？

16

時間與記憶鍾愛瑣碎的詞語，極為友善地對待它們，在它們周圍閃爍著黃昏的柔光。我緊緊攀住記憶與詞語，像一個人在高處緊緊攀住欄杆。

例如，有首搖籃曲的歌詞就在我的記憶中揮之不去。

小丑，小丑，想和我一起跳舞？

可愛的小丑要和大家一起跳舞。

我喜歡這樣說：第二句歌詞是第一句歌詞的回答，但回答本身卻令人大失所望。

孩子出生後的第十天，醫生允許我出院，但是我得待在床上，不能使力。對於這一切，米海爾表現得極為耐心且毫無怨言。

帶著新生兒一起坐計程車從醫院回家後，母親和傑妮雅姑媽之間爆發了一次爭吵。為了來耶路撒冷指導我和米海爾，傑妮雅姑媽又向醫院請了一天假。她想教導我用理性的態度育兒。

傑妮雅姑媽要米海爾把嬰兒搖籃靠南牆擺放，這樣，拉開百葉窗後陽光就不會曬到孩子。母親則要我把搖籃放在我床邊，她也沒對醫生用藥提出質疑，一點也沒有。她只說，人既有肉體也有靈魂，只有做母親的才能瞭解一位母親的靈魂。母親和嬰兒需要靠近，需要互相感受。家不是醫院。這不是用藥問題，而是感情問題。母親用她極為蹩腳的希伯來語講出這些話，但傑妮雅姑媽看都沒看她一眼，就衝著米海爾說：「格林鮑姆太太的感情可以理解，但至少你我還是有理智的人。」

接下來的是一場言語惡毒又出奇禮貌的衝突。結果，兩個女人互相讓步，堅持說這件事並不值得爭吵，卻又拒絕接受對方的妥協。

身穿灰色西裝的米海爾，站在那兒一言不發。孩子在他懷中睡著了。他用眼神請求女人們把孩子抱走。他那副樣子，就像要打噴嚏的人在使勁地克制自己。我朝他微微一笑。

兩位女人手拉著手，拍打著對方的肩膀，互相稱呼著「格林鮑姆太太」、「醫生太太」，爭論於是又換成嘰哩咕嚕的波蘭語。

米海爾結結巴巴說：「沒必要，沒必要。」他卻沒說兩個建議中哪一個沒必要。

最後，傑妮雅姑媽靈機一動，她建議讓孩子的父母自己定奪。

米海爾說：「漢娜決定吧。」

我累了。我接受傑妮雅姑媽的建議，因為今天早晨她來耶路撒冷時給我買了一件法蘭絨家居服。穿著她買給我的漂亮衣服，我不能傷害她的感情。

傑妮雅姑媽笑逐顏開，她拍拍米海爾的肩膀，像個漂亮女士祝賀一位剛剛騎著她的駿馬贏得勝利的小伙子。母親病懨懨地說：「好吧，好吧。漢娜願意就可以了。」

但是那天晚上，傑妮雅姑媽走後不久，母親便決定第二天就回諾夫哈倫基布茲。她在這兒幫不了什麼忙，她不想妨礙我們，那邊非常需要她。一切都會好的。漢娜生下來的時候，日子比現在還要困難呢。一切都會好的。

兩個女人離開之後，我發現丈夫已經學會了沖牛奶、餵孩子。餵奶時他還不時地拍動一下孩子，讓他打嗝，這樣涼氣才不會滯存在肚子裡。

醫生禁止我哺乳嬰兒，因為我又出現了新的併發症。這症狀並不特別嚴重，但有時弄得我渾身難受。

每次睡覺醒來時，孩子就會睜開眼睛，露出純藍的眼珠子，我感覺到這是他內在的顏色。孩子這兩滴湛藍的瞳孔，透露出他軀體內無盡的湛藍。這時候我想到人家都說，小嬰兒的眼睛現在還看不見。但這種想法讓我害怕。我不相信大自然能成功地依照事物的條理發展，我對人體的自然過程一竅不通，米海爾也幫不上忙。「一般說來，」他說，「物質世界由恆定的規律所制約。我不是生物學家，但是作為自然科學家，在妳不斷提出的自然現象和因果關係問題上，我未曾找到任何意義。因果關係總是那麼晦澀，容易產生誤解。」

看著丈夫把白尿布鋪在他的灰夾克上、洗手、小心搬動兒子，我感到自己很愛他。

「你真勤勞，米海爾。」我輕聲笑著。

他聲音平和地回答：「妳不必取笑我。」

小時候，媽媽經常為我唱一支動聽的兒歌，歌詞說的是一個叫大衛的好孩子：

小大衛，真可愛，

總是乾淨又整潔。

想不起來下面接的是什麼了。我要是身體好些，應該進城給米海爾買件禮物，買個新菸斗，買一套鮮亮的彩色梳妝用具。但我在做夢。

米海爾早上五點鐘起床，燒開水，洗尿布，後來便一言不發、畢恭畢敬地站在我面前。他遞給我一杯熱蜂蜜牛奶。我昏昏欲睡，有時甚至不去接杯子，因為我以為只是夢見了米海爾，他並非真人。

有些夜晚，米海爾甚至連衣服也沒脫，就叼著空菸斗，坐在書桌旁一直讀到天明。我沒忘記那敲擊書桌的聲音。他有時就趴在桌上，小睡個幾小時。

孩子要是吵鬧，米海爾就把他抱起來，在屋子裡來回踱步，從窗前到門口，再從門口到窗前，在孩子耳邊嘀咕著自己必須記住的東西。夜裡，我在似睡非睡時聽見一些模糊不清的詞語：泥盆紀、二疊紀、三疊紀、岩石圈、鐵隕圈。有一次做夢，夢見希伯來文學教授正在讚美作家門德勒的語言綜合能力。教授對我說：「格林鮑姆小姐，妳能簡單形容一下這種情況中的內在模糊意義嗎？」我夢見這位老教授竟然朝我微笑。這笑容溫柔、友好，像是愛撫。

§

在那些夜晚，米海爾寫了一篇長論文，論述在地球起源問題上水成論者與火成論者之間由來已久的衝突。這一爭端先於康德—拉普拉斯星雲理論。我發現「星雲理論」一詞是那麼引人入勝。

「地球究竟是怎樣形成的？」我問丈夫。

米海爾只是微笑，好像我只希望施以微笑作答。的確，我不期望有什麼答案。我不再問了。我病了。

一九五一年夏天，米海爾告訴我，他夢想著擴展論文，作為獨創性研究的一個部分在幾年後發表。他問我是否可以想像得出他的老父到時候該有多麼高興？我找不出鼓勵的字眼。我退縮了，縮回我的內心世界，彷彿在海邊丟失了一件珍寶。在一片水綠的暮色中，我常常失神良久。痛苦、絕望、噩夢日日夜夜伴隨著我。我完全沒有注意到米海爾的黑色眼袋。他的確極其疲倦。他得拿著我的糧票排上幾個小時的長隊，領取供給哺乳媽媽的免費食品。但他總是毫無怨言，像平時一樣說著乾澀的笑話，說這食品該發給他，畢竟他才是餵孩子的人。

17

小亞伊爾酷似我哥哥伊曼紐，寬闊而健康的臉龐，紅鼻頭，高顴骨。我不喜歡這種相似之處。這是個貪吃的胖孩子，喝水時咕嚕咕嚕，睡覺時鼾聲如雷，皮膚粉紅，純淨的藍瞳仁變成小巧而好奇的灰眼睛。有時他會莫名其妙地爆發一陣憤怒，握緊拳頭打四周的空氣。我覺得，他的拳頭要不是這麼小，你走到近前一定會有危險。每逢此時，我都說兒子是「吼叫的老鼠」，這是部電影的名字。而米海爾更喜歡稱他「熊寶」。我們的兒子出生才三個月，頭髮就比其他孩子的長得多。

有時孩子哭了米海爾偏不在家，我便赤腳從床上爬起來，使勁地去搖晃搖籃，帶著極為痛苦的語調喊他「扎爾曼－亞伊爾」、「亞伊爾－扎爾曼」，好像被兒子傷害了。孩子出生後的頭幾個月，我是個冷漠的母親，不時想起剛懷孕時傑妮雅姑媽的來訪多令人厭惡，以為當初是自己要打掉孩子，而姑媽是極力阻止我別那麼做的人。那時也以為，自己過不了多久便會死去，這樣就不欠任何人了，甚至對這個粉紅、健康、邪惡的孩子也不欠什麼了。亞伊爾是個邪惡的孩子，在我懷裡他經常尖叫，臉憋得通紅，像俄羅斯電影中醉醺醺的酒鬼；只有當米海爾把他從我懷裡抱走、低聲給他唱歌時，亞伊爾才變得比較安靜。看到這一切，我真是氣極了，好像被一個陌生人用卑鄙且忘恩負義的手段羞辱了一番。

我記得——我沒有忘記——當米海爾抱著孩子在窗門之間來回踱步、在他耳邊念叨那些可怕的詞語時，我會突然發現在他們兩人之間、在我們三個人之間，存在著一股憂鬱——我只能用「憂鬱」來形容，因為再沒有別的字眼了。

我病了。即使當烏巴赫醫生向我宣布，他很高興併發症已經治好，我可以過正常人的生活了，我還是病著。但我決定把米海爾的行軍床搬出安放搖籃的那間屋子。從此，我便開始自己照顧孩子。丈夫住在客廳，這樣就不會打攪他工作，也可以讓他繼續從事耽擱了幾個月的研究工作。

晚上八點，我餵孩子，哄他入睡，從裡面反鎖房門，身子往寬大的床上一攤。有時，米海爾會在九點半或十點左右敲敲門。我要是把門打開，他會說：

「我從門縫裡看見裡面有光，知道妳還沒睡，所以才敲門的。」

他說話時，灰眼睛瞧著我，像一個沉思的大兒子。我冷冷地說：

「我病了，米海爾。你知道我身體不好。」

他緊抓著空菸斗，手指關節都變紅了。

「我也只是想問問，如果……如果我不打擾妳的話……如果有什麼事需要幫忙，或者……是不是需要我？不是現在吧？噢，漢娜，妳知道，我就在隔壁房子裡，妳要是需要什麼……我沒在忙什麼重要的事，只是在讀戈德史密特的書，讀第三遍了……」

§

很久以前，米海爾・戈嫩曾對我說，貓從不會看錯人。貓從不與不喜歡牠們的人交朋友。那麼，好吧。

我總是在黎明前醒來。耶路撒冷是一座極其遙遠的城市，即使你身居其中，即使你生於此地。我醒來了，聆聽著麥括巴魯狹窄街道上的風聲。後院和舊陽台上搭著鐵皮棚子，風吹捲著它們，吹著晾掛在街道上頭的濕衣服。清潔工在人行道上清理著垃圾，其中一個不停地粗聲謾罵。在某個後院，一隻公雞氣鼓鼓地啼鳴著。四面傳來隱隱約約的吵鬧聲，周圍是一片凝重、緊張的狂熱。貓瘋狂地發出求偶的叫聲。北方黑暗的深處傳來一聲槍響，摩托車在遠處咆哮。隔壁公寓傳來女人的呻吟。遙遠的東方鐘聲悠揚，這聲音可能來自老城的教堂。一股清風掀動著樹梢。耶路撒冷是一座松柏掩映的城市，嚴松與勁風和諧渾然。特勒皮特、卡塔蒙、貝特哈凱倫、施耐勒叢林背後的古松。埃因凱倫小村黎明時分的薄霧色彩紛呈。村子裡的修道院緊鎖在大院深牆之中，牆內也有低訴的松柏。晨光熹微中孕育著邪惡，好像我並不存在似地計劃著陰謀。輪胎聲颼颼作響，那是送牛奶人的自行車；他的腳步很輕，壓低著咳嗽聲。狗在院子裡吠叫。院子裡一片可怕的景象，狗能看見，我卻看不見。百葉窗在低聲哭泣著，它們知道我在這兒醒著發抖。它們在共謀，卻無視我的存在。它們的目標是我。

§

每天早晨，買完東西並收拾過房間後，我推著小亞伊爾出去散步。這時正是耶路撒冷的夏天，天空寧靜蔚藍，我們前往馬漢耶胡達市場買便宜的鍋子或濾網。小時候，我喜歡看市場上搬運工們赤裸裸的棕色背脊，我喜歡他們身上的汗味。即使現在，市場上空飄散的氣味也會讓我產生一種寧靜感。有時候，我會坐在塔赫凱莫尼正統派猶太教學校欄杆對面的板凳上，把嬰兒車放在身邊，看著課間休息的孩子們在操場上摔角。

我們經常遠涉施耐勒叢林。每次遠征我都準備一瓶檸檬茶、甜餅、我的編織、一塊灰色毯子以及一些玩具。我們在叢林裡會待上約莫一小時。叢林很小，坐落在山坡上，地面覆蓋了一層枯死的松針，從小我就稱這片灌木叢為「森林」。

我鋪上毯子，讓亞伊爾坐在上面玩玩具，我則和三、四個家庭主婦坐在一塊冷涼的石頭上。這些女人都很好，她們很願意告訴我她們的生活和家庭，但也不會暗示我得把自己的祕密告訴她們作為回報。為了不要在她們面前顯得高傲，我和她們討論各種編織法的優劣，我告訴她們瑪延．斯圖伯商店或史瓦茲商店正在拍賣質地輕柔的漂亮襯衫。一位婦女則告訴我怎樣用藥物吸入的方法治療小孩感冒。有時，我試圖用米海爾帶回家的政治笑話來逗她們發笑，例如供應部長達夫．約瑟如何如何，一位新移民對本．古里安講了什麼話。但當我轉過頭來，卻看到沙阿法特的阿拉伯村莊在邊境上無精打采，沐浴在藍光之中。遠處盡是紅磚瓦舍，近旁，樹梢的鳥兒在晨曦中用一種我聽不懂的語言在歌唱。

§

我很快就累了。回到家裡，餵過孩子，把他安放在搖籃裡睡覺後，我便昏昏沉沉地倒在床上。這段時間，廚房裡也開始出現螞蟻了，大概是牠們也突然發現我竟然那麼虛弱無力。

五月中旬，我允許米海爾在家裡抽菸斗，我和孩子睡的那個房間除外。但要是米海爾病了，或是有點小毛病，我們該怎麼辦？他自從十四歲那年起就再也沒有生過病。他是否可以休幾天假去旅遊一下？這要再等個一年半載，等他拿下第二個學位，就可以輕鬆一些了，到時我們全家也可以休個愉快的假期了。那麼，我能做什麼事讓他高興呢？給他買穿的？對了，他還在存錢購買即將出版的《希伯來大百科全書》。為了實現這個願望，他每星期四次從家裡步行到學校，不坐公車，用這種方法已經存了大約二十五鎊。

六月初，從孩子的反應看得出來，他已能夠認出父親了。當米海爾從門口走近他，他就咯咯直笑。接著，米海爾又從窗子那兒逗他，他便驚喜地狂呼亂叫。我不喜歡孩子欣喜若狂的樣子。我對米海爾說，恐怕這個孩子沒那麼聰明。他聽了瞠目結舌，剛開始想說什麼，但猶豫了一下，又改變主意，陷入了沉默。後來，他寫了一張明信片給父親及姑媽們，把孩子能夠認出他的消息告訴大家。米海爾相信，他和兒子一定會成為知心好友。

「你小時候一定被寵壞了。」我說。

18

六月，學年接近尾聲，米海爾獲得了獎學金，這是對他刻苦勤奮的肯定與鼓勵。在一次私下聊天中，他的教授跟他談到他的前程：一個穩重、勤奮的年輕人不應被埋沒，米海爾必將成為助教。一天晚上，米海爾邀請了幾位同窗好友慶祝他的成功，舉辦了一場小型的驚喜派對。

我們家很少有客人。每隔三個月會有一兩位姑媽來我們家待個半天。老莎拉·傑爾丁偶爾在晚上來坐個十幾分鐘，向我們叨述她的育兒經。米海爾的朋友莉奧拉的丈夫，曾經帶著一籃蘋果從基布茲趕來。還有一次，哥哥伊曼紐半夜三更來到我們家。

「快把這隻髒兮兮的老母雞拿進去。快點，妳還有力氣嗎？漢娜，我給你們帶來一隻雞，還活著。好，祝你們一切順利。你們聽說過三個飛行員的笑話嗎？好吧，親一下孩子。我的卡車還在門外等著呢，很快就會按喇叭催我了。」

週末安息日，我最好的朋友哈達莎有時獨自過來，有時和丈夫一起過來。她總想勸我重新回到大學。莉亞姑媽的朋友卡迪什曼先生也不時來拜訪我們，和米海爾下棋。

結果，米海爾的驚喜派對來了八個同學。其中有位金髮女郎，乍看上去讓人炫目，但仔細一端詳又覺得面容粗糙。原來，她就是在我們結婚舞會上跳西班牙舞的那個女孩。她叫我

「甜心」，稱米海爾「天才」。

我的丈夫替大家倒酒，傳遞甜餅，接著又上了桌子，模仿教授的腔調。朋友們很有禮貌地笑著，只有那個金髮女孩雅德娜真的在聚精會神地聽著。她對著米海爾歡呼，用他的暱稱喊著：「米哈，米哈，你真是太棒了。」

我為丈夫感到羞愧，因為他並不能引人發笑。他的快樂非常呆板僵滯。即使他說笑話，我也笑不出來，因為他講故事的方式像在宣讀演講稿。

兩個小時後，客人們走了。

丈夫收起狼藉的杯盤，把它們送回廚房。接著又倒菸灰缸，打掃房間。他繫上圍裙，重又走回廚房。經過門廳時，他像受罰的小學生那樣看了我一眼。他建議我去睡覺，並發誓說他將一聲不出。他想，一番熱鬧之後我一定很疲倦。他說他錯了。現在，他能明白他是大錯特錯了，他不該請陌生人來，因為我的精神仍不太好，很容易疲倦。連他也搞不懂自己之前怎麼沒想到這一點。他還提到，在他眼裡，那個叫雅德娜的女孩子談吐粗俗。他問我，能否原諒他晚上所做的一切？

當米海爾請求我原諒他安排的小型派對時，我想起第一次去惕拉亞爾旅行歸來的那個夜晚，我感到怎樣的失落，我們怎樣站在兩排漆黑的松柏中間，冷雨怎樣抽打我的臉龐，米海爾又怎樣突然解開布料粗糙的大衣的鈕釦，把我攬進懷中。

眼前的他，彎腰站在洗碗槽旁，好像脖子出了毛病，那樣子看起來非常地疲倦。他先把杯子放在熱水中洗過，又放進冷水中沖一遍。我光腳溜到他身後，吻了一下他剪得短短的頭髮，雙臂繞住他的肩膀，抓住他毛茸茸的堅實雙手。我很高興他感覺到我把胸脯貼在他的後背，因為自懷孕後，他和我就一直沒有親近過。正在洗刷的米海爾手是濕的，手指上貼了塊髒兮兮的膠布——大概是切傷了手，不願讓我知道——這膠布也是濕的。米海爾把瘦長的臉朝我扭過來，比起我們在塔拉桑塔第一次見面時，這張臉削瘦了許多。我注意到他整個人都瘦了，顴骨突出，鼻子右側已出現一道皺紋。我撫摸著他的臉頰，他並未露出驚異的神情，好像已經等了很久，好像他早就知道今天晚上一切將起變化。

很久以前，有個叫漢娜的小女孩，身穿雪白的裙子，腳踩一雙漂亮的小羊皮皮鞋，去慶祝安息日。漢娜留著可愛的鬈髮，鬈髮上繫著漂亮的絲巾。漢娜出門去找朋友，看見一個賣炭老人，黑布袋把他的腰都壓彎了。安息日就要到了，小漢娜心腸好，急忙去幫賣炭老人抬布袋。但這時，她的新裙子撒上了煤渣，皮鞋也弄髒了。漢娜放聲大哭，因為她是個好女孩，總是整潔又乾淨。天上好心的月亮聽到漢娜的哭聲，就輕輕將月光送下來，把每塊污漬都變成金燦燦的小花，把每個黑點都化作銀閃閃的小星星。在這個世界上，任何悲傷都能轉化為快樂。

§

我哄孩子睡著後，身穿長長的透明睡衣來到丈夫房間，睡衣一直拖到腳踝。米海爾把一張書籤插進書裡，闔上書，放下菸斗，熄滅檯燈。然後站起身，將我攔腰抱住，沒有說話。

後來，我從心底裡找出最動人的詞語：米海爾，你現在告訴我，你為什麼喜歡「腳踝」一詞？我愛你就是因為你對我說「腳踝」一詞很動聽。你是個細膩而敏感的人，對你說這句話或許還不算太晚。你很獨特，米海爾。你寫你的論文，我會為你謄抄。你的論文將準確無誤，我和兒子會為你感到驕傲，你的父親也會因此感到驕傲。我們擁有未來，我們將安適愜意。我愛你。從塔拉桑塔看到你的那一刻我就愛上了你，是你的手指吸引了我，對你說這句話或許還不算太晚。我不知道該用哪個詞才能準確地告訴你，我多麼願意做你的妻子。多麼、多麼願意。

米海爾睡著了。我該責備他嗎？我用最溫存的聲音和他說話，而他已疲憊至極。夜復一夜伏案到凌晨兩三點，空嚼菸斗寫他的論文。為了我，他替一年級的學生批改論文，把技術文件從英文譯成希伯來文。用掙來的錢給我買了個電爐，給兒子亞伊爾買附有彩色頂篷、價格昂貴的彈力嬰兒車。他太累了。我柔聲細語，他已進入夢鄉。

我輕輕地向沉睡的丈夫講述心中珍藏的一切。講述雙胞胎，講述扮演雙胞胎王后的那個封閉小女孩。我絲毫沒有隱瞞。一整夜，我在黑暗中用手指擺弄他的左手，但他只是把頭蒙在被褥中，全然沒有覺察。我重新躺回到丈夫身邊。

早晨，米海爾像往常一樣，輕手輕腳，俐落迅速。最近他鼻子左下角也出現一道皺紋。現在還不太明顯，但如果深深的皺紋遍布他的整個面孔，那麼我的米海爾就越來越像他爸爸了。

19

我在休息靜養，對一切都無動於衷了。這是我自己的空間。我在這兒，像現在這副樣子。歲月如舊，我也如舊。即使穿著新買的高腰洋裝，我也沒有變化。我被小心翼翼地打點，漂漂亮亮地裝扮，繫上紅絲帶，陳列在架子上展示，被購買、拆封、使用、擱置一邊。歲月一天天流逝，周而復始，沒有起色。尤其是耶路撒冷的夏天。

於是，我寫下了一些謊言。例如，一九五三年六月底的這一天，是個充滿生機與活力的一天。這是個陽光明媚的夏天。清晨，我遇見英俊的波斯菜販——伊萊賈．莫西阿和他的女兒萊瓦娜。大衛耶林街的電工古特曼先生答應我兩天之內把電熨斗修好，並保證會信守諾言。他還主動賣給我一個黃顏色燈泡，以便晚上能驅走我家陽台上的蚊蟲。亞伊爾兩歲零三個月。他摔倒在樓梯上，於是掄起兩個小拳頭使勁地捶打樓梯。這個小傢伙的膝蓋流血了，我給他包紮傷口，但沒看他的表情。昨天晚上，我們在愛迪生戲院看了一部義大利現代電影《單車失竊記》。中午，米海爾含蓄地說出他對這部電影的贊同。他在城裡買了一份報紙，裡面談到南韓問題以及內蓋夫的滲透活動。兩個傳統派猶太教婦女在街上爭吵。救護車在拉什街或附近什麼街道上嘶鳴。一個鄰居向我嘟囔說魚很貴，品質又差。米海爾眼睛過於勞累，所以戴上了眼鏡，但這只是一副閱讀用的眼鏡。我在喬治王街的艾倫比咖啡館買了一支冰淇淋給亞伊爾，自己也買了一支。結果，我把冰淇淋滴在自己綠襯衫的袖子上。

樓上鄰居凱尼瑟家有個兒子叫約拉姆，這是個富有夢幻色彩的十四歲金髮男孩。約拉姆是個詩人，他的詩表達出一種孤獨情緒。他把詩稿拿來讀給我聽，因為他知道我年輕時學過文學，請我品評他的詩。他聲音發顫，雙唇抖動，眼睛裡閃爍著晶瑩的淚光。約拉姆寫了一首新詩，紀念女詩人拉結⑰。在詩中，他把缺少愛情的生活比作貧瘠的荒漠，一個孤獨的旅行者在沙漠中尋找甘泉，卻在幻想中誤入歧途。當來到真正的甘泉旁邊，他已精疲力盡、奄奄一息了。

我笑了。「真沒想到像你這樣一個有教養的正統派猶太教孩子，竟寫愛情詩。」約拉姆立刻和我放聲狂笑。但是放在椅子上的手臂卻已繃得緊緊的，手指也變得像女孩子的那般蒼白。和我一起大笑的他，忽然眼裡盈滿了淚水。他猛然抓起詩稿，將紙在掌心裡揉成團。接著，他一轉身往我家大門跑去，到門口時停了下來，低聲對我說：

「對不起，戈嫩太太。再見。」

真遺憾。

那天晚上，莉亞姑媽的朋友老卡迪什曼博士來看我們。我們一起喝著咖啡，一邊聽他抨

---

⑰拉結（Rachel Bluwstein,1890-1931），以色列第一位用希伯語創作的女詩人，其詩歌格調感傷。

擊左派政府。日子過得確實單調，歲月悠然而逝，沒有留下任何痕跡。我給自己設下了一項莊嚴的任務：提筆記述每日每時所發生的一切。因為時間是我自己的，無所事事時歲月就會悠然而逝，像在開往耶路撒冷的火車上所看到的山丘一樣。我會死，米海爾會死，賣菜的波斯人會死，萊瓦娜會死，約拉姆會死，卡迪什曼會死，所有鄰居都會死去，所有的人都會死去，所有的耶路撒冷人也都會死去。接著便是一列滿載陌生人的陌生列車，陌生人會像我們一樣站在窗前，望著陌生的山丘恍然而逝。就連在廚房裡踩死一隻螞蟻時我都會聯想到自己。

我在思考深藏在體內的極為精微的東西。這些精微的東西是我自己的，全是我自己的，像心臟、神經和子宮。它們屬於我，只屬於我一個人，但我卻不可看，不可觸摸，因為世上的一切都是那麼遙遠。

真希望我能控制引擎，做火車上的女王，操縱兩個行動敏捷的雙胞胎，把他們視為我的左膀右臂。

要不然，真希望在一九五三年八月十七日凌晨六點鐘，有位身強力壯的布哈拉計程車司機拉哈明・拉哈明莫夫終於到來。他臉上露出微笑，站在門前的石階上敲門，彬彬有禮地詢問伊芳・阿祖萊小姐是否準備啟程。我絕對願意同他一起駛往利達機場，乘著奧林匹克號，飛往白茫茫的俄羅斯平原。夜晚身著熊皮坐在雪橇上。司機碩大的頭顱影影綽綽，冰天雪地中瘦骨嶙峋的惡狼眼中閃著寒光。月光映照在孤零零的樹樁上。停一下，司機，你停一下，轉過頭來讓我看看你的臉。他的臉是一尊木雕，在潔白柔和的月光下疤痕累累，亂糟糟的鬍子上掛著冰屑。

潛水艇「鸚鵡螺號」⑱過去存在，現在也還存在。它在深海裡遨遊，燈光明亮，沒有噪音，帶著巨大的衝擊力越駛越深。它知道駛向何方，知道為什麼前行，知道為何不能像塊石頭、像個疲倦的女人一樣歇息一下。

在紐芬蘭海岸北部，英國「龍號」驅逐艦上的巡邏員在北極光下仔細巡視。其船員深知，得一刻不停地警惕那頭著名的白鯨。九月，「龍號」驅逐艦從紐芬蘭駛往新喀里多尼亞，為駐軍運送糧餉。「龍號」啊，千萬別遺忘了遠方的海法港、巴勒斯坦和漢娜。

連續幾年，米海爾一直強烈地希望把房子從麥括巴魯換到熱哈維亞或貝特哈凱倫區。他不喜歡住在此地。幾位姑媽也弄不懂，為什麼米海爾情願住在正統派猶太教教徒當中，而不換到一個開明之處。姑媽們堅持說，學者們需要安靜，而這裡太吵了。迄至今日，我們仍存不夠錢買一間新公寓，這都是我的過錯。米海爾十分體諒，並未把此事告訴姑媽。然而每到秋天，我就成了購物狂：家電新產品、能遮住一面牆的漂亮銀灰窗簾、許許多多新衣服。我

⑱法國作家儒勒·凡爾納作品《海底兩萬哩》中的潛水艇，其船長叫尼摩。

結婚前很少買衣服。上大學時整個冬天都穿同樣的衣服，不然就是穿母親為我編織的藍色羊毛洋裝，或是給棕色燈芯絨褲子配一件厚厚的紅毛衣。這是當時大學女生的流行裝扮，是為了表現一種很隨性的效果。現在呢，衣服才剛穿幾個星期，我就不喜歡了。一到秋天，我便產生了強烈的購買慾，會發瘋似地出沒在一間間商店，好像有個大獎在等著我似的，但總是事與願違。

米海爾不知道我為什麼不再穿那件高腰洋裝。不到六個星期前，我買這件洋裝時是那樣喜不自勝。他收斂起驚愕，默不作聲地搖搖頭，好像在表達一種令我熱血沸騰的理解。大概也因為這樣，我才跑到大街上，故意用我的揮霍來震撼他。我喜歡他的自我克制。我也想打破這種克制。

還有夢。每天夜裡，令人費解的東西總來糾纏我。黎明時分，雙胞胎在傑里科東南部的朱迪亞沙漠中練習投擲手榴彈。他們不使用詞語。身體的動作和諧一致，肩上扛著衝鋒槍，穿著舊突擊隊員制服，上面滿是油漬。哈利利的前額上青筋暴起；阿濟茲躬著身子往前衝。哈利利低下頭；阿濟茲挺直腰桿投擲手榴彈。爆炸聲劈啪作響。山谷裡響起回聲。死海像燃燒的油湖，在群山背後泛起蒼白的光亮。

20

耶路撒冷一帶出沒著許多上了年紀的小販。他們不像小漢娜裙子故事中的那個賣炭老人。他們臉上缺少內在的神采，人也充滿了冷冰冰的敵意。上年紀的小販，古怪的工匠在城中遊蕩……這些人都古怪奇特。我認識他們已經許多年了，瞭解他們的性格特點和喜怒哀樂。從我五、六歲起，便對他們充滿恐懼——我也要把這些寫下，或許這樣，他們就不會在夜裡嚇唬我了。我努力破解他們的路徑與行為方式，事先猜出哪一個前來我們這裡賣貨。他們當然也隸屬某種體制或常規模式。「補玻璃——補玻璃」，那聲音嘶啞沉悶。他沒帶工具，也沒帶窗格玻璃，似乎只有聽任自己的呼叫得不到回應。「撿破爛！」他肩揹一個大布袋，像童書裡所畫的強盜。「煤氣爐！」這是個像典型的鐵匠那般長著大頭顱的壯漢。「床墊——床墊」，他的聲音中帶有某種猥褻的味道。還有磨刀師傅，總扛著一個裝有腳踏板的木輪；他整口牙都掉光了，有一對特別顯眼的毛茸茸耳朵，像隻大蝙蝠。這些上了年紀的老工匠，古怪的小販，年復一年地在耶路撒冷一帶出沒，不受時間約束，就好像耶路撒冷是北方的一個幽靈之鄉，他們則是躺在那兒等待復仇的鬼魂。

我在一九三〇年住棚節期間出生在卡塔蒙旁的克亞施穆爾。有時，我會奇怪地覺得，有一片荒漠將父母與丈夫的家隔開。我從未再回到自己出生的那條街。一個安息日早晨，米海爾、亞伊爾和我三人旅行來到特里比耶附近。我拒絕再往前走，像個被寵壞的孩子，跺著腳喊著「不要走了，不要走了」。雖然兒子和丈夫都取笑我，可他們最後還是妥協了。

在梅沙阿倫、貝特伊色列、桑海卓亞、凱倫亞孚罕、阿赫瓦、傑哈倫摩西和納哈來謝瓦，居住著傳統派猶太教教徒。德裔猶太人頭戴皮帽，西班牙裔猶太人身穿條紋長袍。老太太們默不作聲地擠坐在矮凳上，好像展現在她們眼前的不是一座小城，而是一片廣袤的土地，於是乎睜開蒼鷹般銳利的雙眼，日日夜夜地巡視著遙遠的地平線。

耶路撒冷沒有盡頭。南方一片被遺忘的陸地特勒皮特隱沒在風蕭聲動的松林中。一股微藍的蒸氣從與特勒皮特東部毗鄰的朱迪亞沙漠徐徐升騰。這股微藍的蒸氣觸摸著一座座小型別墅，觸摸著掩映在蒼松下的花園。貝特哈凱倫是一個坐落在風聲如訴的平原上的居住區，四周是一片石地。貝特瓦岡山上孤堡終日緊閉的百葉窗內傳出小提琴聲。夜晚，胡狼朝著南方嗥叫。太陽落下後，熱哈維亞、沙迪亞戈恩街一片死寂。明亮的窗戶下，一位頭髮花白的學者正伏案工作，他的手指敲擊著打字機鍵盤。在這條街的另一端，貧民窟似乎已不復存在。在那裡，女人打著赤腳，夜晚在隨風飄蕩的花綠床單中徘徊。狡猾的貓從一個院落溜到另一個院落。用德式打字機的學者，難道沒有意識到這一切的存在？誰想像得到，在他面西的陽台下，是縱深的十字幽谷，古老的園林蔓延到斜坡上，緊緊銜住熱哈維亞盡頭的房舍，彷彿要用茂盛的植被將它們覆蓋包容。一堆堆篝火在山谷中搖曳，低沉悠揚的歌聲在森林上空飄逸，飛向窗櫺。暮色中，一群牙齒潔白的頑童從城邊來到熱哈維亞居住區，用尖利的石塊打碎莊嚴的街燈。吉姆奇、通蒙尼德、納赫曼尼德、阿哈里茲、阿巴班內爾、伊本埃茲拉、伊本加比羅、沙迪亞戈恩等街道上依然萬籟俱寂。而那時，當英國驅逐艦「龍號」的船員在底下叛變之後，甲板上也是依然安靜。夜幕降臨時，你從耶路撒冷的街道盡頭可以看到，蒼茫的山丘正翹首企盼著黑暗降臨這座封閉之城。

耶路撒冷北部的特拉阿薩住著一位年邁的女琴師。她沒有休止、不知疲倦地彈啊彈。她正在準備舒伯特、蕭邦作品獨奏會。奈比薩維爾塔孤零零地聳立在北方山頭，日日夜夜佇立在邊界上，目不轉睛地凝視著專心彈奏的老琴師。然而，她卻背對著敞開的窗戶。深夜，這座又細又高的孤塔咯咯直笑，好像在自言自語地說著「蕭邦與舒伯特」。

八月的一天，我和米海爾出去旅行。把亞伊爾安置在我最好的朋友哈達莎家，她住在白茲勒街。此時正值耶路撒冷的夏天，她家的街上已裝上新燈。我思忖著，日光大概會在五點半到六點半之間散盡。一絲輕柔的涼意泛起，在普利哈達什巷內可看見一片鋪石院落，用破籬笆隔開街道。參差不齊的石地上長著一棵老樹，我不知道樹的名字。冬天，當我獨自經過這裡竟誤以為這棵樹已經死亡。而今，樹幹上又鑽出新芽，尖尖地吐露在空中。

我們從普利哈達什街向左轉到約瑟街上。有個黑皮膚的大個子，身穿大衣，頭戴灰帽，隔著魚市上明亮的破璃窗死盯著我。是我瘋了嗎？還是我真正的丈夫隔著魚市的破璃窗，身穿大衣，頭戴灰帽，憤怒地盯著我、譴責我呢？

女人們把全部家當都拿到了陽台上：粉的、白的、鋪的、蓋的，全都搬出來了。一位挺拔苗條的女孩站在哈施莫南大街的陽台上。她挽起袖子，頭上紮了條圍巾，正在用小木棍起勁地敲打著羽絨被，根本無視我們的存在。這裡有一面牆上還留有褪色的標語，是地下活動時期寫下的：「朱迪亞在血與火中倒下去，朱迪亞將在血與火中站起來。」這種情緒與我格格不入，但這句話的內在韻律卻打動了我。

那天晚上，我和米海爾走了許久。我們穿過布哈拉區，沿著先知撒母爾街，走向曼德鮑姆門。從那兒，我們穿過匈牙利人住宅區內彎彎曲曲的小巷，到達阿比西尼亞區，去毛斯拉拉，又從雅法路轉角走到聖母廣場。耶路撒冷是一座燃燒的城市，整座城市像是懸在空中，但近看又顯得無比碩大和沉重。縱橫交錯的小巷具有某種不可抗拒的專橫。迷宮般的臨時住宅、棚舍滿懷義憤地斜倚在時呈灰藍、時呈微紅的石頭上。破敗的貧民窟、坍塌的牆壁、頑固的植被與石製品正悄悄進行一場激烈的較量與角逐。荊棘叢生、碎石遍布的荒地……凡此種種，最突出的當推變幻不定的日光戲法：要是一小塊雲彩剎那間飛到城市與暮靄之中，整個耶路撒冷頃刻間就會改變模樣。

還有城牆。

每個地區都有圍在高牆內的祕密中心，每個敵對要塞都向過往的行人關閉著。我不知道有誰會把耶路撒冷當成家園，就連那些即將在這裡住上百年之久的人也包括在內。這是一座四合院式的古城，其靈魂囚禁在插滿尖銳碎玻璃的斷牆後，沒有所謂的耶路撒冷。就連碎東西扔在地上，也是為了誤導無辜的百姓。一層裹著一層，中心卻無法介入——因此，我只能寫下「我生在耶路撒冷」，卻無法寫「耶路撒冷是我的城市」。我不知道在俄羅斯庭院深處，在施耐勒軍營的牆後，在埃因凱倫修道院的隱蔽處所，在惡意山上的高級專員官邸，有何種凶險在恭候著我。這是一座令人窒息的城市。

在麥里桑達街，街燈已亮，一位高大體面的男子撲向米海爾，一把抓住他的大衣釦，像老朋友一樣衝著他喊：

「你這個以色列的混蛋，希望你去死。」米海爾沒見過耶路撒冷的瘋子，嚇得面色蒼白，直往後退。陌生人友好地笑了一笑，又沉著地補上一句：

「把上帝的敵人統統消滅乾淨。阿門，阿門。」

米海爾大概是要向這個人解釋，他一定是弄錯了，米海爾不是他的仇敵。但此人打斷米海爾的話，指著米海爾的鞋子說：

「我永遠瞧不起你，瞧不起你的子孫。阿門。」

耶路撒冷被四周的村莊包圍在一個封閉的圓圈裡：奈比薩維爾、沙發特、謝赫賈拉、伊沙維亞、奧古斯都維多利亞、瓦蒂約茲、希萬、瑟巴哈、貝薩法法——頗像旁觀者圍著躺在路上的一位婦女。要是這些村莊握緊拳頭的話，整座城市就會被捏碎了。

簡直令人難以置信，城裡一些病懨懨的學究晚上竟出來呼吸新鮮空氣。他們拄著枴杖，酷似雪中夜行的盲人，其中兩位我和米海爾曾在倫荻街上碰見過。他們手挽著手，似乎在相互支撐，以抗拒充滿敵意的環境。我微笑著朝他們歡快地打招呼，兩人立即把手舉過頭頂，一個熱情地揮動帽子回應我，另一個頭上什麼也沒戴，所以便象徵性地、抑或漫不經心地朝我做了個揮手的姿勢。

21

那年秋天，米海爾到地質系擔任助教。這次他沒辦聚會，而是請了兩天假來紀念這一時刻。我們帶著兒子一起到台拉維夫，到莉亞姑媽家住。平坦、明朗的城市，亮閃閃的彩色汽車，大海風光，略帶鹹味的微風，人行道旁修剪整齊的樹木。凡此種種令我產生一種強烈的渴望，我不知這是怎麼回事，也不知這是為了什麼。有那麼一種靜謐，有那麼一種模糊的期待。我們去公園，碰見米海爾的三個同學，然後大家一起到哈比瑪劇院觀看演出。我們租了一條船，順著亞康河划向七峰山。碩大桉樹的倒影在水中顫動。這是一個非常靜謐的時刻。

也是那年秋天，我又回到莎拉．傑爾丁幼稚園，每天工作五個小時。開始償還婚後欠下的債務，甚至還清了米海爾姑媽們的一部分借款，但還是未能開始存買房的錢，因為在逾越節⑲那天，我擅自作主，到店裡買了一張價格昂貴的沙發以及三張相配套的靠背椅。

⑲猶太教三大節日之一，紀念上帝帶領以色列人祖先出埃及的恩惠。《舊約．出埃及記》記載，上帝派遣天使擊殺每一家埃及人的長子和頭生的牲畜時，天使越過了以色列人家門，保全了以色列人長子和頭生牲畜的生命。節期在猶太曆正月（亞筆月），即公曆四月一日前後。

米海爾從市政府得到規劃批准後，我們立即用磚頭把陽台加蓋起來。我們稱這間新屋為書房，米海爾把書桌及書架放了進去。我給米海爾買了第一卷《希伯來大百科全書》作為結婚四週年的禮物，他則給我買了一台以色列製的收音機。

米海爾每天總是熬到很晚才睡。新書房和我的房間隔著一扇玻璃門，在我床對面的牆上投下巨大的光影。夜裡，米海爾的身影驚擾著我的夢。他要是拉開抽屜，挪動一本書，戴上眼鏡或是點燃菸斗，便有巨大的黑影從我對面的牆上劃過。影子悄然無聲，不時呈現出各種形狀。我使勁地閉上眼睛，但影子卻執拗不去。我一睜眼，他伏案的一舉一動便在整個房間裡翻騰。

很遺憾，米海爾是位地質學家，不是建築學家。要是他在夜晚潛心設計樓群、公路、堅不可摧的城堡，或是讓英國驅逐艦「龍號」得以拋錨的海軍港口，那該有多好啊。

米海爾的手纖細而堅實，作圖非常乾淨，在薄薄的圖紙上勾勒出地質學規劃，工作時雙唇緊閉。在我眼中，他就像一位大將軍，或是政界要人，鎮定自若地制定著至關重要的決策。米海爾要是位建築師，我或許還能接受他晚上投在我牆上的影子。夜間最為陌生與恐懼的感覺，就是米海爾將去探索地表深處不知名的岩層。好像他在夜裡褻瀆並取笑著一個沒有人情味的世界。

我按照結婚前房東太太塔諾波拉的吩咐，給自己倒了一杯薄荷茶。不然就是打開檯燈，讀書到深夜一點，等候丈夫輕輕躺到我身邊，道聲晚安，吻我的雙唇，然後扯起被子蒙住他的頭。

我在夜裡所讀的東西，絲毫顯示不出我的文學出身：亮面平裝英文版毛姆和杜．莫里埃的小說，以及緒威格和羅曼．羅蘭的作品。我的趣味變得多愁善感起來。讀到翻譯蹩腳的安德烈．莫洛亞的小說《沒有愛的女人》時，我哭了，像女中學生那樣地哭了。我辜負了教授的期望，婚後不久我便把教授的期望拋在了腦後。

當我站在廚房洗碗槽前，可以見到樓下的庭院。我們的花園沒有修整，冬天一片淤泥，夏天滿是灰塵與薊草。到處是碎碗片。約拉姆．凱尼瑟和小夥伴們用石頭砌起的堡壘遺跡猶存。花園一頭有個破水龍頭，其他地方則有俄羅斯平原，有紐芬蘭，有愛琴海群島，我常常流放於此地。有時我睜大雙眼，我會看到「時光」。「時光」像夜間巡邏的警車駛過，紅燈急遽閃動，車輪卻緩緩前行。那輪子沙沙作響，小心翼翼地行駛，緩緩前行，威脅著，尋覓著。

我要想像一下，無生命物體該有另一種運動節奏，因為它們沒有思想。例如，院子裡一棵無花果樹的枝頭多年來懸掛著一只銅碗。那是很久前死去的鄰居從樓上平台把它扔出窗外，大概自那時起它就掛在樹枝上了。我們剛到這裡時，廚房外的這只碗即已生鏽。四、五年的光景，就連冬天凜冽的寒風也未能將其吹落。然而，新年一大早，我站在廚房洗碗槽前，親眼看見銅碗從樹上掉了下來。沒有風，也沒有貓和鳥在枝頭跳躍。強大的魔法剎那間發揮了效用。鐵鏽渣嗶嗶剝剝，碗在地上喀嗒作響。我想說的是，多年來我一直極其冷靜地觀察一個東西，它身上潛藏的某種可能性正在變為必然。

22

我們的鄰居很多是正統派猶太教教徒，都生很多孩子。亞伊爾四歲時經常問一些讓我答不出來的問題，我要他去問他爸爸。米海爾對我說話時好像我是個很難管教的小女孩，但對兒子說話卻像大人對大人。說話聲傳到廚房。他們從不打斷對方。米海爾教孩子在結束談話之際要說「我說完了」。他自己回答問題後，有時也用這句話。丈夫用這種方式是在教導孩子懂得，人應該互不侵犯。

比如，亞伊爾會問，為什麼人們的想法不一樣。米海爾會回答說：「每個人都不同。」亞伊爾又問：「為什麼沒有兩個一模一樣的大人或小孩？」米海爾承認他自己也不知道。孩子會停頓片刻，仔細思考一下，或許會說：

「我覺得媽媽什麼都知道，因為媽媽從沒說過她不知道。她說，她知道，只是很難對我解釋。我認為，如果你不知道怎麼解釋，又怎麼能夠說你知道呢？我說完了。」

米海爾大概會強忍住微笑，試圖向我們的兒子講解思考與表達的區別。

每每聽到這些話我便不禁想起去世的父親。父親是個兢兢業業的人，總是認真咀嚼他所聽到的一切，甚至包括孩子的話，從中尋找他不知道的真理，哪怕是真理的蛛絲馬跡也好。他必須終生拜倒在真理的門檻之下。

亞伊爾四、五歲時已長成一個身強力壯、沉默寡言的孩子。有時他會莫名其妙地表現出對暴力的熱中，這很可能是他發現鄰居家的孩子都那麼怯懦，他甚至不必用什麼招數就可以唬住那些大孩子。還有些時候，他也會被其他孩子的父母打得青一道紫一道地回到家，但他通常不會告訴我們是誰打的。要是米海爾追問，他的回答經常是：

「是我自找的，是我先動的手。我先打他們，他們才打我。我說完了。」

「你為什麼先動手打人？」

「他們逼我的。」

「怎麼逼你的？」

「他們做的事情。」

「比如說？」

「我不會講。不是說了什麼事，是做了什麼事。」

「什麼事？」

「一些事。」

我發現兒子身上有股陰鬱的蠻橫。對食物、物品、電器設備、時鐘有著強烈的興趣，他可以長時間沉默不語，好像沉浸在某種複雜的精神旅程中。

米海爾從未動手打過孩子，這一方面是出於原則，另一方面是因為他自己被教育得很好，從未挨過打。但我不敢這樣說自己。每當亞伊爾表現出那股陰鬱的蠻橫時，我都會打他。我會避開他冷靜的灰眼睛，只是拚命地打他，直到我氣喘吁吁、他喉嚨哽咽才會罷休。然而，他的意志力卻是如此堅強，有時讓我不寒而慄。當他的驕傲最終被摧毀時，他會發出可怕的嗚咽，像是在模仿一個哭泣的孩子。

我們樓上三樓，約拉姆．凱尼瑟家對面，住著一對沒有子女的老夫婦。他們姓格里克。男人是個虔誠的裁縫師，女人總是歇斯底里。夜裡，我會被幼獸般低沉的啜泣聲吵醒。黎明前夕會傳來尖叫聲，接著便是突然停頓，好像在水底換氣。我會穿著睡衣，跳下床，跑到孩子房裡。有時我會想到這是亞伊爾在尖叫，孩子一定有什麼不測了。

我痛恨黑夜。

麥括巴魯區的建築由鐵、石組建而成。樓梯上的鐵扶手與古老房子的外牆相連。髒兮兮的鐵門上刻著營造日期、捐贈者及其父母的姓名。坍塌的籬笆歪歪扭扭僵在那兒。生鏽的百葉窗僅剩一根釘子連著，好像隨時可以摔到街上去。我們家附近剝蝕的灰泥牆上漆著紅字：「朱迪亞在血與火中倒下去，朱迪亞將在血與火中站起來。」我並非喜歡這標語的意思，而是喜歡它的對仗。對於這種嚴密的文字陳述我不能做出解釋，但是在夜晚，它也會展現在我眼前。街燈將窗影映在對面牆上，一切看起來都有重影。

起風時，風將人們架在陽台頂上的鐵皮吹得哐噹作響。這聲音加重了不斷重現的絕望。

在黑夜盡頭，雙胞胎裸露著腰身，打著赤腳，靜靜地飄過街坊小巷。瘦骨嶙峋的拳頭捶打著鐵皮，因為他們接到命令要把狗逼瘋。黎明時分，狗吠已變成混亂的哀號。雙胞胎仍在外面竄來竄去，我能夠感覺到，能夠聽見他們腳掌的啪啪聲。他們默不作聲地互相嘲笑，一個踩住另一個肩膀，順著院子裡那棵無花果樹朝我爬過來。兩人又奉命抓起一根樹枝，輕輕拍打我的百葉窗，勁道不大，很輕。有一次只聽見指甲劃過窗戶的聲音。另一次又聽見他們將松果扔進來。他們受託前來叫醒我，因為有人以為我已沉沉睡去。我在年輕時渾身充滿著愛的力量，而今那愛的力量正在死去。可是我不想死。

這些年，我不斷問自己同一個問題，即婚禮三週前我們從惕拉亞爾步行返回時出現在我腦海裡的那個問題。妳在這個人身上發現了什麼？妳瞭解他什麼？要是妳在塔拉桑塔摔倒時，是另外一個人抓住妳又會怎麼樣？這是命中注定的嗎？還是無法識別的天意？難道，婚禮前兩天塔諾波拉太太所說的話是對的？

丈夫心裡怎麼想，我不願費神去猜。他臉上露出了滿足感，好像他的願望得到了實現，此刻他正茫然地站在那兒等候一輛公車。在他愉快地遊完動物園後，這輛公車將會送他回家，然後他吃飯，更衣，睡覺。在小學，旅行結束之際，我們總習慣性地把自己的感覺總結為：雖然很累，但很愉快。這的確是米海爾多數日子裡的表情。

米海爾早晨要轉公車去大學上課。他父親當作結婚禮物送他的那個公事包已經磨壞，成為他多年來儉樸作風的標誌。公事包是用某種合成皮革做的，米海爾不讓我給他買新的：他打從心底對這個公事包充滿了感情。

時間用那雙修長而堅質的手指磨損了無生命的物體。一切均任其支配。

公事包中放著米海爾的講課筆記，他的筆記不用阿拉伯字而用羅馬字母排列順序。無論寒暑，公事包裡總放著我母親為他編織的那條白圍巾和治療胃灼熱的藥片。近來，米海爾患有輕微的胃灼熱，尤其是午飯之前反應更明顯。

冬天，他穿一件藍灰色雨衣，這顏色倒是與他的眼睛很配。他還會在帽子上戴一個塑膠罩。夏天，他身穿一件寬鬆的網眼衫，不繫領帶。透過衣服，可見他半隱半現的上身，瘦削而毛茸茸的。他的頭髮依舊剪得很短，看上去像個運動員或軍官。米海爾是否期望做個運動員或軍官呢？想瞭解另一個人該有多難，即使你處處留心，即使你從不健忘。

平日下午，我們一般不多話：請遞給我。拿著一下。快點兒。別弄亂了。亞伊爾哪兒去了？晚飯準備好了嗎？請把大廳的燈打開。

晚上九點鐘的新聞過後，我們面對面坐在扶手椅裡削水果吃。赫魯雪夫將會戰勝葛穆卡；艾森豪沒那麼大膽量·政府真的打算保留嗎？伊拉克國王是受年輕官員們操縱的傀儡，時下大選不會有什麼重大變化。

然後，米海爾就坐在書桌前，戴上眼鏡。我輕輕打開收音機聽音樂，不是聽古典樂，而是聽遠方外國電台裡播放的舞曲。十一點鐘我上床睡覺。牆壁後面有一條水管，汩汩的流水聲。咳嗽聲。風聲。

每逢星期二，米海爾習慣在回家的路上穿過市中心，到卡哈那代理公司預訂兩張電影票。晚上八點我們開始穿著打扮，八點十五分離開家。我們出去看電影時，臉色蒼白的約拉姆·凱尼瑟照顧亞伊爾，我則幫他準備希伯來文學考試作為回報。學生時代學習的東西我至今還沒有全忘，這要歸功於他。我們坐在一起讀阿哈德·哈阿姆⑳的文章，比較祭司與先知、肉體與精神、奴隸制與自由，將所有想法對稱排列、相互比較。我喜歡這種方式，約拉姆也一樣，認為先知、自由、精神召喚我們擺脫奴隸制與肉體的束縛。一旦我稱讚他創作的某首詩，約拉姆眼裡便閃爍著晶瑩的光芒。約拉姆作的詩時常有濃厚的感情，所選用的並非日常生活中的詞彙。有一次我問約拉姆，詩中「禁慾的愛」這一個詞的意義何在。約拉姆解釋說，人類生活中，有的愛似乎沒有引起快感。我接著用很久以前從丈夫那兒聽到的說法應和：當一個人心滿意足、無所事事之時，感情就會像惡性腫瘤一樣蔓延開來。

約拉姆說：「戈嫩太太——」他突然提高音調，最後一個音節好像是喊出來的，因為他正處在難以控制聲音的年齡階段。

每次米海爾回家又恰巧看到我和約拉姆坐在一起時，小男孩便會顯得侷促不安。他佝僂著背，用一種很不自然的方式盯著地板，好像他把什麼東西灑到了地毯上，或是碰倒了一個花瓶。約拉姆·凱尼瑟將上完中學，升入大學，在耶路撒冷教《舊約》或希伯來文。每逢新年他會寄給我們一張漂亮的賀卡，我們會再回贈他一張。時光將會靜止不動，像一個龐大透明的存在物，對約拉姆和我充滿敵意，預示著惡兆。

一九五四年秋季的一天，米海爾回家時帶回一隻灰白小貓。他是在大衛耶林街正統派猶太教女子學校牆下發現牠的。

「牠很可愛是吧？摸一摸。你看牠伸出小爪子在嚇唬我們，好像牠是隻花豹還是黑豹似的。亞伊爾的動物書哪兒去了？請把書拿來，孩子的媽，我們給亞伊爾看看貓和花豹為什麼是一對堂兄弟。」

當丈夫抓住兒子的小手去摸貓時，我發現兒子因為害怕而嘴角抽搐，好像貓很脆弱，不然就太危險，讓他不敢撫摸。

「媽媽，妳看，牠正看著我呢。牠想要幹什麼？」

「寶貝，牠想吃東西或睡覺啊。亞伊爾，給牠在廚房鋪個地方睡覺。不，傻瓜，貓用不著毯子。」

---

⑳阿哈德·哈阿姆（Ahad Haam,1856-1927），猶太復國主義的倡導者。

「為什麼？」

「因為牠們不像人，牠們不一樣。」

「為什麼牠們不一樣？」

「因為牠們被創造得不一樣，我不會解釋。」

「爸爸，為什麼貓不像人一樣得用毯子？」

「因為貓有熱呼呼的皮毛，所以不用毯子也可以取暖。」

米海爾和亞伊爾一整晚上都在玩貓。他們叫牠「小雪」。小雪剛剛出生幾個月，動作還不怎麼協調。牠費了九牛二虎之力去捕捉剛好飛到廚房天花板底下的一隻飛蛾。由於分不清是向高處蹦還是往前方跳，動作非常笨拙可笑。牠往高處竄了好幾呎，下巴一張一合，好像抓住了飛蛾。我們放聲大笑。這時，貓發起怒來，低嗚著，令人毛骨悚然。

「小雪會長大，」亞伊爾說，「牠會成為附近最強壯的一隻貓。我們要教牠看門、捉小偷、趕壞人。小雪會成為我們的看家貓。」

「你要餵牠啊，」米海爾說，「還要訓練牠。任何動物都需要關愛。所以，我們愛小雪，小雪也會愛我們。但是亞伊爾，不可以親牠，媽媽會生氣的。」

我犧牲一個綠塑膠碗，以及牛奶、奶酪。由於小雪還不會用碗喝牛奶，米海爾把牠的頭按到牛奶邊。小雪嚇了一跳，用力甩了甩濕漉漉的腦袋，牛奶四處飛濺。最後，牠轉過牠那可憐、痛苦、戰敗的腦袋，衝向我們。小雪不是白貓，而是灰貓。一隻普通的貓。

晚上，小雪發現在廚房窗戶上有一個出口。牠溜到陽台上，來到我們房間，找到我們的床。米海爾接納了牠，跟牠玩了整整一個晚上，但牠還是選定蜷縮在我的腳下。這是一隻忘恩負義的貓。牠不理睬善待牠的人，卻向待牠冷淡的人大加逢迎。幾年前，米海爾・戈嫩對我說：「貓從來不會看錯人。」現在我意識到這只是個比喻，並不是真的，米海爾所說的不過是一種見解罷了。貓蜷縮在我的腳下，發出既平靜又讓人平靜的低沉鼾聲。我起身把牠趕了出去，但牠剛一出去就開始在門外喵喵直叫，還想進來。可是才剛一進來，便又輕手輕腳地穿過廚房門，打呵欠、伸懶腰、咆哮、喵喵叫、鬧著出去。這是一隻反覆無常，或者說是猶豫不決的貓。

五天後，我們的新貓走了，再也沒回來。丈夫和兒子在附近的街上，以及米海爾上星期撿到牠的教會女校牆下找了牠一整晚。亞伊爾覺得是我們虧待了小雪，米海爾卻認為，牠回家去找媽媽了。我問心無愧。我這麼說是因為他們懷疑我把貓給弄死了。米海爾真的以為我會把貓毒死嗎？

「我知道不是妳。」米海爾說，「但這件事我做錯的是，不應該沒徵得妳的同意便把牠帶回家，好像家裡只有我一個人住。我只希望妳能理解我的用心，我是想讓我們的兒子高興。因為我小時候就渴望在家裡養隻貓，可是我爸爸不准。」

「我沒有碰牠，米海爾，你得相信我。你再帶一隻貓回家我也不會反對。我從來也沒有碰牠。」

「我猜牠一定是乘著熊熊燃燒的馬車升入天堂了。」米海爾尷尬地笑著。「我們別談這件事了，我只是為孩子難過。他和小雪的關係那麼好。我們就別再提牠了。漢娜，我們有必要為一隻小貓吵架嗎？」

「我們沒吵架。」我說。

「沒有吵架，也沒有貓。」米海爾又一次不自然地笑著。

23

大約就在此時，我們的夜晚也有所變化。經過漫長而細心的努力後，米海爾學會了取悅我的身體。他的手指自信而熟練，非得逼迫我吐出一聲呻吟之後他才肯罷休。為了獲得我的呻吟，他用盡了耐心，敏銳地感受著我的一切。他學會了把雙唇放在我後頸的某個部位，使勁地吮吸；也懂得用他溫暖結實的手，爬上我的背脊，滑過我的後頸，伸入我的髮根，而後再沿另一條路徑返回。藉著透進百葉窗的微弱街燈，米海爾看到，我臉上的表情彷彿忍受著劇烈的痛苦。因需要聚精會神，我總是緊閉雙目。我知道，米海爾並沒有闔眼，因為他需要凝神、保持清醒的頭腦。現在，他的撫觸清甜認真，手指的每個動作都帶給我歡愉。黎明醒來時，我再次渴望他。瘋狂的幻覺不期而至：裹著獸皮的隱士把我帶進施耐勒叢林，咬噬我的肩膀，大喊大叫；麥括巴魯西面新工廠的一個瘋子工人一把抓住我，輕輕把我夾在他滿是油污的懷中，衝進山裡；還有皮膚黝黑的人們，他們有著柔軟而結實的手臂、古銅色毛茸茸的大腿，還有不苟言笑的臉孔。

那幻覺也可能是耶路撒冷爆發了戰爭，我身穿薄薄的睡衣衝出家門，在漆黑狹窄的路上狂奔。強光突然照到松柏上：我的兒子不見了。不苟言笑的陌生人在山谷中尋找他的下落；還有腳夫、警官、周圍村子裡疲倦的志願者，都在找他。他們目光中流露出同情，但他們又是那麼忙碌。他們禮貌而強硬地要我別著急，機會很大，等天黑下來，會有加倍的人馬加入搜尋。我在阿比西尼亞街幽暗的小巷弄裡徘徊，在人行道上滾滿死貓的大街上叫著「亞伊爾」、「亞伊爾」。院子裡走出一位老教授，他曾經教過我希伯來文學。他身穿破舊的制服，笑容倦怠，頗有禮貌地對我說：「年輕的女士，既然妳也沒了小孩，那麼我可以邀請妳進屋吧。」那個摟住我丈夫的腰、身穿綠衣招搖過市的陌生女子是誰？好像我根本就不存在。我成了隱形人。丈夫說：「快樂的感傷。憂鬱的感傷。他們想在阿什德修建一座很深的深水港。」

秋天，樹木在大地上的根扎得並不牢固，猶疑不定地左搖右擺，十分討厭。在高高的陽台上，我看到了尼摩船長。他臉色蒼白，目光炯炯。黑鬍子剪得短短的。我知道這是我的過錯，由於我的過錯他們耽擱了航海。時光荏苒，我為自己感到羞愧。船長，不要這麼一言不發地看我。

我六、七歲時，有一天坐在雅法路父親開的店裡，詩人索羅．切尼喬夫斯基㉑來買檯燈。詩人笑著問我父親，這個可愛的小女孩賣不賣。他兩隻粗壯的手臂忽然把我舉了起來，用銀鬍子搔著我的臉頰，一股強烈的暖香從他身上飄出。他臉上露出調皮的微笑，像個精力旺盛的孩子，試圖向成年人挑釁。他走後，父親激動不已。「我們大詩人的言談舉止簡直就像個普通顧客。但詩人的話確實意味著什麼。」父親若有所思地說，「當他用手臂舉起漢娜時，笑得那麼開心。」我沒有忘記。一九五四年的初冬，我夢見了詩人，夢見了但澤城，夢見了一場規模宏大的遊行。

米海爾開始集郵。按他的說法，集郵是為了孩子。但時至今日，亞伊爾未曾表現出對郵票有任何興趣。晚飯時分，米海爾給我看一枚但澤郵票。他怎麼得到這枚郵票的？那天早晨他在索來爾街買一本舊書，書名叫作《深水湖地震》。他就是在書中發現了這枚珍貴的郵票。米海爾試圖向我解釋收藏已滅亡國家的郵票的意義。拉脫維亞、立陶宛、愛沙尼亞、但澤自由市、什列斯威─荷爾斯坦、波希米亞、摩拉維亞、塞爾維亞、克羅埃西亞。我愛上了米海爾說出的這些名字。這枚寶貴的郵票看上去並不動人：色調暗淡，上面畫有王冠和十字架，用哥德體寫著「弗里・斯塔特」。郵票上沒有描繪自然風光，我怎麼能夠想像得出這座城市的模樣呢？是寬闊的街道還是高牆建築？是像海法那樣伸向港灣的陡峭山坡，還是一塊與茫茫沼澤接壤的平地？是一座松林環抱的塔城，還是一切都建得方方正正的金融工業城市？郵票上沒有說明。

㉑索羅・切尼喬夫斯基（Saul Tchernichovsky,1875-1943），現代希伯來文學史上最有影響力的詩人之一。

我問米海爾，但澤是座什麼樣的城市？

米海爾報以微笑，好像我只期待他用微笑來回答我。

我又問了一遍。

因為這是問第二遍，他不得不承認對我所提的問題感到震驚：「妳幹嘛想知道但澤是什麼樣子？為什麼指望我也知道？晚飯後我幫你查《希伯來大百科全書》。不對，查不到的，因為現在還沒有出到D。跟妳說，你要是熱中有朝一日到國外旅行的話，那麼我建議妳減少消費，別把剛買了幾個星期的新衣服扔掉。住棚節期間我們在瑪延・斯圖伯商店買的那條灰裙子哪裡去了？」

有關但澤的情況，我從米海爾那裡什麼也沒有問到。晚飯後，我們擦拭碗碟。我取笑米海爾，說他不過是裝著為孩子集郵，其實是他自己有一種孩子氣的集郵願望。我想藉由爭吵戰勝對方。

然而，他連這點滿足都不肯給我。他是個不輕易發火的人，但他也沒制止我一連串的挑釁，因為他認為別人說話時插嘴是不對的。他只是仔仔細細地繼續擦拭手中的瓷盤，踮起腳尖把洗乾淨的盤子放回洗碗槽上方的壁櫥內，然後，他頭也不回地對我說，我所說的話沒什麼新意；就算不懂心理學的人也知道，成人偶爾也喜歡玩一玩。他為兒子集郵和我從雜誌上給兒子剪紙人如出一轍，都沒引起孩子的興趣，這樣說來，我取笑他的情感動機又有什麼意思呢？

我們把盤子放好後，米海爾坐在扶手椅裡聽新聞。我坐在他身邊默不作聲。我們剝水果，互相遞送。米海爾說：

「這個月的電費很貴。」

我說：

「現在東西都漲價了，牛奶價格也漲了。」

那天夜裡，我夢見了但澤。

我是女王。我從城堡的塔頂凝視著整座城市。老百姓聚集在塔下。我展開雙臂歡迎他們，姿勢很像塔拉桑塔修道院頂上的天使銅像。

我看到屋頂上的濃雲一片漆黑，天空東南部暗了下來，整座城市陰沉沉的。烏雲從北方湧來，暴風雨就要來了，順著山坡來了。我能夠辨出海港起重機的碩大輪廓、黑壓壓的鷹架，還有起重機頭的紅色信號燈閃閃發光。天色愈加灰沉，輪船啟航的笛聲響起來了。南面傳來火車的吼叫，卻看不到火車。針葉叢密佈的公園盡收眼底；公園中央是一個狹長的湖，湖中心有座很小的長島，島上聳立著女王塑像。那是我的塑像。

輪船流出的黑油污染了港灣海水。街燈閃亮，淒清的燈光籠罩著我的城市，與雲、霧、煙交織在一起，像一層黑色暈圈在郊區的天空中聚攏。操場上響起喧囂聲。我，城中女主，站在城堡頂上，需要對等候在廣場上的百姓講話。得說我寬恕他們，我愛他們，長期以來我一直重病在身——但我說不出話來。我現在尚未康復。我任命的宮廷大臣，也就是詩人索羅，他就站在我的左側，用一種我不太理解的溫存語調對百姓說話。人群歡呼了起來。突然，歡呼聲中夾雜著隱隱約約的憤怒聲。詩人說出四個節奏鏗鏘的詞，這是用另一種語言說出的口號或格言，人群中爆發出哄堂大笑。一個女人開始叫喊。一個小孩爬到柱子上做鬼臉。一個披斗篷的男人惡毒地咒罵。吵嚷聲淹沒了一切。接著，詩人把一件暖烘烘的大衣披在我身上。我用指尖觸摸著他纖細的銀髮。這個動作在人群中引起劇烈騷動，他們爆發出一片混亂的喧譁。這是愛抑或恨的宣洩。

飛機在城市上空盤旋。我命它閃爍紅綠兩色的光。片刻之間，飛機似乎飛翔在群星中，後面拖了一條尾巴。一支部隊聚集在錫安廣場。男人們唱起了歡快的讚美詩，向女王慶賀。我乘著四匹飛馬駕馭的馬車，穿過一條又一條大街。我伸出一隻疲倦的手向我的百姓拋擲飛吻。成千上萬的臣民湧進蓋烏拉街、馬漢耶胡達街、烏西什金街、凱倫克亞米街，人人手舉彩旗和鮮花。這是一場遊行。我倚在兩個保鏢身上。他們很有節制，人長得黝黑，舉止文雅。我很疲倦了。臣民們拋出菊花花環。菊花是我最喜歡的花。那是一個節慶之日。在塔拉桑塔修道院，米海爾伸出手臂把我從四輪馬車上攙扶下來，他和平時一樣鎮定自若。女王知道，這是一個決定性時刻，她得保持莊嚴。矮個兒圖書管理員出現了，他頭戴黑色小帽，舉止謙卑。那是米海爾的父親耶海茲克爾。「尊敬的陛下，」司儀謙卑地鞠了一個躬，「請求您至高無上的恩准。」在謙卑的背後，我似乎意識到某種模模糊糊的輕蔑。我討厭老莎拉·傑爾丁皮笑肉不笑的樣子，她無權站在平台上取笑我。我站在圖書館的地下室，半明半暗之中可瞧見瘦女人們的身影。瘦女人們淫蕩地叉開雙腿，躺在書架間的狹窄地板上，遍地都是淤泥。瘦女人們長得都很像，頭髮染過了，猥褻地袒露著胸脯。她們不苟言笑，也不對我施禮，臉上露出僵硬的受苦神情，她們長得很粗糙。這些仇視我的女人們要摸我，但未能摸到，只能伸出手指威脅我。她們是船上那些放蕩的女人。她們大聲嘲弄我，打著飽嗝，一副醉醺醺的樣子，身上散發出一股腥臭。「我是但澤女王！」我想大叫，但聲音卻小得可憐。我也是那樣的女人，我腦子裡閃現出這樣一個念頭：「她們都是但澤女王。」我要自己記得，該趕緊去接待一個要探討特權問題的民商代表團。我不知道什麼是特權。我累了。我是這些難對付的女人中的一員。從霧中、從遙遠的碼頭上，傳來輪船的鳴叫聲，酷似屠宰場發出的聲音。我是圖書館地下室的囚徒。濕地板上的醜女人遞給我一塊抹布。我沒忘記有艘「龍號」英國驅逐艦，它認識我，能從旁人中認出我來，它將拯救我的生命。但是一直要等到新冰河期大海才會回到自由城的懷抱。到那時，「龍號」已經遠去，遠去，夜以繼日地在莫三比克海岸巡邏。沒有船會再光顧這座已經廢棄的城市了。我迷失了方向。

24

我的丈夫米海爾．戈嫩將他在科學期刊上發表的第一篇文章獻給了我。文章題目叫〈帕倫荒原中峽谷的剝蝕過程〉。這也是米海爾博士論文的題目。獻詞寫著：

「作者謹將此文獻給他體貼的妻子，漢娜。」

我讀著文章，我向米海爾祝賀：我喜歡他在文章中不用形容詞與副詞，而是頻繁使用名詞與動詞、用簡單句而不用複合句表達思想，我喜歡這種實實在在、乾澀的風格。

但米海爾很介意「乾澀」一詞。他就像大多數對語言文學不感興趣、遣詞用字就好像喝水呼吸的人一樣，認為我在說反話。他說他很抱歉，他不懂詩，無法寫詩獻給我，只好寫了這篇「乾澀」的論文，盡己所能。「我知道，這句話很古板。」

「米海爾，難道你覺得我不會為獻詞而感激你？或者，你覺得我並不欣賞這篇文章？」

「嗯，若是這樣我也不怪你。我的文章是為地質學家以及相關領域的人士撰寫的。地質學又不是歷史，不瞭解基本的地質學知識照樣能做有文化、有修養的人。」

米海爾的話刺傷了我，因為我是在設法分享他首次發表論文的快樂，並非有意在冒犯他。

「你能簡單為我解釋一下什麼是地貌學嗎？」

米海爾一邊思考，一邊伸手從桌上拿起眼鏡看著，臉上浮現出不易察覺的笑意。接著，他放下眼鏡。

「好吧，我願意向妳解釋，只要妳真想知道，而不是為了取悅於我。

「不，別把毛線放下。我很高興能在妳編織毛衣時與你面對面坐著說話。我喜歡看妳放鬆的樣子，妳不必看著我，我知道妳在注意聽，我們又不是在審問。地貌學是介於地質學與地理學之間的邊緣科學，研究地表特徵形成的過程。許多人誤認為地球是幾百萬年前一次形成的。事實上，地表本身永遠處在形成過程之中。如果使用『創造』這個通俗概念，我們可以說地球永遠處在創造過程中，甚至當我坐在這兒談話時也是如此。不同乃至相反的因素共同塑造和改變著地表，以及我們感覺不到的地下構造。有些因素屬地質性的，從地球中心熾烈的核分子運動及其不平常的逐漸冷卻過程中產生出來。另外一時因素屬大氣性的，諸如風、洪水、有固定週期模式的冷暖交替。某些物理因素也對地貌形成了影響，但可能是因為這一點很簡單，以至於常被科學家們所忽視。物理因素太明顯了，所以即使最有名的專家也往往不太重視它們，比如重力和太陽的作用。對於那些源於簡單自然法則的現象，人們也提出過好多種複雜而又詳盡的解釋。

「除地理、大氣、物理因素外，還必須考慮到某些化學概念。例如溶解與融合。可以這麼說：地貌學是各種理科學科的交會點。其實，這種探討早在古希臘神話中已露端倪，古希臘神話似乎認為世界起源於一種永恆的衝突。這一看法已為現代科學所接受，但現代科學卻沒有努力去解釋各種因素的證據。在某種程度上，我們思考的問題比古代神話的範圍要窄得多。我們只關心『怎麼樣』，而不是『為什麼』。現代的一些科學家有時抵擋不住誘惑，他們試圖找到一個包羅萬象的解釋。尤其是俄國學派，就他們目前的出版物來看，有時甚至借用人文科學的概念。任何科學家都面臨這樣一種誘惑：讓比喻沖昏了頭腦，產生了比喻可以代替現代科學闡釋的錯覺。我努力避免這些流行於某些派別中惹人注目的詞語。我只用『吸引力』、『排斥』、『節奏』等模糊的詞語。科學描述與神話之間有一條並不十分清晰的界線，比人們通常所認為的還要模糊。我竭力避免逾越這條界線。我的文章給人一種乾澀的印象，其原因大概也就在此。」

我說：

「米海爾，我應該澄清一個誤會。我在使用『乾澀』一詞時，是把它當成讚美的。」

「很高興聽妳這麼說，儘管我已經覺察到我們所說的『乾澀』不是同一回事，我們兩人如此不同。如果哪天妳肯給我幾個小時，我將很樂意帶你看看我的實驗室，聽聽我的課，那麼我的解釋就會更簡單明瞭，或許還能減少點『乾澀』的味道。」

「明天吧。」我說，臉上竭力擺出自己最可愛、最甜美的微笑。

米海爾非常高興。

第二天，我們把亞伊爾送到幼稚園，並給莎拉．傑爾丁留了一張紙條，說有急事請一天假。

米海爾和我搭公車來到地質學實驗室。到那兒後，他請清潔女傭倒兩杯咖啡端到辦公室來。

「今天要兩杯咖啡。」米海爾高興地說，又急急地補上一句：「介紹一下，瑪蒂達，這位是戈嫩太太，我妻子。」

接著，我們去三樓米海爾的辦公室。這是長廊盡頭的一個小隔間，用三夾板隔開。屋裡有張桌子，是從英國政府的某個部門搬來的。兩把椅子。空書架，書架上面有個拿來當花瓶的貝殼盒。桌子玻璃板下壓著一張我在婚禮那天的照片、亞伊爾在普珥節時的盛裝照，還有從彩色雜誌上剪下來的幾隻白貓。

米海爾背對窗子坐下。他又開雙腿，雙肘放在桌上，試圖擺出一副官員的架式。「請坐，夫人，請坐。有什麼我能為您效勞的嗎？」

恰逢此時，門開了。瑪蒂達用托盤端了兩杯咖啡進來。她很可能聽見了米海爾剛才所說的話。他尷尬地說道：

「介紹一下。這位是戈嫩太太，我妻子。」

瑪蒂達出去了。米海爾請我原諒他，他得花幾分鐘讀他的文章。我啜了口咖啡，望著他，因為我猜他要我這麼做。他見我望著他，滿意地微笑著。取悅別人是件多麼容易的事呀！

幾分鐘後，米海爾站起身，我也站起來。他為這小小的耽擱道歉：「像他們所說的，我得把文章整理一下。現在我們去實驗室吧，我希望妳會對此感興趣，我將很樂意回答妳的所有問題。」

米海爾自信而有禮貌地領我去看地質學實驗室。我問這問那，使他有發言的機會。他一再問我是不是聽累了，是不是煩了。這一次我小心翼翼，字斟句酌。我說：

「不，米海爾，我不累，也不煩，我想多看點東西。我喜歡聽你解釋，你知道怎樣清楚準確地解釋繁瑣複雜的問題。你所講的一切對我來說都是那麼的新奇而有趣。」

我說此話時，米海爾握著我的手，就像我們從阿塔拉咖啡館走入雨夜時一樣。

像許多文科學生一樣，我一向認為每個學科命題都是相關語詞與觀點的組合。現在我瞭解到，米海爾和他的朋友並不僅僅和文字打交道，而且還在尋找地下的寶藏：水、油、鹽、礦物質、建築材料、工業原料，乃至用於製作女人珠寶的寶石。

走出實驗室時，我說：

「我希望能夠讓你相信，我在家說『乾澀』一詞時，並沒有絲毫詆毀之意。你要是請我聽你的課，我會很驕傲地坐在教室後面。」

不止於此。我期望和他一起回家，撫摸他的頭髮。我絞盡腦汁尋找熱情的讚美之詞，把一縷微光、一絲滿足帶回他的眼中。

§

我在倒數第二排找到一個空位子。丈夫雙肘倚在講桌上。他身材瘦削，姿勢隨意，不時轉身用教鞭指著課前畫在黑板上的圖表。黑板上的線條準確纖細。我想到他衣服內的身體。一年級的學生埋頭做著筆記。有一次一個學生舉手提問，米海爾凝視了學生片刻，好像在琢磨他為什麼要問這個問題，而後再作回答。解答時，他讓人覺得這個學生的問題極其重要。他冷靜得體，即使他講話時稍停片刻，在我看來也並不是他有些慌亂，而是出於內在責任感正在謹慎地選擇詞語。我猛然想起五年前的二月在塔拉桑塔看到的地質學教授。他說話緩慢，嗓音洪亮，也用教鞭指明教學片中的重要部分。米海爾的聲音也很悅耳。早晨，他站在浴室刮臉時，想到我還在睡覺，便會小聲哼幾句。現在，給學生講課，米海爾會在每個句子中選擇一個詞放慢速度，拖長語調，好像只給他最聰明的學生低聲暗示。在投影機的燈光下，塔拉桑塔老教授的臉、手臂和教鞭曾讓我想起兒時愛讀的《白鯨記》或儒勒．凡爾納作品中的插畫。我無法忘記這些。當米海爾變成塔拉桑塔的老教授那副模樣時，我將在哪裡？我會是什麼樣子？

課後，我們一起在學校餐廳吃午飯。

「向你介紹一下戈嫩太太，我妻子。」當熟人碰巧從身邊經過時，米海爾就會驕傲地說，那模樣就像孩子將大名鼎鼎的父親介紹給校長。

我們喝著咖啡。米海爾給我點了一杯土耳其咖啡，他自己則喜歡牛奶加少許咖啡。

然後，米海爾點了菸斗。「我根本不信妳在我課上會發現有趣的東西。沒有學生知道我妻子在場，可我還是非常激動。事實上，激動得有兩次差點接不上話題。因為我當時在想妳，看你，忘了在講什麼。很可惜我不是在講文學或詩歌。我一心想讓妳感興趣，不願讓這個枯燥無味的話題惹妳厭煩。」

米海爾才剛開始撰寫博士論文。他說，他期待有朝一日老父能在每週一次的信上寫道：戈嫩博士和夫人收。當然，這只不過是個普通的願望，但我們每個人內心深處無疑都珍藏著某些普通的願望。然而，博士論文豈能一揮而就？他研究的是個複雜而又複雜的課題。

丈夫說「複雜的課題」時，臉部突然抽搐了一下。那一瞬間，我似乎看見了他嘴角最近出現的細小皺紋在未來時期的擴展趨勢。

25

一九五五年夏天，我們帶著兒子亞伊爾去霍隆度假一星期，到海邊休息游泳。前往的公車上，我們旁邊坐著一個面目非常可怕的人，這是個戰爭受害者，不然就是歐洲難民。他已面目全非，兩隻眼窩是空的。嘴巴尤其令人恐懼．沒有嘴唇，牙齒全部暴露在外，好似咧嘴狂笑，又好似骷髏。當不幸的陌生人盯著我們兒子時，亞伊爾把頭埋在我懷裡，但不時又像是期待著恐懼和刺激的孩子，又會去凝視這副破敗的臉孔。孩子雙肩抖動，臉嚇得煞白。

陌生人完全陶醉在遊戲之中。他沒有轉臉，沒有把獨眼的視線從我們兒子身上移開，似乎思忖著要撥動孩子身上一切恐怖的音符。他做鬼臉，暴露牙齒，連我都感到非常害怕。陌生人垂涎欲滴，等待孩子偷偷摸摸的一瞥。每當亞伊爾睜眼偷看時，他便會做鬼臉，讓亞伊爾投入到這場嚇人的遊戲中。孩子坐在那裡盯一會兒陌生人，耐心地等待新的鬼臉，而後又一頭栽進我懷中，渾身劇烈地抖動。他顫抖不已。遊戲在無聲無息地進行，亞伊爾用肌肉、肺腑嗚咽，而非用喉嚨抽泣。

我們沒有辦法，因為車上沒有多餘的座位。當米海爾試圖用身體擋住其視線時，男人和孩子都不肯罷休。他們彎下身子，從米海爾的背後或臂下互相窺視。

我們在台拉維夫中央車站下車後，陌生人走過來，送亞伊爾一塊蛋糕。儘管是夏天，但他依然戴著手套。亞伊爾接過蛋糕，默默地塞進衣袋裡。

男人用手指摸摸孩子的臉頰說：

「多漂亮的孩子，多可愛的孩子。」

亞伊爾劇烈地發抖，一聲不吭。

我們坐上開往霍隆的汽車。孩子從口袋裡掏出蛋糕，陰鬱地放在眼前，說出一句話：

「誰想死就把這塊蛋糕吃掉。」

「你不該接受陌生人的禮物。」我說。

亞伊爾陷入沉默。他開口要說些什麼，隨即又改變了主意，最後一板一眼地說：

「這個人太壞了，根本不是猶太人。」

米海爾覺得有必要打斷他。

「這個人看樣子是在戰爭中受了重傷，說不定還是個英雄呢。」

亞伊爾倔強地說：

「他不是英雄。一點也不像猶太人。壞蛋。」

米海爾提高音量：

「亞伊爾，別嘮叨了。」

孩子拿起蛋糕要往嘴裡放，身子再一次顫抖起來。他嘟囔著：

「我死給你們看。我把它吃了。」

我正想說：「你不會死的。」並複述以前讀過的格肖姆．肖夫曼㉒寫的一個優美段落，但米海爾卻搶在我念出「在死亡面前沒有歡樂，沒有無憂無慮」之前，說出一句深思熟慮的話：「你一百二十歲以後才會死。現在要聽話，別說傻話了。我說完了。」

亞伊爾不再說了，緊緊閉上雙唇。最後，像是剛剛結束了某種複雜的精神歷程，他遲疑地說：

「到了耶海茲克爾爺爺那裡，我什麼也不吃，什麼也不吃。」

我們在耶海茲克爾家待了六天。早晨帶兒子去巴特亞姆海灘，日子過得很平靜。耶海茲克爾已不在市政府水利部門上班。從年初開始，他靠微薄的退休金生活，但仍為工人黨地方支部盡職。他懷裡揣著一串鑰匙，每天晚上去工人俱樂部。在小小的備忘錄上做筆記，將簾子送到洗衣工那兒，替演講人買柳橙汁，收集票據並按照日期進行整理。

上午，他會聆聽公共教育學院開設的函授課，自學地質學基礎知識，以便能夠和兒子進行簡單的科學對話。他說：「我現在時間很充裕。一個人不可對自己說：『我老了，學不動

㉒格肖姆．肖夫曼（Gershom Shoffman,1880-1972），現代希伯來小說家，其作品多關注個人命運。

了。』」

耶海茲克爾希望我們把這兒當成自己的家。「不要管我，一直顧慮我會毀了你們的假期。如果你們要重新布置家具，或是不疊被子，千萬不要客套或是不好意思。我希望你們徹底地放鬆一下。

「在我眼裡你們都這麼年輕，親愛的。我要是不為你們高興，就該為自己傷心了。」

耶海茲克爾在好幾個場合重複過這句話。他所說的每句話都有某種繁瑣的模式，這或許是由於他習慣於強調自己所講的話，好像他是在對小部分人發表演說；也或許是他傾向於使用適合莊嚴場合的詞句。我不禁想到在阿塔拉咖啡館，我和米海爾的談話中他對父親的評價：父親使用希伯來語就像人們使用名貴的瓷器。而令我意識到，米海爾無意中成功地為他父親下了一個貼切的評語。

爺爺和孫子從第一天就建立起親密的友誼。他們都在六點起床，兩人小心翼翼，以免吵醒我和米海爾。等到穿好衣服，草草吃過早餐後，祖孫二人便一起走出家門到空曠的大街上散步。耶梅茲克爾喜歡向孫子展示市政服務的神祕感：變電所一帶的電線分佈、供水系統、消防隊總部、城市周圍遍佈的警報器及消防栓、衛生部門對垃圾的處理、公交服務網等等。這是一個具有迷人邏輯的全新世界。

另一件頗為有趣的新鮮事，就是爺爺稱呼孫子的方式。

「亞伊爾，你父母叫你亞伊爾，我想你叫扎爾曼，因為你真正的名字是扎爾曼。」孩子並不反對這個新名字，但按照只有他自己才知曉的公正原則，他也開始叫老人家同樣的名字。

扎爾曼。早上八點半，他們遊蕩回來後，亞伊爾會說：

「扎爾曼和扎爾曼到家嘍！」

我笑出了眼淚，就連米海爾也忍不住地微笑。

我和米海爾起床後，看見桌上已準備好了沙拉、咖啡，以及切好並塗上奶油的白麵包。

「扎爾曼親自為你們準備了早餐，他是個聰明的孩子。」耶海茲克爾驕傲地說著。為了不歪曲事實，他又補加一句：

「我呢，只是給他出了些點子。」

接著，耶海茲克爾陪我們去公車站，提醒我們哪裡海流強，哪裡日照毒烈。有一次竟然脫口說出：

「我本想和你們一道去的，但又不願拖累你們。」

中午，我們從海灘回來後，耶海茲克爾為我們備好了素食：蔬菜、煎蛋、烤麵包、水果。他從未往桌上放過肉，也沒解釋這是為什麼，可能是怕我們聽得無聊。吃飯時，他用米海爾兒時的軼事來娛樂我們，比如：米海爾曾和復國主義領袖摩西．夏多克談話、摩西．夏多克參觀過米海爾所在的小學、摩西．夏多克建議在兒童報刊上登載米海爾的談話。

同時，耶海茲克爾會對孫子講好阿拉伯人和壞阿拉伯人的故事；講猶太警衛及全副武裝的阿拉伯幫的故事；講勇敢的猶太兒童以及虐待非法移民子女的英國軍官的故事。

亞伊爾成了聚精會神的忠實學生。他沒有漏掉一個字，沒有忘記一絲細節，似乎綜合了米海爾渴求知識的特點，以及我把任何事都牢記於心的特點。我們甚至可以考考孩子他從爺爺那裡學了些什麼：電線通到廣播站；哈桑．薩勒姆一夥人從特拉哈里什山朝霍隆射擊；自來水是從洛什哈因的泉水來的；貝文是個英國壞蛋，但溫戈特卻是個英國好人。

爺爺給我們買了小禮物。給米海爾的是裝在一個盒子裡的五條領帶，給我的是夏爾曼教授著《西班牙與普羅旺斯的希伯來詩歌》，給孫子的是一輛帶警笛的紅色機械消防車。

日子過得平平靜靜。

外面，在工人住宅區，整潔、方正的苗圃栽種著觀賞樹木。鳥兒終日歌唱，整座城市陽光明媚。傍晚時分，海上微風拂起，耶海茲克爾打開了百葉窗，並讓廚房門敞開著。

「好清新的風啊。」耶海茲克爾說，「海風是生命的氣息。」

晚上十點鐘，他從俱樂部回家後，會靠在床上吻一吻甜睡的孫子，隨即便走上陽台找我們。我們一起坐在磨損的躺椅上，他閉口不談他的黨，這是考慮到我們可能對他所鍾愛的事物不感興趣，故而選擇了他認為與我們心靈比較切近的話題，何必要在短短幾天內惹我們心煩呢。他談三十四年前約瑟夫．哈因．布納㉓在附近被暗殺。依他所見，即使希伯來大學教授因為布納是鬥士、不是審美主義者而瞧不起他，布納也仍然不失為一位偉大的作家和社會運動家。耶海茲克爾希望我能相信他的話，布納的偉大之處遲早會重新得到認同與評價，即便在耶路撒冷也是如此。

我沒有冒昧地反駁他。

我的沉默使得耶海茲克爾十分高興，更覺得我品味很高。同米海爾一樣，他也認為我的情感世界十分豐富。他對我說，我像他女兒那麼親，他要我原諒他的多愁善感。

他還與兒子談論國家自然資源。「在我們自己的土地上找到石油的日子已為時不遠了，對此我深信不疑。我還記得，所謂的專家們懷疑《申命記》中的話語：『那地的石頭是鐵，山內可以挖銅。』㉔漢娜，現在我們有馬拿拉山，有蒂姆娜；已經找到了鐵和鋼，不久就會發現石油。《托塞夫塔》㉕中已清晰地記載了它的存在，古代的猶太教士是極其實際而又現實的人。他們以學識為基礎，而不是僅用情感作依靠。我相信我的兒子，你不是一個缺乏想像力的地質學家，相信你的命運定會與尋找和發現新事物聯在一起。

「但現在我不說這個來煩你們了。你們來這兒是為了度假，我這個老糊塗卻在瞎聊你工

㉓約瑟夫．哈因．布納（Josef Hayyim Brenner,1881-1921），近代希伯來文學史上的著名作家和詩人。
㉔見《舊約．申命記》8：9。
㉕《托塞夫塔》：希伯來文原意是「附錄」，是猶太教口傳律法的評論彙編。

作的事，好像你們回到耶路撒冷還不夠費力似的。我真是個討厭的老東西。你們幹嘛不去睡覺呢？早點睡，明早起來才會頭腦清醒。親愛的孩子們，晚安，不要在意一個很少跟人聊天的老頭子的瞎嘮叨。」

日子過得平平靜靜。

下午，我們到市立公園散步，碰到曾一致預言米海爾定會前程遠大的舊友和鄰居。他們現在一同分享他成功的喜悅，驕傲地和他的妻子握手，摸摸他孩子的臉蛋，向我們講述米海爾的童年趣事。

米海爾每天都幫我買晚報，還買彩色雜誌給我。我們曬成了古銅色，皮膚上散發著大海的氣息。這個城很小，建有白色的屋舍。

「這是一座新城。」耶海茲克爾．戈嫩說，「雖然它沒有古蹟的壯麗，但卻是從沙地上整齊而蓬勃地拔起。我還記得它最初的風貌，在這裡每天都會感受到一種新的變化，當然，一點也找不到你們耶路撒冷的東西。」

最後一個晚上，四位姑媽從台拉維夫前來探望我們。她們給亞伊爾帶來了禮物，使勁兒地摟他，親切地吻他。四位姑媽第一次全都這麼和善，甚至連傑妮雅姑媽也不像平時那樣怨聲載道了。

莉亞姑媽打開了話匣子：

「我代表大家說句話，米海爾沒有讓全家人失望。漢娜，妳應該為他感到十分驕傲。我還記得，獨立戰爭後，米海爾因沒傻乎乎地跟朋友跑到內蓋夫基布茲去而遭朋友譏笑。相反地，他選擇去耶路撒冷，到希伯來大學讀書，用自己的智慧和才華為國家、為人民服務，而不像牲口一樣去用肌肉做貢獻。現在，我們的米海爾快成博士了，取笑過他的那些朋友如今跑來找他幫忙，拜託他引介進大學。他們像愚人一樣浪費了一生中最好的時光。現在的內蓋夫基布茲已讓他們感到厭倦，而我們的米海爾從一開始就那麼精明。現在，只要他願意，隨時可以使喚以前那些吹牛皮的人，替他把家具從舊住處搬到即將擁有的新居。」

當說到「內蓋夫基布茲」一詞時，莉亞姑媽做了一個鬼臉。內蓋夫從她口中出來像是一個咒語。最後一句話引得四位姑媽哄堂大笑。

老耶海茲克爾說：

「不要瞧不起別人嘛。」

米海爾沉思了一下，對父親表示贊同，同時又加進自己的見解：教育並不能改變人的基本價值。

傑妮雅姑媽聽了這話很高興。她注意到，米海爾的成功並未使他感到高高在上，或者是毀掉謙虛的本色。

「謙虛是生活中一件有用的法寶。我相信，妻子的責任就是鼓勵丈夫走向成功。只有在丈夫一文不值時，妻子才被迫走上男性世界中那條殘酷的競爭之路。我的命就是這個樣子。我很高興，米海爾沒有給妻子帶來這種命運。親愛的漢娜，妳也應該慶幸，因為在生活中，沒有比堅定不移的努力更讓人滿足了，這種努力會奪得成功，而且我相信將來會帶來更大的成功。這是我從孩提時代就持有的信念，過去所經歷的不幸並未減弱我的信念，反而使之增強了。」

我們回耶路撒冷的那一天，耶海茲克爾做了一件令我難以忘懷的事。他登上梯凳，從高高的壁櫥裡取下一個大盒子，拿出一套已經褪色並打著皺褶的舊警衛制服。接著，他又從盒子裡拿出警衛的帽子戴在孫子頭上。帽子太大，幾乎蓋住了孩子的雙眼。爺爺把制服套在自己的睡衣外面。

在我們啟程之前，祖孫二人整整一個早上都在家裡做軍事演習。把家具當作掩體，用棍子進行狙擊，互相叫著「扎爾曼」。亞伊爾第一次發現暴力的樂趣，臉上露出狂喜之色。老戰士不屈不撓，忠心耿耿地遵守各項命令。我們在霍隆的最後一個早晨，耶海茲克爾是個快樂的老人。有那麼一瞬間，我感到這幅場景是那麼熟悉，好像在很久很久以前曾經出現過，就像醒目清晰的原版畫的模糊複製品。想不起是何時何地發生的事了。一股涼氣冒上我的脊背，我有一種強烈的衝動，想提醒兒子和公公，他們正面臨著起火與觸電的危險。但在他們的遊戲中，兩種危險都不存在。我也很想提醒米海爾立即離開此地，但卻說不出口，因為這種話聽起來又愚蠢又粗俗。是什麼讓我感到如此不安呢？早晨，幾架戰鬥機在霍隆上空低低地盤旋——我想這並非我心神不定的原因，但又覺得這裡用「原因」一詞不太合適，因為在此地聽到飛機引擎嘶吼、窗玻璃鳴響，也絕不是第一次。

要道別時，耶海茲克爾吻了一下我的雙頰。他吻我時，我看見他的眼神全變了，渾濁的瞳孔似乎已經擴散，遮住了眼白。他臉色土灰，雙頰凹陷，滿面皺紋，觸到我前額的嘴唇冷冰冰的。但他握起手卻很熱情溫暖，有力而且粗暴，好像要把自己的手指送給我作禮物。回到耶路撒冷四天後，這一切又倏然在我腦海裡浮現。那天傍晚，傑妮雅姑媽趕來告訴我們，耶海茲克爾癱倒在住家對面的公車站旁。

「昨天晚上，就在昨天晚上，耶海茲克爾還到我們家來過。」姑媽的語氣中充滿了歉疚，像是想要驅趕什麼可怕的嫌疑。「他昨天來我們家時，也沒抱怨說有什麼不舒服，反而說在美國發現了治療小兒痲痺的新藥。他很……正常，十分正常。可突然間，今天早晨，剛好在……鄰居格洛伯曼家門前，他跌倒在公車站旁。」她突然哽咽起來。「米哈，成了孤兒。」她哽咽時，像個受懲罰的大孩子似的噘起嘴，然後一把將米海爾的頭摟到起伏的胸前，撫摸著他的前額，而後停下來。

「米海爾，一個人怎麼會就突然無緣無故地跌倒在地，像你手中的袋子或包裹一樣掉下來，掉到了人行道上，而且……這很可怕……這樣不對，很恐怖。好像耶海茲克爾只是個袋子或包袱，掉下來，摔破了，這……想想這像什麼樣子……真丟人……鄰居格洛伯曼坐在走廊裡觀看，像是坐在戲院包廂看戲。素不相識的人趕來了，七手八腳地把他抬到路邊，免得阻塞交通，接著又撿起他的帽子、眼鏡以及掉在地上的書……你知道他要去哪兒嗎？」姑媽拉高嗓門，尖聲哀號起來：「他只是剛剛出門去圖書館還書，他根本沒打算搭公車，只是偶然摔倒在格洛伯曼家對面的公車站。這麼一個好人，心腸這麼好……一個好人，突然間……就像是雜耍戲。告訴你，就像電影裡演的一樣。一個人悄悄地走在馬路中央，突然有人從後面衝上來，往他頭上打了一記悶棍，他便跌倒在地，人似乎就是個破布娃娃或其他什麼東西。跟你說，米海爾，人生就是一堆臭糞。把孩子放在鄰居家或什麼地方，快點跟我回台拉維夫去。莉亞姑媽一個人在那兒，手忙腳亂地料理一切，一堆儀式要做。唉，一個人離開了，身後的繁文縟節讓人覺得像要把他送出國呢。帶點衣服或其他東西走吧。我正好要去趟藥房，在那兒叫輛計程車，而且……是啊，米海爾，請你們最好穿黑西裝，至少穿上外套，你們兩個快點。這麼一場大禍降臨到我們頭上，一場大禍啊！」

傑妮雅姑媽走了。可以聽見她那急促的腳步聲響在樓梯上，響在院子裡。我還是她剛進門時的那副樣子，拿著滾燙的電熨斗，倚著燙衣板，一動也不動。米海爾轉過身，衝到陽台上，好像要在她的背後呼喚：傑妮雅姑媽，傑妮雅姑媽。

一會兒他又走進來，關上百葉窗，輕輕地拉上玻璃窗，又出去鎖好廚房門。在走廊裡，他低聲嘆了口氣，或許是突然從衣架旁的鏡中瞧見了自己的臉。他打開衣櫥，取出黑西裝，換上腰帶。「我父親走了。」米海爾輕聲說，沒有看我，好像姑媽說話時我並不在場。

我把熨斗放到壁櫥旁的地上，把燙衣板拿到浴室，走進亞伊爾的房間。我叫他別玩了，寫了一張紙條，連他一起送到鄰居約拉姆．凱尼瑟家。「耶海茲克爾爺爺病得很重。」臨行前我這樣叮囑他。當我的聲音還迴盪在身後樓梯間時，我聽見亞伊爾激動地向屋裡的孩子宣布：「爺爺扎爾曼病得很重，爸爸媽媽要趕緊去把他的病治好。」米海爾把錢包放進外套內袋裡，釦上黑西裝的釦子。這套西裝曾是我父親的，媽媽替米海爾修改過了。米海爾扣了兩次，都把扣子扣錯位置。他戴上帽子，拿起那只黑色的舊公事包，發現拿錯了，又生氣地將它放回原處。

「我準備好了。」他說，「姑媽有些話可能很多餘，但講得很對。事情本不該是這樣，這樣是不對的。坦白地說，一位身體不太結實、不太健康的……老人，突然在光天化日之下跌倒在市中心的人行道上，像個危險的罪犯。這很不體面，我跟妳說，漢娜，這太殘酷了……太殘酷了。不體面。」

米海爾說「殘酷」、「不體面」這些詞時，全身劇烈顫抖起來。就像冬夜醒來的孩子，沒看見媽媽，而是看到一張生人面孔在黑暗中盯著他。

26

葬禮後的第一個星期米海爾沒有刮臉。我覺得他這樣做並非出於對宗教傳統的尊重，也並非尊重父親的心願（耶海茲克爾經常說自己是個道地的無神論者）。他一定是覺得在守孝期間刮臉是可恥的：當我們沉浸在悲哀之中，往往將日常瑣事視為極其可恥的事。米海爾總是討厭刮臉。黑色的鬍碴蓋住了他的面孔，流露出一種憤世之情。

滿臉鬍碴的米海爾在我眼裡似乎換了一個人。我時常覺得他的身體比實際上的要強壯。然而此時，他脖子變細了，嘴角出現了皺紋，也不見平時那種冷峻嘲諷的神情。他目光倦怠，像是剛剛做過粗活的人。守喪時期的他，就像是阿格利帕街小工坊裡髒兮兮的工人。

如今，米海爾大多坐在扶手椅裡，穿著暖洋洋的棉拖鞋以及淺灰格長袍。當我把當天的報紙放在他腿上時，他便彎下身子去讀。報紙要是掉在地上，他也不會費力去撿。不知道他坐在那裡是在發呆，還是在想些什麼。有一次，他要我給他倒杯白蘭地，我按他的吩咐做了，但他好像是忘記了，竟吃驚地盯著我，不去碰酒杯。又有一次聽過新聞後，他說：「好奇怪啊。」接著便沒說話了。我沒有問他什麼。沒有問那個坐在昏黃燈光下的他。

在公公去世後的那些日子裡，米海爾十分安靜。我們家也很安靜。有時，我們都像坐在那裡等待什麼消息。米海爾對我和兒子說話時聲音輕柔，好像服喪的人是我。夜裡我非常需要他。那是一種痛苦的渴望。結婚這麼多年，我從未感覺到這種依附到底有多麼墮落。

一天晚上，丈夫戴上眼鏡，雙手撐在桌上，站在那裡。他垂著頭，佝僂著背。我端詳著他的模樣，發現那簡直是被耶海茲克爾．戈嫩附身了。我驚嚇極了，看他低著頭、垂垮著肩膀，一副鬆散的架式，活脫脫就是他父親。我想起舉行婚禮那天，在斯泰瑪斯基書店對面的拉比樓樓頂平台，米海爾和他父親是那樣的相像，以至於我把他們弄混了。我沒有忘記。

上午，米海爾坐在陽台上，觀看下面院子裡的貓嬉戲，非常平靜。我從未見到米海爾這麼放鬆過，以前的他總是急匆匆地趕去工作。最近，像凱尼瑟全家以及格里克先生，這些篤信宗教的鄰居都會來表示慰問，但米海爾只是冷漠而禮貌地接待他們。他透過眼鏡望著這些人，就像個嚴格的老師盯著令他失望的學生，以至於讓他們一直無法將弔唁詞說出口。

莎拉．傑爾丁太太也來了。她猶豫不決地走進我們家，建議讓孩子住到她那裡，直到守喪期滿。米海爾嘴角露出一絲冷笑。

「為什麼要這樣？」他說，「又不是我死了。」

「絕無此事，千萬別這麼想。」莎拉．傑爾丁太太驚愕地說，「我只是想，或許——」

「或許什麼？」米海爾強硬地打斷了她。

這個老教師大吃一驚，急忙離去，走到門口時還要我們原諒她的冒失。

後來，卡迪什曼先生來了，身穿黑色羊毛西裝，神情凝重。他宣稱因為莉亞姑媽的關係，與死者略有交情，儘管他與死者的政治觀點有所不同，但一直對死者懷有深深的敬意。

按他自己的話說，死者是工人運動中少見的老實人，並非虛偽之輩，只是誤入了歧途。「他沒有死，只是先走了一步。」卡迪什曼先生補充道。

「他當然沒有死，先生。」米海爾冷冷地說。我則勉強擠出微笑。

過不久，米海爾朋友的丈夫突然從惕拉亞爾基布茲趕來。出於禮貌，他不進門。他希望表達他的哀悼，要我告訴米海爾說他已來過；當然也代表莉奧拉。

第四天晚上，地質系的教授及兩位助教前來探望我們。他們坐在客廳裡的沙發上，面對米海爾坐的扶手椅，全都挺起腰桿，雙膝併攏。我坐在門口的凳子上。米海爾要我給三位客人咖啡，並給他一杯茶，因為胃灼熱，他不放檸檬。接著，米海爾問起在內蓋夫的納哈阿魯卡的考察情況。當一個年輕人回答他的問話時，米海爾的臉突然抽搐著轉向窗子，好像是體內的彈簧斷了一樣。他雙肩抖動著。我十分震驚，因為我覺得米海爾像是在強忍笑意。一會兒後，他把頭轉回來，一樣是疲憊的臉色，毫無表情。他表示歉意，要求他們繼續講下去：「請什麼也不要省略，我都想聽聽。」講話的年輕人準確地接上自己剛才的話。米海爾陰鬱地看了我一眼，好像很訝異在我臉上發現某些他從未注意到的細節。夜風吹打著牆上的百葉窗，時間彷彿化作了有形的實體。燈光。畫面。家具。家具的影子。亮塊與陰影之間顫抖的線條。

教授突然緩過神來，打斷了助教的話：

「月初時你替我們擬的那份提綱，果然沒讓人失望。事實與你的假設正好相符。這給我們複雜的感覺：一方面對操作結果感到失望，同時又為你的嚴謹感到欣喜。」隨後，他又令人費解地補充幾句，談及吃力不討好的應用實踐與理論研究的相悖，強調創造性直覺對兩種研究的重要性。

米海爾聲音有些乾澀地說：「冬天不久就要到了。夜會變長，漫長而寒冷。」兩位年輕助教對視了一下，接著又瞄了一眼身邊的教授。老人使勁兒地點點頭，表示已明白他們的暗示。他站起身沉重地說：「我們也深感悲痛，戈嫩，盼望你早日回到工作崗位上。努力振作起來，振作起來，戈嫩。」

客人要走了。米海爾送到門廳。當他幫教授披上灰大衣時，舉止有些笨拙，他滿懷歉意地笑了笑。從晚上開始的那一刻到現在，米海爾的一舉一動我都認真地看進眼裡，因此他的微笑刺痛了我。原來，他的禮貌是出於尊敬，並非發自內心。他將客人送到門口。客人走後，米海爾又回到書房，陷入沉默。他的臉朝著黑壓壓的窗子，整個人背對著我。最後，他的聲音打破了沉寂，但沒有轉過身來。他說：

「漢娜，請再幫我倒杯茶。然後，可以把大燈關掉嗎？其實，父親請我們為孩子取一個舊式名字時，我們應該滿足他的願望。我十歲那年發高燒，父親連續幾個夜晚都坐在我身邊，不停往我額頭放乾淨的濕毛巾，一遍遍地唱那支他唯一會唱的搖籃曲。他的聲音平平，歌曲沒什麼旋律，大致是唱：該睡了。天黑了。太陽海上沉。星星空中閃。嚕啦，嚕啦，嚕啦啦。

「我有沒有告訴妳，漢娜，傑妮雅姑媽一直想要給父親再找個太太？她幾乎每次來看我時，都帶來一個朋友或熟人：年老色衰的護士、波蘭移民、皮包骨的離婚女子。女人們從向我發動攻勢開始，擁抱，親吻，一盒盒的糖果，喁喁私語，父親卻一直假裝不明白傑妮雅姑媽的意思。他總是很有禮貌，談話多半是從地方官新頒佈的法令開始，以及諸如此類的事情。

「我一直發燒，體溫很高，整夜發汗，被子都濕透了。父親每隔兩三個小時都要換一下床單。他小心翼翼地挪動著我，但總是做過了頭。我會醒過來哭叫。天亮前，父親會在洗手間把所有的床單洗乾淨，摸黑走出門，晾在外面的曬衣繩上。漢娜，我不要在茶裡放檸檬，因為胃灼熱得厲害。燒退以後，父親會出去從鄰居格洛伯曼店裡用特價給我買一副跳棋，每局他都設法輸掉。為了哄我高興，他會咕噥著，雙手抱頭，叫我『小天才』、『小教授』、『小扎爾曼爺爺』。有一次，他竟然開口講孟德爾頌一家，並戲稱自己為第二位孟德爾頌，此乃大孟德爾頌之子，孟德爾頌之父。他預言我有遠大的前程。一碗接一碗地替我弄不帶奶皮的蜂蜜牛奶。我要是執拗不喝，他便會哄騙利誘，把平凡無奇的我誇得天花亂墜。就這樣，我康復了。漢娜，要是不介意的話，把菸斗遞給我好嗎？不，不是這個，是英國製的那個，較小的那個。對，就是它。謝謝。等我的病好了，父親卻被我傳染，換他發燒大病一場，在傑妮雅姑媽的醫院住了三個星期。他生病時，莉亞姑媽主動來照顧我。兩個月後，她們對我講，要不是運氣好，就是奇蹟降臨，他才能死裡逃生。父親還曾經拿此事大開玩笑，他引用格言說，偉人們英年早逝，幸好他自己只是個凡人。我曾經站在客廳，對著赫茨爾㉖像發誓，父親要是突然死去，我也會想辦法死掉，我才不去孤兒院或是莉亞姑媽那兒呢。漢娜，下星期我們給亞伊爾買一輛電動火車。買個大的，就像他在雅法路卡里曼一本鞋店櫥窗裡看到的那個一樣。亞伊爾很喜歡機械的東西。我再送他一個壞鬧鐘，教他拆開再裝好，說不定將來亞伊爾會成為一個工程師。妳注意到了沒有，這小孩對馬達、彈簧和機械有多著迷？妳有聽過四歲半的孩子竟知道收音機的原理？我從不覺得自己特別聰明，這妳是知道的，儘管我父親認定或者他說他肯定，我也不會覺得自己是天才。我沒什麼奇特之處，漢娜，但是，妳應該儘量去愛亞伊爾。這樣做比較好。不，我不是說妳忽略了孩子，沒有這回事。但我覺得妳對他並沒有熱情。漢娜，有時候人必須要狂熱，甚至熱昏了頭也沒關係。我說這話是非常想讓妳從現在做起……我不知如何表達這種感情。算了。幾年前，妳我二人坐在咖啡館，我看看妳，又看看自己，我對自己說，我並非像別人所言，生來就是一個夢中騎士或白馬王子。漢娜，妳漂亮，非常漂亮。我跟妳說過了嗎？上星期在霍隆時，父親說，儘管妳不會寫詩，但在他眼裡妳就是個詩人。漢娜，妳看，我不知道為什麼現在對妳說這些話。妳什麼也不說，我們當中總是有一個人在默默地聽著。為什麼現在要對妳講這些？當然

㉖ 赫茨爾（Theodor Herzl,1860-1940），猶太復國主義運動先驅。

不是想冒犯妳或是傷害妳。噢，我們別再說亞伊爾的名字了，名字畢竟不能決定我們怎樣對待孩子。我們其實傷害了一種脆弱的感情。漢娜，有朝一日我會問妳，為什麼妳在身邊這麼多特別的男人中竟選擇了我？但現在太晚了，我的話太多了，一定讓妳十分吃驚吧？現在妳該去鋪床了吧？我馬上就來幫妳。我們睡覺吧，漢娜。父親死了，我自己也成了父親。所有世事的安排，在突然間，就像一場愚蠢的兒戲。記得我們曾在住宅邊一塊沙地附近的空地上玩遊戲：我們排成長長的一隊，第一個人拋球，然後跑到隊尾，直到最後一位變成第一位，第一位又變成最後一位，一而再，再而三。我想不起遊戲的目的是什麼了，不記得怎樣才能在遊戲中取勝，甚至忘記了在這場瘋狂的遊戲中是否有章法可循。妳忘了關廚房的燈了。」

27

喪期過後，我和丈夫在早餐時又一起坐到廚房的餐桌前。如此的安靜，如此的溫和互動，陌生人會以為我們相安無事。我把咖啡壺端到米海爾面前，米海爾遞給我兩個杯子；我倒咖啡，米海爾切麵包。我往兩杯咖啡裡加糖，攪個不停，直到他發話將我止住。

「夠了，漢娜，已經好了。妳不是在鑽井。」

我喜歡喝黑咖啡，米海爾習慣加牛奶。我數著一、二、三、四、五、六。六滴牛奶滴進他杯中。

我們各自的座位是：我背靠冰箱，面朝明亮的藍色長方形窗子；米海爾背對窗子，眼睛可看見冰箱上的空玻璃瓶、廚房門、門廳的一角，以及通往盥洗室的走廊。

而後，收音機裡傳出晨間輕音樂和希伯來文歌曲，令我回憶起自己的童年，也讓米海爾意識到時間已經不早。他一聲不吭地站起身，走到洗碗槽前洗他的杯碟。他走出廚房，在前廳脫下拖鞋，換上鞋子，穿上灰夾克，從掛衣鉤上取下帽子，戴上帽子，夾著黑色舊式公事包，回到廚房，吻一下我的前額，道聲再見。我必須記住在午飯時分買煤油，煤油快用光了。他在記事本上寫下要給供水部門付水費，查查是否有錯。

米海爾離開家門了，我喉嚨開始哽咽。我問自己這憂傷出自何處，它從哪個討厭的祕密躲藏處鑽到這兒，攪亂我平靜而湛藍的清晨。我就像辦公室的檔案管理員，收拾出一堆記憶碎片，在長長的記錄欄中檢查每個數字。某個地方隱藏著嚴重錯誤。這是幻覺嗎？我認為我在某些地方看出了大錯。收音機停止了歌唱。突然報導說，鄉下爆發了騷亂。我一下子跳了起來。八點了。時光永不停息，也不會讓人休憩。我抓起手袋，又催促亞伊爾——其實這是多餘，他已經早我一步準備完畢。我們手拉著手一起走向莎拉．傑爾丁幼稚園。

耶路撒冷的街道上晨光明媚，各種聲音清晰入耳。年老的四輪馬車車夫懶洋洋地躺在車廂裡，扯著嗓子尖叫。塔赫凱莫尼教會學校的男生歪戴著軟扁帽，走在路邊。他們站在對面的人行道上，取笑老車夫，並向他挑釁。車夫朝他們揮揮手，像是在還禮。他微笑著，繼續歇斯底里地唱著歌。兒子開始對我解釋說，3B公車線路上有福特和法洛格兩種款式的公車。福特的引擎很有力；法洛格的引擎稍差一些，比較慢。兒子突然懷疑我是否在聽他說話，於是他考問我。我已經準備好如何作答。每個字我都聽見了，兒子，你是個聰明的孩子。我在聽。

耶路撒冷的早晨明澈蔚藍，連施耐勒軍營的灰色石牆也在竭力顯得不那麼沉重。一塊塊荒地上生長著茂盛的植物：黑莓、牽牛花、水澆黃瓜以及其他許多我叫不出名字的野生植物，人們通常稱之為野草。我突然打個冷顫，止住了腳步。

「亞伊爾，我出門前鎖廚房門了嗎？」

「爸爸昨晚就把門鎖了，今天又沒人開。媽媽，妳今天怎麼啦？」我們穿過施耐勒軍營的沉重鐵門。以前我從未進入這些令人生畏的高牆內。我小的時候，英國士兵佔據此地，機關槍探出牆壁。許多年前，這座堡壘叫作敘利亞孤兒院。此名以其特有的方式威脅著我。門前站著一位金髮哨兵，正在哈氣取暖。我們經過時，年輕士兵盯住我的大腿，看裙子與白短襪間裸露的部位。我對他報以一笑。他熱情地凝視著我，目光中夾雜著羞愧、慾望、期待和歉意。我看了一下手錶：八點一刻。一個明澈蔚藍的日子，早上八點一刻，我還是很疲倦。我想睡覺。但只有在夢幻離我而去的情況下才能安睡。

每個星期二，米海爾從大學回家時，會在卡哈那代辦處訂購兩張二輪電影票。我們出去時，樓上凱尼瑟的兒子約拉姆會幫我們照顧孩子。有一次，我們從電影院回家後，我發現床頭櫃上的小說裡夾著一張紙條。約拉姆將他最近寫的一首詩交給我品評。約拉姆在詩中描述道：一對青年男女於薄暮時分在果園漫步。突然有位陌生人騎馬而過，這位黑衣騎士手持黑色火把，當他奔馳而過時，黑紗撒向大地和情侶。頁尾，約拉姆在括號裡解釋說，黑衣騎士就是黑夜。約拉姆並不信賴我。

第二天，我在樓梯間碰到約拉姆，告訴他我喜歡他的詩，或許他應將其投到青年雜誌上。約拉姆緊緊握住欄杆，恐懼地掃了我一眼，隨即輕輕苦笑了一下。

「戈嫩太太，那些都是胡扯的。」約拉姆低聲說。

「你現在才是在胡扯吧？」我微微一笑。他轉身上樓。突然又停下來，回過頭，慌慌張張地嘟囔一句致歉的話，好像是上樓時撞了我一下似的。

安息日之夜。耶路撒冷的夜晚。洛麥瑪山上高聳的水塔掩映在紅暈之中。落日的餘暉滲進樹葉，整座城市彷彿在熊熊燃燒。低垂的薄霧徐徐湧向東方，如蒼白的手掌滑過石牆和鐵欄，撫慰它們。周圍一切都在默默融化。熱烈的渴望悄悄籠罩了這座城市。巨石熱量散盡，被冷霧吞沒。輕風吹拂庭院，吹得紙屑沙沙作響，繼之發現無趣，便將它們拋卻一旁。鄰居們身著安息日盛裝走向教堂祈禱。遠方的汽車在瑟瑟低訴的松樹上投下一層紫暈。停一下，司機，停一下。轉過來，讓我看看你的臉。

我們桌上鋪著白桌布，花瓶裡插有一束黃燦燦的金盞花，桌上放著一瓶紅酒。米海爾切安息日麵包，亞伊爾唱了三首從幼稚園學來的安息日歌，我把烤魚端上桌子。我們不點安息日蠟燭，米海爾認為對不守教規的人來說，點安息日蠟燭很虛偽。

米海爾給亞伊爾講述「三六暴亂」㉗。孩子邊喝東西邊提出一些很聰明的問題，並以「我說完了」作結。亞伊爾的姿勢表明他很著迷。我也在聽丈夫說話。一個身穿藍外套的漂亮小女孩想隔窗喊我，所以用小拳頭敲打著玻璃。她神色惶恐，幾近絕望，嘴裡不住地說著什麼，但我聽不見。她不說話了，可臉依舊貼在玻璃上。我父親生前在每個安息日之夜，都習慣對著葡萄酒和麵包祈禱，我們也總點安息日蠟燭。父親不瞭解宗教習俗的真諦便將它們沿襲下來，直到哥哥伊曼紐參加了社會主義青年運動，安息日的傳統才遭到摒棄。我們對傳統的尊崇很不牢固。父親是個優柔寡斷的人。

南耶路撒冷德國殖民區的山坡下，一列火車正疲憊地爬行。火車頭咆哮著噴吐白霧，列車駛入空空盪盪的月台。最後一次噴出的氣息孤苦無助地消逝了。汽笛的最後一聲長鳴打破了沉寂，但沉寂十分頑固，於是引擎投降了，屈服了，變冷了。安息日之夜。寂靜的耶路撒冷。一種模模糊糊的期待出現了，連鳥兒也因此寂靜無聲——那期待，或許就在耶路撒冷城門門口，在西洛姆果園裡，或是在惡意山上。整座城市漆黑一片。

「安息日快樂。」我冷漠地說。

兒子和丈夫大笑起來。米海爾則說道：

「漢娜，妳今天晚上好快活啊。妳這件綠色洋裝真適合妳。」

九月初，樓上那位歇斯底里的鄰居格里克太太被送到一家瘋人院。她屢屢犯病，一發病就在院裡或街上遊蕩，臉上一片茫然。她是位身材豐滿的女人，有一種三十八、九歲，沒生過小孩的女人身上那種成熟奔放的美。衣釦總是不經意地敞著，好像剛從床上爬起。有一天，她朝那個溫柔的男孩約拉姆發作，在後院搧他耳光，扯開他的衣服，罵他小流氓、下流

㉗指一九三六年阿拉伯好戰者發動的反對猶太人的暴亂。

胚、不正經。

九月初一個安息日的夜晚，格里克太太一把抓起兩個尚在燃燒的安息日燭台，扔到丈夫臉上。格里克先生逃到我家。他癱倒在扶手椅上，雙肩不住地顫抖。米海爾放下菸斗，關掉收音機，去藥房打電話找有關單位。一小時之後，披著白袍的看護們趕來。他們抓住病人兩側，輕輕架著她走向救護車。她下樓時的那副樣子就像依偎在情侶的臂膀中，一直唱著一支歡快的意第緒語歌。其他住戶默默地站在自家門口看熱鬧。約拉姆下樓站在我身邊。他輕聲說：「戈嫩太太，戈嫩太太。」他臉色煞白。我伸手去抓他的手臂，但中途又縮了回來。

「今天是安息日，今天是安息日。」格里克太太走近救護車時尖叫起來。丈夫站到她面前，斷斷續續地說：

「沒關係，杜芭，不會有事的，一切都會過去，只不過是一種情緒而已，杜芭，一切都會好的。」

格里克先生瘦小的身上穿著皺巴巴的安息日服裝。七零八落的鬍子顫動著，好像有了生命一樣。

救護車開走以前，要求格里克先生簽署聲明書。這是一張繁瑣詳盡的表格。藉著救護車車燈，米海爾一項一項讀著，甚至還為格里克先生填上兩項，免得他褻瀆了安息日。米海爾一直陪伴著他，直到街上恢復成原有的冷清，便將他請到我們家喝咖啡。

這大概就是為什麼格里克先生後來成了我們家常客的原因。

「戈嫩博士，我從鄰居那兒聽說您在集郵。這真是個奇妙的巧合，我在樓上有一盒郵票，我用不著，非常高興送給您作禮物……請原諒，您不是博士？那有何妨？整個以色列百姓在上帝面前都一律平等，上帝不喜歡的人除外。博士、下士、藝術家——大家總體上都一樣，沒什麼差異。言歸正傳，我可憐的妻子杜芭有一個哥哥和一個妹妹，哥哥現今待在安特衛普，妹妹在約翰尼斯堡。他們寫來許多信，貼有許多精美的郵票。上帝沒有賜給我孩子，所以要郵票也沒用。我非常願意把這些郵票送給您作為回報，戈嫩博士，請您能賞臉讓我時常光顧雅舍，這樣我便可以讀《希伯來大百科全書》了。跟您說，我現在正追求知識，打算把《希伯來大百科全書》讀過一遍。當然不是一次讀完，而是每次來看個幾頁。我保證不打攪你們，不給你們添任何麻煩，也不會把泥巴帶進屋內，進門時一定把鞋擦得乾乾淨淨。」

就這樣，鄰居成了家裡的常客。除了郵票，他還送米海爾正統派猶太教日報《觀察》週末增刊，因為上面有科學專欄。從那時起，我便享受在大衛耶林街格里克店裡優惠購買的特權。拉鏈、窗簾掛鉤、釘子、搭鈕、繡花線，格里克先生把所有這些送給我作禮物。我無法拒絕他的饋贈。

「這些年來我一直虔誠地遵守信仰之規。自妻子出事後，我開始產生懷疑，嚴重的懷疑。我打算擴展自己的知識，學習大百科。我已經讀到『阿特拉斯』這個詞了，『阿特拉斯』不僅指地圖冊，也是古希臘一個神的名字，他用雙肩支撐著整個世界。最近我又有了許多新的發現，這要感謝誰呢？感謝你們，對我如此和善、如此慷慨的戈嫩一家。我應該以德報德，倘若你們不接受我為你們的兒子亞伊爾所買的巨型玩具獸，那我就真不知道如何表達我的謝意了。」

我們同意收下禮物。

一些朋友時常前來拜訪我們，像我的好友哈達莎和她的丈夫阿巴。阿巴是貿易工業部一位頗有前途的公務員，哈達莎在同一個部門裡做接線生。他們打算賺到足夠的錢在熱哈維亞買一間公寓，而後再生個小孩。米海爾從他們那裡聽到許多報上看不到的小道消息，哈達莎和我則交流著對學生時代以及英託管時期諸多往事的回憶。

還有彬彬有禮的地質學系助教們，也會前來和米海爾聊天：老傢伙要是不死，年輕人就沒有機會；應該制定出規章制度，使年輕學者獲得公平機會。

惕拉亞爾基布茲的莉奧拉，不時會來拜訪我們。有時她一個人來，有時則帶著丈夫和女兒。他們通常是到耶路撒冷購物或是吃冰淇淋，順便來看看我們是否健在。窗簾真漂亮，多乾淨的廚房，他們是否可以進去看看洗手間？他們的基布茲要建新住宅區，想找個點子並做一番比較。他們以一個文化委員會的名義邀請米海爾去做安息日之夜的演講，講述關於朱迪亞山的地質構造。他們十分羨慕學者的生活。「學術生活擺脫了日常瑣事的束縛。」莉奧拉說，「我還記得青年運動時期的米海爾，是個熱情奔放而有責任感的大男孩。漢娜，很快地米海爾將成為我們班的驕傲。他來我們基布茲演講的那天，」她說，「你們全家一定都要來。雖然這只是個普通邀請，但我們還有著許多共同的回憶可聊呢。」

亞伯拉罕．卡迪什曼每隔十天便會來我家一趟。他算是耶路撒冷的老住戶了，擁有一家遠近馳名的鞋店，是莉亞姑媽的好友。正是他在我們結婚前調查我的家世背景，並在姑媽們還沒見到我之前就告訴她們，我出身良好的家庭。

他走進我家，在客廳裡脫掉大衣，朝米海爾微微一笑，好像是把外頭廣大世界的氣息帶入我家，好像自他上次走後我們就一直坐在那兒等他來訪。他最喜歡喝熱可可。和米海爾的談話主題總是圍繞著政府。卡迪什曼是耶路撒冷右翼民族黨派的活躍分子。他與米海爾總是反覆爭執：被暗殺的社會主義領袖阿洛佐羅夫㉘、抗英地下運動中的小團體、奧塔萊納沉船事件。我不明白米海爾與卡迪什曼往來有什麼樂趣。或許是像抽菸下棋一樣有癮，也可能是不願將一個老頭棄之不顧。卡迪什曼喜歡為我們的兒子亞伊爾作詩，例如：

亞伊爾．戈嫩先生
要做人中之王。
願他永遠安康，

㉘阿洛佐羅夫（Haim Arlozoroff,1899-1933），生於烏克蘭，猶太復國主義早期領袖。

滅敵保衛國邦。

不然就是：

我們的亞伊爾小寶寶，

長大將把哭牆來收復。

我泡茶，沖咖啡和可可。把茶車從廚房推到客廳。客廳裡煙霧繚繞。格里克先生、我丈夫、卡迪什曼先生像孩子過生日那樣坐在桌前。格里克先生用眼角掃了我一下，接著又迅速眨了一下眼睛，好像覺得我要罵他。另外兩人弓身面向棋盤。我切好蛋糕，分放在小碟裡。客人們對我這個主婦讚不絕口，我臉上露出禮貌的微笑，但並非發自內心。我聽著他們這樣進行對話：

「以前人們總是說：英國人走後，彌賽亞就會降臨。」一開始，格里克先生沉吟了一下。「而今英國人走了，彌賽亞卻遲遲沒有降臨。」

卡迪什曼先生說：

「這是由於小人當政。你們的阿爾特曼㉙這樣寫道：唐吉訶德勇敢作戰，但每次卻是桑丘獲勝。」

我丈夫說：

「不必將任何東西都歸結為英雄與惡棍。在政治中存有客觀因素與客觀傾向。」

格里克先生說：

「我們沒能成為民族之光，而只成了一個民族。誰知是好是壞？」

卡迪什曼說：

「因為以色列第三王國由市井之聲操縱著。我們沒有彌賽亞王，卻擁有基布茲的財務總管。或許我們的小朋友亞伊爾這一代長大成人後，能給我們的人民帶來自尊。」

至於我呢，則把糖碗輪流挪到客人面前，有時心不在焉地說：

「不要流於世俗。」

有時則說：

「要順應時尚。」

或者是：

「任何問題都有兩種看法。」

說這些話主要是為了避免整個晚上都坐在那兒一言不發、顯得有些失禮。我突如其來產生一陣痛楚：我為什麼被流放至此？「鸚鵡螺號」、「龍號」、愛琴海群島。快來呀，拉哈明．拉哈明莫夫，我那英俊的布哈拉司機。大聲按響你的喇叭，伊芳．阿祖萊小姐已準備啟程。她已準備好了，就等在這裡。無須更換衣服。一切準備就緒。立即就走。

㉙阿爾特曼（Nathan Alterman,1910-1970），希伯來先鋒派詩人。

28

日子就這樣一天天循環往復。我什麼也沒有忘記。我拒絕屈從於無情的歲月魔爪。我恨它。歲月就如同沙發、扶手椅和窗簾一樣，是單調色彩的微妙變化；也如同那永遠身穿藍外套、聰明可愛的小女孩，以及患靜脈曲張的幼稚園老師，還有隔在他們之中、儘管不斷擦拭卻越來越模糊的窗玻璃。伊芳·阿祖萊已經被甩在後面，正被一個卑鄙的騙子引入歧途。我最好的朋友哈達莎，有一次向我講起我們中學校長得知自己罹癌後的情形。當醫生宣布這一消息後，校長火冒三丈地指責道：「我一直按時買醫療保險，戰爭時儘管年事已高，但還是自願參加醫護隊。多少年來一直堅持不懈地鍛鍊身體、控制飲食，這輩子沒抽過一支菸，甚至還出了基礎希伯來文語法書！」

分明是一種哀怨。但是欺騙則更可悲、更醜陋。我別無他求，只希望窗玻璃應保持透明。別無他求。

亞伊爾已經長大了，明年送他去上學。他是個從不抱怨無聊的孩子。米海爾說他是個有自制力的孩子，能夠自食其力。

在院子的沙坑裡，我和亞伊爾玩挖隧道遊戲。挖著挖著，我的手碰到他的兩隻小手。在沙坑裡相遇，他抬起聰慧的小腦袋，輕聲說：「我們會合了。」

一次，亞伊爾問我：「媽媽，假如我是亞倫，而亞倫就是我，那妳怎麼知道要愛哪個孩子？」

亞伊爾可以一聲不吭地在屋子裡玩上一兩個鐘頭。有時我會意識到一片沉寂而突然一震，驚恐地衝進他的房間——有沒有出事？有沒有觸電？而他，只會冷靜地看了看我，小心翼翼且疑惑地問：「媽媽，妳怎麼了？」

他也是個乾淨而謹慎的孩子，總是鎮定自若。有時他鼻青臉腫、眼眶發青地回到家，卻也不會做任何解釋。直到最後，在我們的威脅和誘導之下，他才終於屈服。

「跟人打架。他們吵，我也吵。我不在乎，反正不痛。有時必須要吵架，就這樣。」

我的兒子在外表酷似我哥哥伊曼紐：寬肩膀，大腦袋，動作不太靈敏。但他缺少哥哥那種開朗奔放的熱情。每當我吻他時，他總是退縮，似乎在強迫自己接受，並且默不作聲地忍耐。而當我試圖講些令他發笑的事，他也總是用探詢的目光審視我。那目光斜睨、機智、世故、嚴肅，好像在尋思我為何要講述這個笑話。他對彈簧、水龍頭、螺絲、插頭、鑰匙等物體的興趣，遠遠勝過對人及詞語的興趣。

一天天這樣地循環往復。米海爾出門上班，三點鐘回來。傑妮雅姑媽給他買了一個新公事包，因為他父親送給他的那個已經破舊不堪。他的臉頰布滿了皺紋，表現出一種冷靜，以及過去他臉上不曾出現的苦澀和嘲諷。他的博士論文進展緩慢卻扎扎實實。每天晚上，他會在九點到十一點間做研究；倘若沒有客人，廣播裡也沒什麼好節目，我便要求他讀幾頁他寫的東西。他平淡安詳的聲音，他書桌上的燈光，他的眼鏡，坐在扶手椅裡用放鬆的姿態描述火山爆發、結晶層冷卻……凡此種種均出現在我的夢裡，並將繼續重現。他也依舊是個嚴謹、平實的人。而偶爾，我會想起被我們稱作「小雪」的那隻灰白小貓，想起牠搖搖晃晃地跳起來，捕捉天花板上飛蛾的樣子。

漸漸地，我們的身體也都開始小有不適。米海爾自十四歲以來從未患過病，我除輕微感冒外也未染大疾。但是現在米海爾常犯胃灼熱，烏巴赫醫生禁止他吃油炸食品。我則時常喉嚨痛，有那麼幾次竟連續數小時失聲。

我們偶爾也會拌嘴，接著便陷入沉默；我們也會互相指責一會兒，而後又檢討自己；有時又像兩個在昏暗樓梯上偶遇的陌生人一樣微笑：不好意思但又彬彬有禮。

我們買了一個煤氣爐具，打算明年夏天要買一台洗衣機。我們已簽約並付了頭期款，這必須感謝卡迪什曼先生，是他讓我們得到優惠。另外，我們把亞伊爾的房間刷成藍色；還為米海爾在陽台改裝的書房裡添置了幾個書架，同時又把兩個書架放進亞伊爾的房間。

傑妮雅姑媽來和我們一起歡度新年，在我們這裡待了四天，因為過節後便是安息日。她老了，也更嚴厲了，臉上總是掛著醜陋且愁苦的表情。儘管她有嚴重的心臟病，但菸仍然抽得很兇，因為在炎熱而動盪的國家裡，醫生很難當。

米海爾和我陪著姑媽一起到赫灰爾山及錫安山上漫步，也去遊覽即將要興建大學校園的那座小山。姑媽從台拉維夫帶來一本棕色封面的波蘭小說，躺在床上一直讀到破曉。

「為什麼不睡覺，傑妮雅姑媽？應當充分利用假期好好休息一下。」

「妳也沒睡呀，漢娜。我這個年齡沒什麼，可妳卻不行。」

「我給妳泡杯薄荷茶。它會幫妳放鬆入睡。」

「但我睡覺沒用，還是得不到休息。漢娜，謝謝了。」

假期結束前夕，姑媽問我們：

「要是你們決定不搬出這幢討厭的公寓，那為什麼不要再生個孩子呢？」

米海爾沉吟片刻，隨即微笑道：

「我們曾考慮過，說不定在完成博士論文之後……」

我說：

「不。我們還沒有完全放棄搬家的想法，我們會買間漂亮的新公寓，還要到國外旅行。」

傑妮雅姑媽傾瀉出一種深沉的傷感。

「是啊，歲月匆匆，歲月匆匆啊，你們兩個過日子，就好像時間止住腳步等你們似的。」

我告訴你們，時間不會靜止不動。歲月不饒人。」

兩個星期後，住棚節的那一週，我過二十五歲生日。我比丈夫小四歲。米海爾七十歲的時候，我六十六歲。生日那天，米海爾送我一台留聲機和巴哈、貝多芬、舒伯特的三張古典音樂唱片。這是唱片收藏的第一步。米海爾說，收集唱片對我有好處。他從書上讀到，音樂可使人寧靜，收集唱片也能使人寧靜。他自己也在收集菸斗，並為亞伊爾集郵。我想問，他是否也需要寧靜。我不想看見他微笑，所以就沒問。

約拉姆從亞伊爾那裡聽說我過生日，於是到我們家替他媽媽借燙衣板，然後在突然間，他侷促不安地伸出手，遞給我一個牛皮紙包。我打開一看，是雅各・費赫曼㉚的一本詩集。我還來不及說聲謝謝，他已上樓去了。第二天他妹妹把燙衣板拿來還。

放假前一天，我到理髮店剪了一個男孩子氣的短髮。米海爾說：

「漢哪，妳怎麼啦？我真搞不懂妳到底是怎麼啦？」

母親因我過生日特地從諾夫哈倫基布茲寄來一個包裹，裡面是兩塊綠色桌布，上面有母親繡的紫紅色水仙，繡工十分精細。

住棚節那天，我們去聖經動物園玩。

這個動物園離我們住的地方不到十分鐘的行程，卻像是另一個大陸。它坐落在山坡上的灌木叢內，山腳下是一塊荒地，崎嶇的河谷恣意蜿蜒。風吹打著松枝，黑鳥在蔚藍的天空中飛翔。我的目光追隨著牠們，很快便失去了自己；我在想像飛翔著的不是鳥，而是自己，在徐徐飄落，飄落。一位上了年紀的服務人員急忙拍拍我的肩膀：走這邊，太太，走這邊。

米海爾向兒子解釋夜行性動物的特殊習性，他的用詞簡單，不用形容詞。亞伊爾提問，米海爾回答。我沒有聽他們在說什麼，卻聽到了風聲和籠子裡猴子的抓搔聲。在耀眼的陽光下，猴子們沉溺在淫穢的遊戲中，我無法對此無動於衷，卻有一種猥褻的快感油然而生，像是夢中陌生人虐待時所產生的那種體驗。一位身著灰大衣、衣領豎起的老人面對猴籠，瘦骨嶙峋的雙手拄著雕花枴杖。年輕挺拔的我身穿夏裝，故意從他和籠子跟前走過。老人目不轉睛地盯著我，好像我是個透明物體，好像猴子的交配通過我的肉體在繼續著。你在看什麼，先生？為什麼要問呢，年輕的女士？你冒犯了我，先生。妳太敏感了，年輕的女士。你要走了嗎，先生？我要回家了，年輕的女士。你家在哪兒，先生？妳為什麼問這個？妳無權過問。我有我之所在，妳有妳之所在。這又何妨。你把我當成什麼人了？原諒我吧，先生，我誤會了你的動機。我親愛的疲憊女士，妳看樣子在自言自語。我聽不懂妳在說些什麼。妳像是生病了。我聽到了遠處傳來的音樂，先生，是不是有支樂隊在遠方演奏？樹那邊是什麼我

㉚雅各．費赫曼（Jocob Fichmann, 1881-1958），現代希伯來詩人兼文學評論家，其詩風多愁善感。

可就不能說了，年輕的女士，我很難相信一個身患疾病的陌生女子。我聽到了美妙的音樂，先生。那只是一種幻覺，我的孩子，那只是猴子交歡時的叫喊，是猥褻之聲。不，先生，我無法相信你。你在欺騙我。一支隊伍正要穿過叢林，穿過以色列列王街的樓群。那裡，年輕人在行進歌唱；那裡，剽悍的警察騎著奔騰的駿馬；那裡，一支軍樂隊身穿閃閃發光、鑲有金邊的白制服。你在欺騙我，先生。你是想孤立我，讓我變得空虛。我也不屬於這類人，依舊有所不同。我不允許你用甜言蜜語來引誘我，先生。倘若一群骨瘦如柴的大灰狼在籠子裡轉，腳爪輕輕地打著拍子，齜牙咧嘴，鼻子裡噴出熱氣，身上沾滿泥漿和唾液，那麼一定是在威嚇我們，牠們怒火滿腔覬覦著的正是我們，現在，就是現在。

29

日子一天天就這樣周而復始。秋天即將來臨。下午，陽光照在西窗，在地毯和椅墊上投下光影圖。圖案伴著外面樹梢的拂動輕輕搖擺。這一動作焦灼而又複雜。無花果樹枝頭每晚都會呈現出鮮豔的火紅。外面孩子的嬉戲聲使人聯想到遠方的荒野。秋天即將來臨。記得小時候父親曾告訴我，人在秋天似乎比較平靜、比較聰明。

平靜而聰明——多麼乏味。

一天晚上，米海爾從學生時代就認識的朋友雅德娜來我家作客。她帶來了一種無法抗拒的快樂。她和米海爾同時開始讀書，而今，用功的米海爾即將功成名就，而她則紅著臉告訴我們，自己還在忙著撰寫討厭的期末報告呢。

雅德娜臀部豐滿，身材高䠷，穿著緊身短裙，有著接近碧綠的眼珠，以及一頭濃密的金髮。她來找米海爾幫忙，因為她寫期末報告遇到困難。從見到米海爾的那一天她就知道，米海爾有多麼學識淵博，他一定會幫助她。

雅德娜滿懷深情地叫亞伊爾「小傢伙」，對我則叫「甜心」。

「甜心，搶妳的老公用個半小時，妳不會介意，對嗎？他要是不馬上替我講解戴維斯，我就發誓要從房頂跳下去。簡直快把我逼瘋了。」

說話時，她摸著米海爾的頭，好像米海爾歸她所有。她的手寬大而蒼白，指甲修長的手指上戴著兩枚大戒指。

我頓時沉下臉，但馬上便為自己感到羞愧。我努力用雅德娜式的語言回答她，我說：「拿去吧，我把他送給妳啦，連同你們的戴維斯一起。」

「甜心，」雅德娜叫著，臉上浮現出一絲冷笑。「甜心，別這麼說，不然以後妳會後悔的，妳可別口是心非，妳不是會說這種話的女人。」

米海爾選擇了微笑。微笑時嘴角略微抖動了一下。他點上菸斗，把雅德娜請進書房，和她一起在書桌旁坐了將近一個小時。他聲音深沉而嚴肅，她總是抑制不住地咯咯發笑。當我手推檯車，送咖啡和蛋糕去給他們時，展現在我眼前的是兩個腦袋，一金一灰，像是在雲煙中浮動。

「甜心，」雅德娜說，「妳抓到了這麼一個年輕的天才，卻好像一點也不興奮。我要是妳，就會把他生吞下去的。可妳呢，甜心，看樣子不是那種貪婪的傢伙。不，不要怕，我是那種只會叫的狗，不會咬人。現在請好心的妳原諒，等課上完後，我就把這個聰明天真的孩子還給妳。小傢伙，你們的兒子——那副模樣，站在牆角靜靜地看著我，像個小大人。目光就像他爸爸，既害羞又敏銳。快把那個孩子帶走，不然我會愛上他。」

我出門走進廚房。窗子上掛著藍色窗簾，上面有印花圖案。廚房陽台上掛著一個大洗衣盆，明年夏天買洗衣機之前我得一直用它洗東西。壁架上放著一盆枯死的植物和一盞煤油燈，耶路撒冷經常停電。我為什麼要剪短頭髮，我喃喃地向自己發問。雅德娜身材高大，光彩照人，笑聲響亮熱情。該是做晚飯的時候了。

我急忙衝向波斯人開的蔬菜店。波斯菜販伊萊賈·莫西阿正站在那兒鎖門。他興高采烈地說，要是我晚來兩分鐘他就已經走了。我買了一些番茄、黃瓜、芹菜和青紅辣椒，手忙腳亂的動作惹得波斯人沒完沒了地笑。我雙手提起籃子往家裡跑。突然，我愣在那兒——沒有鑰匙。我忘記帶鑰匙了。

但這又有何妨，米海爾和客人待在家裡呢。門沒鎖。此外，我在樓上鄰居凱尼瑟家裡還放了一把鑰匙，以防萬一。

用不著這麼慌張，雅德娜已站在樓梯上，一次又一次地向我丈夫道別。她把一條漂亮的大腿靠在欄杆扶手上。樓梯間瀰漫著汗氣和香水味。由於奔跑，加上擔心鑰匙，我上氣不接下氣。雅德娜說：

「妳這位靦腆的丈夫在半小時內解決了困擾我半年的問題。真不知怎麼感謝你們二位。」說著，她突然伸出兩根精心修剪過指甲的手指，從我下巴上拈起一塊頭皮屑、或頭髮之類的東西。

米海爾摘下眼鏡，靜靜地微笑著。我突然抓住丈夫的手臂，倚著他站著。雅德娜笑著走了。我們進屋去。米海爾打開收音機。我做沙拉。

著。兒子用手指在窗玻璃上畫各式各樣的圖案，我有時站在他身後看，但也看不出什麼名堂。

§

遲遲沒有下雨。冬寒遍布了整座城市，屋子裡整天開著電熱器。太陽被潮濕的霧氣裹挾

安息日晚上，米海爾爬上梯子，取下冬衣，再把夏裝放到一邊。我討厭去年以來購買的所有衣服，那件高腰洋裝現在看上去像老太太穿的衣服。

安息日過後，我進城去買東西，發瘋似地越買越多。一上午就花了一個月的薪水。我給自己買了一件綠大衣、一雙滾毛長筒皮靴、一雙麂皮皮鞋、三件長袖洋裝、一件橘黃色羊毛拉鏈背心，給亞伊爾買了一件暖和的雪特蘭羊毛水手服。

接著，我沿雅法路向西走去，經過曾為父親擁有的電器商店。我走進門，放下大包小包，還來不及適應店內的光線，面前已出現了一個陌生男子。他問我需要什麼，那聲音相當和悅，我為此從心眼裡感激他。這個男人儘管被迫把問題重複了一遍，也未提高聲調。我看到昏暗深處通往後屋的出口，那裡有兩級台階。我父親經常在那間屋子裡做簡單的修理，而我則常常在那兒讀男孩的童書。就是在那間屋子，父親每天替自己泡兩次茶，早上八點一次，下午五點一次。十九年來，無論寒暑，父親每天早上八點和下午五點都給自己泡一次茶。

一個年紀很小的醜女孩抱著一個禿頭娃娃從後屋走出來，眼睛哭得紅紅的。

「您想要什麼？」陌生人連問三遍，聲音裡並無驚訝之意。我要買一把電動刮鬍刀，以減輕丈夫刮鬍子時的痛苦。丈夫像年輕人那樣刮鬍子，用刮鬍刀把臉刮出了血，但下巴上依然留有鬍碴。這裡有最好、最貴的刮鬍刀，我要給他一個大驚喜。

我站在那裡數錢包裡剩下的錢。醜ㄚ頭的臉上突然一亮，她覺得她認識我，問我是不是卡特曼診所的考伯曼醫生？不，親愛的，妳弄錯了。我是阿祖萊小姐，打網球的。謝謝，祝你們愉快。你應該生火，這兒很冷。店裡很潮濕。

看到我拿回家的一包包東西時，米海爾大吃一驚。

「妳怎麼了，漢娜？我真不明白妳究竟怎麼啦？」

我說：

「妳一定記得灰姑娘的故事。王子選中她是因為她有一雙全國最小巧玲瓏的腳；她需要他是出於對繼母和兩個醜姐姐的憎恨。你難道不同意，王子與灰姑娘所組成的家庭是建立在虛空幼稚的想法上嗎？小巧玲瓏的雙腳，跟你說，米海爾，王子是個十足的傻瓜，灰姑娘一定是瘋了，也許這就是他們日後可以互相適應並能幸福生活的原因。」

「這對我來說太深奧了。」米海爾苦笑地埋怨道，「妳的比喻對我來說太深奧了，我不是學文學的，不擅長解釋象徵符號。請把妳所要表達的意思再重複一遍，但要用普通的詞語。倘若妳的話真的很重要。」

「不，我親愛的米海爾，我的話並不是真的重要。我也不確定自己要闡釋什麼，不知道。我買這些新衣服只是因為喜歡，想要享受它們，而給你買電動刮鬍刀是為了讓你高興。」

「誰說我不高興了？」米海爾平靜地問，「那妳呢，漢娜，妳不高興嗎？妳究竟是怎麼了，漢娜？我不明白妳到底是怎麼啦？」

「有一支優美的兒歌，」我說，「兒歌中有個小女孩問：『小丑，小丑，想和我一起跳嗎？』有人回答：『可愛的小丑要和大家一起跳。』米海爾，你覺得這樣回答小女孩的話可以嗎？」

米海爾開口想說些什麼，但又改變了主意，默不作聲。他打開大包小包，把東西一一放好，走進他的書房，一會兒又猶疑不決地走回來。他說，由於我的緣故，這個月大概得向好友卡迪什曼先生借錢才能度過難關了。可是到底為什麼？他一直想弄明白。這究竟是為了什麼？在幽冥之中抑或蒼茫大地一定存有什麼原因。

「人們在使用『原因』一詞時應該十分慎重。米海爾，這是不是你在五、六年前告訴我的？」

30

耶路撒冷的秋天，遲遲沒有下雨。天空湛藍，藍得像平靜的海水。天氣乾冷徹骨。流雲向東席捲而去。早晨，天上湧起濃雲，像沉默的遊行隊伍在房屋上空徘徊。它們的突如其來使得石拱門愈加黝黑。下午，城市上空升起迷霧。五點，或五點一刻，天空一片昏暗。耶路撒冷街燈不多，光線昏黃暗淡。落葉在小巷弄與院子裡起舞。街上貼有用詞藻華麗的散文詩寫成的一則訃聞：納胡姆·漢努阿，布哈拉社區之父，無疾而終，長眠千古。我發覺自己陷入對死者姓名、對無疾而終、對死亡等等的鬱鬱沉思之中。

卡迪什曼先生來了。他身穿一件俄國裘皮大衣，一臉的沉鬱、不安。他說：

「要打仗了。這一次我們將攻下耶路撒冷、希伯倫、伯利恆、納布盧斯。上帝最公正不過了，祂讓我們所謂的領袖缺乏常識，也攪亂了敵人的頭腦。祂像過去一樣，把一隻手所拿走的東西又用另一隻手還了回去。愚蠢的阿拉伯人偏偏要做聰明的猶太人不做的事。將會出現一場大規模的戰爭，聖地將會重新屬於我們。」

「自從聖殿被毀之後，」米海爾重複著他父親最喜歡的格言，「自從聖殿被毀之後，先知的力量便被賦予你我這樣的凡人。依我所見，我們這次作戰不但要攻下希伯倫和納布盧斯，而且要攻下加薩和拉法。」

我放聲大笑說：

「先生們，你們太天馬行空了。」

鋪著石塊的院子覆蓋著一層枯死的松針。秋意正濃。秋風將枯葉從一座荒院吹向另一座荒院。黎明前夕，麥括巴魯地區住家陽台上的鐵皮發出有節奏的和諧聲響。抽象意義上的時間運動，就像試管內沙沙作響的物質：純淨，絢麗，有毒。十月十日那天夜裡，天將破曉之際，我聽見遠處傳來引擎沉重的轟鳴聲。一聲沉悶的轟鳴，似乎要狂暴地扼住某種噴發欲出的能量。坦克在我們家附近的施耐勒營地的牆內啟動，轟隆隆地向前挺進。我當它們是骯髒、撕咬的獵狗瘋狂地要掙脫套在牠們脖子上的鎖鏈。

狂風也在呼嘯。風捲起碎垃圾，打了一個髒兮兮的漩渦，狠狠地將其拋在舊百葉窗上。風吹起發黃的報紙，在黑暗中形成一個鬼影。報紙黏在街燈上，舞弄著殘軀。行人躬腰抵禦著狂風的侵襲。風不時在撞擊著廢棄的門，門砰砰作響，遠處傳來碎破璃的叮噹聲。我們整天開著電熱器，甚至夜裡也不關掉。收音機裡播音員的聲音堅定而莊嚴。一種盛怒爆發前夕苦澀而持續的壓抑。

十月中旬，波斯菜販伊萊賈．莫西阿先生被徵召入伍。女兒萊瓦娜代他經營商店。她臉色蒼白、聲音輕柔，是個靦腆羞怯的女孩。我很喜歡她那羞答答、努力取悅於人的模樣。而她緊張得直咬自己金色髮辮的樣子，也很讓人動心。夜裡，我夢見了米海爾．斯卓果夫。他站在剃著光頭、一臉野蠻殘忍的韃靼人首領前面，一聲不吭地受刑。但他緊閉雙唇，嚴守祕密，目光堅定不移，一副氣宇軒昂的樣子。

中午，米海爾評論著廣播新聞：有一條千真萬確、顛撲不破的名法則——倘若沒記錯，這是德國鐵血宰相俾斯麥講的——按照他的說法：當一個人面對敵人的武裝聯盟時，應該勇往直前，打敗最強者。現在，這一時刻即將來臨，我的丈夫米海爾果斷地宣布說道：我們先要嚇死約旦人和伊拉克人，再突然一個回馬槍，踏平埃及。

我目不轉睛地看著丈夫，好像他突然開始講起了梵文。

31

耶路撒冷的秋天。

每天早晨，我把廚房陽台上的枯葉掃掉，新的枯葉又飄落下來。它們在我手上碾成碎末，劈啪作響。

遲遲沒有下雨。有那麼一兩次，我尋思著是初雨開始降落，衝下樓去收繩子上的衣服。但雨卻沒下，只有那潮濕的風吹打著皮膚。我感冒了，喉嚨痛。早起時分喉嚨最痛，城中氣氛很緊張。往昔一切熟悉的事物中增添了新的沉寂。

店鋪裡的家庭主婦們說，阿拉伯兵團正在耶路撒冷周圍架設槍炮。商店裡再也見不到罐頭、蠟燭和煤油燈。我買了一大盒甜餅。

桑海卓亞地區的崗哨夜裡響起了槍聲。炮兵部隊埋伏在特拉阿薩叢林。我看見聖經動物園背後的田野中遍布著偽裝的後備士兵。好友哈達莎前來告訴我從她丈夫那裡聽來的消息：內閣會議一直開到天將破曉，部長們出門時的樣子焦灼不安。夜裡，火車將大批士兵運到耶路撒冷。我在喬治王街的艾倫比咖啡館看見四個英俊瀟灑的法國軍官，他們頭戴軟扁帽，肩章上的紫纓條熠熠生輝。這種場景我只有在電影中才看到過。

我揹著剛買的東西踉踉蹌蹌往家中走去，在大衛耶林街看見三位身穿迷彩服的傘兵。他們肩扛衝鋒槍，在路旁公車站上候車。其中一個又黑又瘦的傢伙在我身後嚷道：「好寶貝！」兩個同伴跟他一起狂笑。我非常喜歡他們的笑。

星期三破曉之際，寒流襲擊著住宅。這是入冬以來最冷的一天。我赤著腳下床，給亞伊爾蓋好被子。腳下刺人的寒冷讓我覺得很舒服。熟睡中的米海爾喘著粗氣。桌椅變成一塊塊影子。我站在窗前，愉快地回想起九歲時患過的那場白喉。有股力量令我入夢，帶我跨越了夢醒之界。寒冷蓋過了一切。天邊，微明與灰暗相互交織在一起。

我站在窗前，全身瑟瑟發抖，充滿欣喜與渴望。透過百葉窗，看見太陽掩映在緋紅的雲霞中，正奮力鑽出薄霧。過了一會兒，陽光透射而出，把樹梢和掛在後陽台上的錫盆塗上一層紅光。我被迷住了，身穿睡衣，打著赤腳，把額頭貼在玻璃窗上。嚴霜在玻璃窗上結下霜花。一個女人穿著便服出門倒垃圾。她的頭髮和我的一樣，也是亂蓬蓬的。

鬧鐘響了。

米海爾掀開被子。眼睛還沒有睜開，臉皺成一團。他聲音嘶啞地自言自語道：

「真冷啊。什麼鬼天氣。」

接著，他睜開眼睛，一看到我，大吃一驚。

「妳瘋了嗎，漢娜？」

我朝他轉過身子，但卻說不出話來。我又一次失聲了。我想把此事告訴他，可喉嚨一陣劇痛。米海爾一把抓住我的手臂，使勁把我拉到床上。

「妳一定是瘋了，漢娜，」米海爾驚恐地重複道，「妳不對勁。」

他的嘴唇輕輕碰碰我的前額，又補上一句：

「妳雙手冰涼，額頭好燙。漢娜，妳生病了。」

我的身子在被子裡劇烈地抖個不停，但內心裡卻燃燒著自幼從未體驗過的劇烈快感。發燒的喜悅緊緊攫住了我。我悶笑個不停。

米海爾穿好衣服，繫上花格領帶，又用一個小夾子將它固定住。他到廚房給我熱了一杯牛奶，在裡面加進兩匙蜂蜜。我嚥不下去，喉嚨如同火燒火燎。這是一種新的疼痛。疼痛的加劇讓我倍覺欣喜。

米海爾把牛奶放在我床邊的凳子上。我用雙唇對他微笑，想像自己是朝髒狗熊身上扔松果的小松鼠。新的疼痛屬於我，我要好好加以體驗。

米海爾站在那裡刮臉。他放大收音機音量，以便能夠在電動刮鬍刀的響聲中聽到新聞。接著又把刮鬍刀吹乾淨，關上收音機，出門到藥房打電話給住在艾芬達里街上的烏巴赫醫生。回來後，他急急忙忙給亞伊爾穿好衣服，把他送到幼稚園，動作像訓練有素的士兵那樣準確無誤。他說：「外面冷極了，千萬別下床。我也打了電話給哈達莎，她答應派女傭過來照顧妳，幫忙做飯。烏巴赫醫生說好在九點或九點半左右來。漢娜，記得趁熱把牛奶喝完。」

丈夫在我床前像個年輕侍從一樣，筆直地站在那裡，手中的茶杯一動不動。我推開茶杯，抓住米海爾的另一隻手，吻了吻他的手指。我不想抑制發自肺腑的笑。米海爾建議我吃阿斯匹靈。我搖搖頭。他聳聳肩膀，一副學究模樣。一會兒後，他戴上帽子，穿好大衣。出門時說：「漢娜，記住，躺在床上別動，等著烏巴赫醫生。我設法早些回來。妳得安靜休息。妳著涼了，漢娜，沒別的毛病。屋子裡很冷。我把電熱器放得靠床近一些了。」

但是丈夫剛剛關上屋門，我便光腳跳下床，又跑向窗前。我是個桀驁不馴的野孩子，像個醉漢似的扯著嗓子又唱又叫。疼痛與愉快燃燒在一起。這疼痛甜美而又激動人心。我肚子裡灌滿涼氣。我咆哮，怒吼，像我和伊曼紐兒時那樣模仿鳥獸叫，但是卻聽不到聲音。這是一種純然的魔幻。劇烈的快感與疼痛衝擊著我。我身上發燒，額頭滾燙。我像小孩在熱浪到來之際一樣，打著赤腳，赤身裸體地沖澡。我把水龍頭轉到最大，在冷水中打滾。向四處撩撥水花，向牆壁上亮晶晶的瓷磚、天花板、毛巾、掛在門後衣帽鉤上的米海爾睡衣潑水。我往嘴裡灌滿水，一口接一口地對著鏡子向自己臉上噴去。我凍得渾身發紫。疼痛在後背蔓延，慢慢沁入脊骨。乳頭僵硬，腳趾直挺挺的，只有前額滾燙。我一直無聲地唱著。一種強烈的渴望延伸至肉體深處，延伸至那最敏感的部位，最隱祕的所在——甚至連自己至死也無法看到的地方。我有肉體，它屬於我，它抖動、震顫、鮮活。我就像個女瘋子，從一個房間跑到另一個房間，又跑到廚房和門廳，水珠不停地滴落，滴落。我赤身裸體，濕漉漉地癱倒在床上，四肢擁住被子和枕頭。許多友善的人伸手將我輕輕觸摸。當他們的手指碰到我的皮膚時，熱浪衝擊著我的全身。雙胞胎一言不發，抓住我的雙臂，反綁在背後。詩人索羅彎下腰，他的鬍鬚及一股暖流令我陶醉。英俊的計程車司機拉哈明．拉哈明莫夫也來了，像野人似的抱住我的腰身，瘋狂地邁開舞步，將我高高舉在半空。遠處傳來震耳欲聾的音樂聲。他們的手壓在我身上，撫摸、拍打、揉搓——我竭盡全力大笑、尖叫，卻發不出聲音。士兵們身穿迷彩服蜂擁而至，將我團團圍住。從他們身上散發出一股強烈的男性氣息。我是他們大家的。我叫伊芳．阿祖萊。伊芳．阿祖萊與漢娜．戈嫩截然相反。我好冷。洪水滔滔。男人為水而生。冰冷而狂暴地氾濫在茫茫平川，氾濫在白雪皚皚的無際草原，氾濫在星球之上。人們為冰雪而生。生存而不是休憩，狂呼而不是低吟，觸摸而不是觀望，悸動而不是渴求。我是冰人，我的城市是座冰城，化作冰的還有我的公民，以及一切。女王說話了。但澤將會下一場冰雹。它晶瑩、透明、狂暴，它將毀掉整座城市。跪下，叛逆的臣民，跪下，在大雪中低下你們的頭。你們將變得清澈、潔白，因為我是個白色女王。我們必須潔白、透明、冰冷，如此才不致粉碎。整座城市將結成冰晶。樹葉不再飄落，鳥兒不再翱翔，女人不再顫抖。這一切，我都說過了。

時值但澤城深夜，特拉阿薩及其森林挺立在白雪之中。廣袤的平原伸向馬漢耶胡達、阿格里帕、謝赫巴達爾、熱哈維亞、貝特哈凱倫、克亞施穆爾、特勒皮特、吉瓦蕭爾直至卡法利夫塔斜坡。霧靄茫茫一片黑暗。這是我的但澤城。馬米拉街一頭的湖心上有座小島，島上矗立著女王雕像。石座上的就是我。

但是在施耐勒軍營內，一場密謀正在醞釀，不動聲色的叛徒蠢蠢欲動。兩個黝黑的毀滅者「龍號」和「虎號」啟航，氣宇軒昂的船頭衝擊著冰層。一個蒙面水手站在搖擺不定的桅杆頂上的瞭望台。他是個雪人，就像在一九四一年冬天那場大雪中哈利利、漢娜、阿濟茲用雪堆成的最高指揮官。

低矮的坦克沿著蓋烏拉大街結霜的斜坡駛向海沙阿倫居住區。在施耐勒軍營門口，一群身穿粗呢風衣的軍官在低聲籌劃著什麼。並非我發動了這場行動。我的命令就要凍結，這是一場陰謀。人們壓低聲音傳播著緊急命令。黑漆漆的天空中飛舞著輕盈的雪花。短促尖利的機關槍聲響成一片。濃密的鬍鬚上冰屑閃爍。

沉重而有破壞力的坦克穿過我所棲息的城市邊緣。我孤身一人。就在此時，雙胞胎潛入俄羅斯庭院。他們打著赤腳、悄無聲息地趕來，悄然無聲地爬完最後一段路，從背後刺死我安排的監獄看守。城市中的沉渣餘孽紛紛出籠，嘴裡狂呼濫叫。狹窄的街道上洪水翻騰，籠罩著沉重的邪惡氣氛。

在此同時，最後的頑抗已被擊破，要害地點均被佔領。忠貞不渝的斯卓果夫被俘了；但在遠離中心地帶，反叛者已經紀律渙散。醉醺醺的剽悍士兵帶著愚忠與叛逆意識衝進居民與商人之家。他們眼裡布滿血絲，伸出戴著皮手套的雙手姦淫擄掠。整座城市蔓延著一股邪惡的力量。詩人索羅被囚禁在麥里桑達街廣播站的地下室，暴民們對他橫加辱罵。我受不了。我哭了。

炮台在無聲的橡皮輪上滾動，向高處挺進。只見一個禿頭叛賊爬上塔拉桑塔樓頂，悄悄換掉上面的旗子。這個頭髮蓬亂的叛賊，真是野蠻而又英俊。

獲釋的罪犯卑怯地笑著。他們身穿囚服散入城中，拔出了鋼刀。他們流散到郊區準備復仇雪恥。著名的學者被囚禁起來。他們似睡非睡，迷迷糊糊，義憤填膺，以我的名義進行抗議，訴說他們良好的關係網絡，捍衛著他們的尊嚴。他們當中已經有人搖尾乞憐，宣稱對我恨之入骨。抵著背脊的槍枝激勵著他們，抑或使他們趨於平靜。一種新起的卑劣力量統治著城市。

坦克按預先定下的祕密計畫包圍了女王王宮。在平滑的積雪上留下深深的印痕。女王站在窗前竭力呼喊著斯卓果夫和尼摩船長的名字，但卻發不出聲音，只有嘴唇機械地一翕一張，似乎在設法取悅情緒激昂的部隊。我猜不出我保鏢指揮官們的心意，或許他們也捲進了陰謀之中。他們一遍又一遍地看錶。是否在等待事先約定的時間呢？

「龍號」和「虎號」已來到王宮門口。機槍在碩大的槍架上緩慢地轉動，像魔爪指著我的窗子，指著我。我病了。女王想低聲說話，她看見錫安山東方朱迪亞沙漠對面紅光搖曳，但這最初的慶祝煙火並非向她致以敬意。兩名刺客熱切地俯過身來。女王從他們眼中看到了遺憾、渴望與嘲弄。他們兩人都這麼年輕，皮膚黝黑。美得可怕啊。我驕傲而安詳地想站到他們對面，可我的身體也背叛了我。女主身穿薄睡衣，趴在冰涼的瓷磚上，暴露在他們饑渴的目光之下。雙胞胎相視而笑。他們牙齒潔白，全身發出一種不懷好意的顫抖，好像年輕人看到突然被風掀起的女人裙子時發出的獰笑。

一輛全副武裝的汽車裝著高音喇叭在城郊巡邏。一個清晰沉穩的聲音正在廣播新管轄區的法令總則，發佈閃電審判令和無情處決令。如有誰違抗，則像狗一樣被槍決。瘋癲冰女王的統治已一去不復返了，就連白鯨也不會逃脫。城市的新紀元開始了。

我似聽非聽，因為刺客們已把手伸到我這兒。他們啞著嗓子咕噥著什麼，就像被縛住四肢的牲畜在呻吟，眼中閃著貪婪的光。陣痛的快感在我後背和腳趾間顫動、流淌、灼燒，焦灼的火花及感官的戰慄衝擊著我的背脊、脖頸、肩膀及全身。我在心裡無聲地尖叫著。恍然間，丈夫用手指撫摸著我的臉龐，他想讓我睜開眼睛。他難道看不出我雙眼圓睜嗎？他想讓我聽他說話。誰能像我這麼專注？他不停地搖晃著我的肩膀，雙唇觸到了我的前額。我仍屬於冰，但是已被另一種力量控制住了。

32

我們的醫生，住在艾芬達里街的烏巴赫醫生，身形精巧細緻，如同瓷器一樣。他顴骨高，目光憂鬱，充滿同情。在檢查時，他按照慣例，發表了一篇小小的演說。

「一星期以後就好了。就完全康復了。我們只不過是著了點涼，做了不該做的事而已。會慢慢恢復體力。精神方面大概是產生了某種滯礙；精神與肉體的關係並非像汽車與駕駛，而是像食物中的維生素，就類似這樣。親愛的戈嫩太太，別忘了妳已經是做媽媽的人了，不要把自己當成小孩子。戈嫩先生，我們的肉體要徹底地休息，神經與精神也是一樣。這是第一點。我們每天得吃三次阿斯匹靈。蜂蜜對喉嚨有好處。我們睡覺時屋子得保持暖和。儘量避免跟太太爭吵，只說好、好、好。我們需要休息，放鬆，任何談話都會引起併發症或精神上的不快。儘量少說話。只使用基本的、不引發情緒的詞彙。我們還沒平靜，完全沒平靜下來。如果有什麼併發症，可隨時打電話給我。但若是有歇斯底里的症狀，則需要安靜下來；要耐心等候。不要增加戲劇性的事件。被動的觀眾對戲劇的殺傷力就像抗生素殺害病毒一樣。需要徹底的安靜，內在的安靜。希望妳好起來。請妳好起來。」

傍晚時分，我稍微好轉。米海爾帶亞伊爾進屋，站在遠處向我道晚安。我掙扎著低聲說：「兩位晚安了。」米海爾把手指放在我唇邊，不許我說話，不要我的聲帶用力。

他照顧孩子吃飯，安頓他睡覺，接著又回到我房間。他打開收音機，聲音激昂的新聞廣播員正在宣布美國總統頒發的最後通牒令。總統號召各派別要嚴於律己，避免突發性事件的發生。根據未證實的消息，伊拉克部隊進攻了約旦。政治評論員持懷疑態度。政府呼籲提高警覺，冷靜行動。軍事家們仍猶豫不決。蓋伊・莫來特內閣兩次召開特別會議。一個著名女演員自殺。氣象預報報導，耶路撒冷將出現霜凍。

米海爾說：

「哈達莎的女傭西米卡明天會來我們家。我請一天假。漢娜，我有話對妳說，但妳不要作聲，因為妳現在還不能講話。」

「米海爾，沒關係，我不痛。」我低聲說。

米海爾從扶手椅內站起身，走過來坐在我床邊。他小心翼翼地掀開被子一角，坐在床墊上。有那麼幾次，他慢慢地點點頭，好像終於在腦海裡解出了一個方程式，此刻正在驗算結果。他盯了我一會兒，接著便用雙手捧住自己的腦袋。最後，與其說對我倒不如說是對他自己說：

「我很害怕，漢娜，中午到家時，我看到妳那副模樣。」

說此話時，米海爾退縮了一下，好像這話使他自己受到了傷害。他站起身，理好被子，關掉天花板上的燈。然後他抓住我的手，為我對手錶，錶在今天早晨便已停了下來。他給錶上發條。他的手指溫暖，指甲扁平，手指上有筋、神經、肌肉、骨頭及血管。我學文學時，得背伊本・加比羅爾㉛的一首詩，詩中說我們由濁液構成，相形之下，化學毒品是那麼的純淨：潔白透明的晶體。地球不過是覆蓋在壓抑著的火山之上的綠殼。我抓住丈夫的手指。這個動作使得米海爾的臉上漾起了笑意，好像他正在尋求我的諒解，並且達到了目的。我的眼淚奪眶而出。米海爾拍拍我的臉頰，繃緊雙唇，決定一聲不吭。他摸我的動作與拍打亞伊爾腦袋的動作一模一樣。這一動作比較令我悲從中來，我不知作何解釋，或許沒有理由解釋。

「你病好以後，我們要到很遠的地方去。」米海爾說，「也許去諾夫哈倫基布茲，把孩子留給你媽媽和哥哥，我們一起去療養院，去埃拉特，或是去納哈利亞。晚安，漢娜，我去關掉門廳的燈，拔掉電熱器。看來我是犯了某種錯誤。我不知錯在哪裡。我的意思是，我該做些什麼以避免這種事的發生呢？或者說我做了什麼不該做的事，結果把妳弄到這種地步呢？在霍隆上學時，有位叫耶海姆・佩萊的體育老師總是叫我『傻瓜・甘茨』，因為我的反應很慢。我數學、英語學得很好，但體育一項卻很遲鈍。每個人都有自己的強項和弱項。真老套，總之，這不是重點。漢娜，我想跟妳說，對我而言，我很高興我和妳結婚，而不是別人。我總是盡我所能去滿足妳的要求。漢娜，請不要用令天我回家吃午飯時看到妳的那副樣子來嚇唬我了。漢娜，我請求妳。我畢竟不是鐵打的。我又在說無聊的話了。晚安。明天我把衣服送到洗衣店。妳夜裡若是要什麼東西，不要叫，喉嚨不要用力。妳就敲牆吧，我坐在書房，會立即過來。我把一壺熱茶放在這個凳子上。這裡有一片安眠藥，要是自己能夠睡著的話就不要吃。不服藥睡覺對妳比較好。漢娜，我求妳了。我很少求妳做什麼的。現在，再說一次，我怎麼突然這麼囉唆了，漢娜，晚安。」

第二天早晨，亞伊爾問：

「媽咪，爸爸要是國王，我就是公爵，這是真的嗎？」

「要是奶奶長上翅膀能夠飛翔，那麼她就是天上的老鷹。」我微笑著，啞著嗓子說。孩子不出聲了。也許他是在努力想像著句子中節奏的效應，把它翻譯成圖畫語言，勾勒出意象。最後他沉著地宣布：

「不。奶奶長上翅膀後也是奶奶，不是老鷹。妳說話的時候想都不想，就像妳告訴我小紅帽把老奶奶從狼肚子救出來一樣。狼肚子又不是儲藏室，狼吃東西是要用嘴嚼的。對妳來說任何事都有可能發生，而爸爸講話時總是很注意的。不是想起什麼就說什麼，而是要思考的。」

米海爾伴著煤氣爐具上燒水壺的哨音說：

「亞伊爾，請你趕快到廚房去，坐下來吃飯。媽媽生病了。要是你不介意的話，就閉上嘴巴吧。我警告你。」

㉛伊本・加比羅爾（Ibn Gabirol, 約 1021-1070），著名的西班牙裔哲學家，傑出的希伯來詩人。

哈達莎的女僕西米卡把被子拿到窗外吹風。我坐在扶手椅裡。頭髮亂蓬蓬的。米海爾手上抓著我開的購物單去了雜貨店。單上列著麵包、乳酪、橄欖、酸奶。他請了一天假。亞伊爾在門廳對著鏡子把頭髮弄得亂七八糟，而後梳好，隨即再弄亂。最後對著鏡子做鬼臉。

西米卡敲打床墊。我望著，只見一道斑駁的金光舞成一條光帶投向窗角。我身子軟綿綿的，沒有痛苦，沒有渴望。一個昏懶、朦朧的想法油然而生：趕緊買一條漂亮的大波斯地毯吧。

門鈴響了，亞伊爾打開門。郵差沒把掛號信交給他，因為需要簽字。正在這時，米海爾提著菜籃走回家。他從郵差手中拿過登記簿，在收據上簽字。進屋時神情凝重。

這個人什麼時候能不那麼克制？哪怕有一次見到他慌亂、欣喜、狂熱也好！

米海爾簡要地向我解釋說，任何戰爭不出三週就要結束。「這當然說的是有限的地方性戰爭。時代不同了，一九四八年不會重來。超級大國之間的平衡十分不穩定。現在，美國正飽受競選的煎熬，俄羅斯正忙著處理匈牙利問題，這是個轉瞬即逝的好機會。是的，這場戰爭不會拖得太久。真是太突然了，我被徵召入伍了。我不是飛行員，不是傘兵。妳為什麼要哭？我過幾天就會回來，給妳帶一個道道地地的阿拉伯咖啡壺。這只是開個玩笑——妳為什麼要哭？回來後我們要去度假，像我保證的那樣。我們要去加利利，或者是去埃拉特。妳在做什麼，為我致哀嗎？我很快就會回來，或許這是我錯誤的推斷。只不過是軍事演習而已，不是戰爭。我路上要是有機會，一定給妳寫信。我真的不想讓妳失望，不過我得事先提醒妳，我不善寫信。漢娜，我得趕緊換上軍服，打點行裝，可不可以給諾夫哈倫打個電話，我不在的時候，讓妳媽媽來照顧妳幾天。

「我穿軍裝的樣子好怪啊。這麼多年體重一直沒有增加。漢娜，妳記得爸爸把警衛制服穿在睡衣外和亞伊爾玩耍時的樣子嗎？噢，我太冒失了，真對不起，這時候不該提起此事。漢娜，我把我們倆都傷害了。漢娜，我們千萬別去追究每個詞語中的暗示。說話就是說話，只是詞語，僅此而已。這裡，我在抽屜裡給妳留了一百鎊。我在紙上寫下我的部隊番號和軍團號，放在花瓶下。月初便付了水費、電費、煤氣費。戰爭不會持續太久。至少，這是我深思熟慮的見解。妳瞧，美國人……沒事。漢娜，現在別那麼看著我。這樣妳會更難過。我也會難過。哈達莎的西米卡會一直在這兒待到我回來。我會給哈達莎打電話，也會給莎拉·傑爾丁打個電話。現在妳又那樣看著我了。這不是我的錯，漢娜。記住，我不是飛行員，也不是傘兵。我的毛衣哪兒去了？謝謝。噢，對了，我想我也得拿條圍巾。夜裡會很涼的。跟我說實話，漢娜，我穿軍裝的樣子怎麼樣？是不是像個喬裝打扮的教授？信號團傻瓜·甘茨下士。我在開玩笑呢，漢娜，妳應該笑，別再哭了。別再哭了。妳知道，我出去不是度假。別哭了，哭沒有用。我……我會想妳。如果有戰地郵局的話，我會寫信的。我會保重自己的，妳也要……不，漢娜，現在不是我們談情說愛的時候。信誓旦旦有什麼用。感傷只能讓人心痛。我……我不是飛行員，也不是傘兵，這話我已經說過幾次了。但願我回來時能看到一個健康快樂的妳。但願我離家遠行時，妳不要想我會發生什麼不測。我會念著妳的。這樣，我們並未完全分離。而且……無論如何，都沒分離。」

我在他心目中就像一個虛構的人。一個人怎麼能期待自己超越另一個人心目中虛構出來的事物呢？但我是一個真實的人，米海爾，我不是你心目中的虛構人物。

33

哈達莎的女僕西米卡在廚房洗東西。輕聲哼唱著修荷娜．達馬利的歌：我是一隻可愛的小鹿。夜空星星閃，林中胡狼嗥，快來吧，她在期待中將你等候。

我躺在床上，拿著一本史坦貝克的小說，這是朋友哈達莎昨晚來看我時帶來的。我沒有看書。冰涼的雙腳放在熱水袋上。我很平靜，也很清醒。亞伊爾上幼稚園去了。米海爾沒有信，也不可能有任何消息。賣煤油的小販推著小車沿街行走，手上不停地搖著鈴鐺。耶路撒冷也很清醒。一隻蒼蠅撞擊著玻璃窗。蒼蠅，並不是象徵和預兆。一隻蒼蠅而已。我不渴望什麼。我注意到，手上拿的這本書已破舊不堪。封面用透明膠帶黏著。花瓶依然放在老地方，瓶座下壓著一張紙，上面是米海爾寫的部隊番號與分隊號。「鸚鵡螺」靜靜地停在白令海峽冰層深處。格里克先生坐在店裡讀一份宗教日報。清涼的秋風吹拂著城市。一片安寧。

九點鐘，電台發佈消息：

昨天夜裡，以色列國防軍挺進西奈沙漠，攻下孔蒂拉以及拉斯恩納蓋，佔領並駐紮在蘇伊士運河以東六十公里的納哈爾一帶……一位軍事評論員解釋道。然而是從政治角度出發。敵方一再的挑釁。自由航線上臭名昭彰的違禁。天理道義。恐怖事件及破壞活動。手無寸鐵的婦孺。時局日趨緊張。無辜的百姓。國內外頗富見地的公眾評論。防禦措施就緒。要冷靜。不要出門。別點燈。不要囤積物品。聽從指揮。大眾絕對不要慌亂。目前已出現流散現象。全國皆成為戰場。全民皆兵。悉聽警報。截至目前，一切均按計畫進行。

九點一刻：

停戰協議已被廢止，不會再恢復。我軍一瀉千里，敵軍紛紛潰退。

直到十點，收音機裡一直在播放我從小就在聽的進行曲：

從但恩到比爾謝巴，我們從未忘記。相信我，那一天終會來臨。

我為什麼要相信？要是你沒有忘記，為何要說？

十點半：

西奈沙漠，以色列民族的歷史搖籃。

這點與耶路撒冷相反。我竭力讓自己為此感到自豪和投入。不知米海爾是否帶了胃藥。一向那麼整潔、乾淨的人；像兒歌所唱的，他已經跳舞跳了五年，第六年就該「向和平鴿道聲再見」了。

耶路撒冷城邊，新貝特伊色列區一條荒蕪的小巷正吸吹著新鮮的氣息。用石板砌成的地面，石頭已經出現裂縫，卻亮晶晶的。沉重的拱形建築聳立在巷弄與低雲之間。這是一條死巷。石頭上的小坑凝結著歲月的烙印。一個昏昏欲睡、被召來做內部防禦的老更夫倚牆而立。裝有百葉窗的房子。遠方鐘聲低迴。山風習習。風在小巷中吹動，打著漩渦。旋風擊打著鐵百葉窗和用鏽鐵絲拴住的鐵門。一個正統派猶太教的孩子站在窗前，鬢髮垂在蒼白的臉頰上。他拿著一個蘋果，目不轉睛地看著院子裡白楊樹上的鳥兒。孩子一動不動地站著。老更夫想透過窗玻璃吸引孩子的視線。他孤獨地朝孩子微笑——無濟於事，這是我的孩子。

灰藍色的光映襯在白楊樹上。遠處是山，近處一片寧靜。鐘聲悠揚。群鳥不鳴，小巷裡的貓兒不叫。大馬車駛過來，行過去，去往很遠的地方。我要是石頭做的就好了，堅硬而安寧，冰冷又現實。

大概英國高級專員也失誤了。在耶路撒冷東南惡意山英國高級專員的官邸，祕密會議一直開到天明。窗子上已泛起拂曉前蒼白的日色，但電燈仍然亮著。速記員兩小時輪換一次。衛兵們疲憊不堪，焦灼不安。

在夜間高級專員會議上，只有米海爾·斯卓果夫一人執著地承擔記住密件的任務。強壯而又鎮定自若的米海爾·斯卓果夫被幾個粗魯野蠻之徒包圍著。刀光閃閃，笑聲陣陣，沒有詞語，像阿濟茲與烏西什金街上的耶胡達·果特利巴在空曠的建築工地上打鬥。我是仲裁人，我是獎品。他們的臉都變了形。眼睛泛動著渾濁的敵意。攻擊目標是肚子，這是因為肚子最柔軟。他們瘋狂地用拳頭打，用腳踢，用牙齒咬。其中一個掉頭便跑，在逃跑中又回頭追擊。他撿起一塊大石頭扔了出去，石頭擦身而過。對手氣憤地吐著唾沫。在帶刺的生鏽鐵絲網上，二人咬緊牙關，一個接一個地打著滾，纏扭著。血流了出來。他們伸手抓對方的喉嚨或下體，繃緊雙唇發出咒罵。他們突然像一個人似的，精疲力竭地癱倒在地；又像情侶一樣一下子擁抱在一起。他們像一對上氣不接下氣的情侶一樣喘著粗氣。片刻之後，一股隱隱約約的精力又在他們體內重新湧動起來。頭碰頭，手抓眼，拳頭打在下巴上，膝蓋抵住腹股溝。鏽鐵絲上的鉤刺劃破了他們的後背。他們緊繃雙唇，默不作聲，也聽不到哭叫與歎息。靜悄悄，靜悄悄。但這二人又在無聲地哭位。如一個人似的哭泣。雙頰濕漉漉的。我是仲裁人，我是獎品。我惡毒地縱聲大笑。我渴望看到血，聽到粗野的尖叫。在埃海雷費，一輛貨車即將鳴笛。憤怒與風暴將靜靜地融合在一起。還有眼淚。

大雨將會姍姍來遲。無言無語的雨水將抽打著英國軍車。夜晚，恐怖分子悄悄穿過毛斯拉拉拱門到小巷深處行竊，在黑暗中滑向石牆，熄滅孤獨的街燈，將導火線拴在雷管上。雷管依然是鐵製的。電光即將飛濺，火山深深隱藏在泥土、石板和花崗岩構成的地表下。真冷啊。要下雨了。

叢林密佈的十字谷將迷霧繚繞。在斯克浦斯山上，鳥兒將會哭泣，狂風將會吹彎松樹枝頭，地球將不會自我控制、自我約束。東部是沙漠，從特勒皮特邊上可看見滴雨未沾的地方，看到摩亞山，下面是死海。傾盆大雨將會擊毀蘇爾巴哈灰色小村莊對面的阿諾納。急流將會襲擊清真寺的尖塔。在伯利恆，祈禱者將把自己關在咖啡館內，玩起西洋雙陸棋，浸身在安曼電台播放的如泣如訴的音樂裡。縱樂的男人在屋子裡一聲不吭，他們身穿長袍，鬍鬚濃密。在滾燙咖啡、騰騰煙霧之中，還可見到身穿突擊隊制服、肩扛衝鋒槍的雙胞胎身影。

暴雨過後是晶瑩的冰雹。纖巧而尖利的晶體。馬漢耶胡達區收破爛的老小販在陽台遮簷下哆哆嗦嗦擠作一團。在阿布格什山上，在克亞伊阿倫，在納瓦伊蘭，在惕拉亞爾，茂密的叢林枝椏扭結，松枝上披上一層白霧。逃犯在此找到了避難所。痛苦的逃亡者沿著佈滿積水的小路，舉步維艱地在雨中徘徊。

北海上空烏雲低垂，「龍號」和「虎號」巡邏艇並肩在巨大的冰川中搜索，透過雷達屏幕尋找海怪「白鯨」或「鸚鵡螺」的行蹤。啊呵，啊呵，一個蒙頭水手從桅頂上發出吶喊。啊呵，船長，東部六海里的霧中，出現了一個以每小時四海里前行的不明物體。在偏北方港口燈光兩度遠的地方，無線電發報員將在遙遠的水下掩體內把信息發給聯合司令部。從希伯倫山到特勒皮特，到阿古斯都維多利亞，到雨水從未光顧過的沙漠邊緣，到最高指揮宮總部，都將會出現雨霧，所以巴勒斯坦將變得一片漆黑。

高大而虛弱的英國高級專員獨自站立在漆黑的窗前。他身材削瘦，雙手背在身後，嘴上叼著菸斗，眼睛藍藍的，佈滿愁雲。他往高腳杯倒進烈酒，一杯給自己，一杯給矮小結實的米海爾．斯卓果夫。米海爾．斯卓果夫在黑暗中啟程，穿過由野蠻軍隊把守的敵佔區，來到海邊，跨過滄海，抵達神祕島。工程師塞硫斯．史密斯㉜敏銳的雙眸掃視著渺渺煙海，在等候米海爾。他手握高倍望遠鏡，不知什麼是絕望。我們都還以為自己是孤身一人待在荒島上

㉜凡爾納小說《神祕島》的人物。

呢，我們被自己的感覺欺騙了，我們在島上並不孤單。凶險之士埋伏在深山之中。我們有計畫、有步驟地搜遍了整個島嶼，也未發現究竟是誰在黑暗中，臉上掛著蒼白的微笑，安詳地躲在我們身後，神不知鬼不覺地觀察我們。黎明時分，鬆軟的小路上出現了他的腳印。在暗影中、霧靄中、急雨中、風暴中、黑壓壓的森林中埋伏著，躺在那裡等待；在大地之下埋伏著，躺在埃因凱倫修道院牆後等待；一個陌生人執著地埋伏著，躺在那裡等待。讓他活著回來，咆哮著把我往地上一扔，戳刺我的身體。他咆哮，我則帶著令人戰慄的狂喜與驚恐萬狀的魔力回報以尖叫，像吸血鬼似地吹吸——黑暗中有一艘瘋狂打旋、搖擺不定的輪船，要是它向我衝過來，我會怎樣？我嘴裡唱著，熱血沸騰，漂浮不定，我將被洪水吞沒，我將變成唾沫飛濺的母馬在夜雨中奔馳，激流將直瀉而下淹沒耶路撒冷，太空將會泛起滾滾濃雲輕輕觸摸大地，狂風將會席捲整座城市。

34

「早上好，戈嫩太太。」

「早上好，烏巴赫先生。」

「戈嫩太太，還難受嗎？」

「燒退了，醫生。我希望一兩天之後就會和平常一樣了。」

「戈嫩太太，『平常』這個詞從某種意義上來說，是個相對的表達方法。戈嫩先生不在家嗎？」

「我丈夫被徵召入伍了，醫生。他好像是在西奈沙漠。到目前為止，我還沒聽到他的任何消息。」

「戈嫩太太，這些日子非常重要，非常關鍵。在這樣的日子裡很難不去思前想後啊。喉嚨還在發炎嗎？檢查看看就知道了。哎呀，糟糕，非常糟糕，親愛的女士，當妳在嚴冬時節把冷水潑在身上時，就好像真能通過折磨肉體以換取精神上的寧靜似的。對不起，戈嫩博士的專業領域是什麼？生物？噢，是地質。當然，對不起。我們搞錯了。噢，今天關於戰爭的消息是樂觀的。英國人和法國人也將和我們共同對抗穆斯林。今天早晨的收音機甚至提到『同盟』。幾乎像是在歐洲一樣。此外，戈嫩太太，戰爭中也有些『浮士德』的東西。你看小葛雷卿[33]比一般人更真實。小葛雷卿就像書裡寫的那樣，是那樣的忠誠，一點也不幼稚。戈嫩夫人，請伸出手臂，我得量量妳的血壓。這是很簡單的檢查，一點也不疼。某些猶太人智力上有嚴重缺陷，我們不能恨那些恨我們的人。神經病。昨天，以色列部隊用坦克攻上西奈山。依我看，這近乎某種啟示，但不過是近乎而已。現在，我非常抱歉，因為得問妳一個隱私問題。對不起，妳注意到妳的月經近期有什麼不規律嗎，戈嫩太太？沒有？這是個好現象，非常好的現象。這說明身體內部尚未受到這場劇變的影響。這麼說來妳的丈夫是位地質學家，不是文化人類學家。我們搞錯了。妳需要繼續休息幾天，徹底休息一下，不要勞神思考。睡眠是最好的藥方。睡眠從某種意義上來說是人類最為自然的狀態。頭痛不必怕。我們用阿斯匹靈治療偏頭痛。偏頭痛並非獨立的病症。順便說一句，就算遭遇任何可以想像的極端狀態，人類也不會就那樣輕易地死掉。祝妳康復。」

烏巴赫醫生走後，哈達莎的女僕西米卡來了。她脫掉大衣，站在火爐前烤火。她問，夫人，妳今天怎麼樣？我問她哈達莎家裡有什麼新消息。西米卡那天早晨在報上看到，阿拉伯人慘敗，我們勝利了。她說，這是他們自食其果，只能默默地承受這一切。

西米卡走進廚房，給我熱了些牛奶。接著打開書房的窗戶，給屋子透透氣。刺骨的冷風直撲進來。西米卡用舊報紙擦窗戶，揮掉家具上的灰塵，出門去商店，回來後，向我講她剛剛聽到的消息，一艘阿拉伯軍艦在海法好端端地被焚。她該開始要熨衣服了吧？

今天整個身子感覺都很不錯。我病了，不必太留意那些。在海法好端端地被焚——這一切在久遠的過去都發生過了。這並非頭一遭。

「夫人，妳今天臉色很蒼白。」西米卡焦慮地說，「主人出門前吩咐我，不要跟夫人說太多話，免得影響您的健康。」

「和我說說話，西米卡。」我求她，「跟我說說妳的事，一直講下去，別停下來。」

「夫人，我還沒有結婚，可是訂婚了。等我的未婚夫貝赫爾從軍隊回來後，我們將在貝馬茲米爾買間新房子。春天時舉行婚禮。貝赫爾存了很多錢，他在公司做計程車司機，有些靦腆，但很有教養。我注意到，我的許多女性朋友都跟像父親的人結婚。貝赫爾也像我的父親。我曾在《婦女》雜誌上讀到這樣一個解釋：妳挑的丈夫總是像自己的父親。我想，你如果愛什麼人，這個人最好和你曾經愛過的人相像。好笑極了，我一直等著要把熨斗燒熱，完全忘記耶路撒冷停電了。」

我心想：

是毛姆還是褚威格小說中，有個年輕小伙子，從小鎮來到國際賭城玩輪盤，第一天夜裡

㉝《浮士德》中瑪格麗特的暱稱。

就把口袋的錢輸掉了三分之二。他仔細計算了一下，所剩的錢剛好付旅館費、買一張火車票，這樣便能夠體體面面地離去。凌晨兩點鐘，年輕人是否立即動身離開呢？亮晶晶的輪盤依舊在旋轉，水晶吊燈閃閃發光。也許在隨之而來的下一輪中，決定性的勝利正等著他？來自哈德拉馬干的酋長之子剛在一輪賽中贏了整整一萬塊。不，不，他不能現在就起身離去。尤其是整整一個晚上，旁邊那個英國老太太一直透過夾鼻眼鏡向他投來冷冰冰的諷刺目光。窗外，白雪在夜幕中翩翩起舞。沉悶的怒潮聲聲入耳。不，年輕人不能起身離去。於是他把所有的錢全都買了籌碼。緊閉雙眼，接著又睜開。睜開後又不停地眨動，好像是眼睛被燈光刺痛了。外面夜色中傳來低沉壓抑的海潮聲。雪花在靜謐中徐徐飄落，飄落。

我們結婚已經六年多了。你要是因工作需要去台拉維夫，一定都會在當晚趕回家。自結婚以來，我們的分別從沒有超過兩個夜晚。我們結婚已經六年，住在這個公寓內，我還沒有學會怎樣開關陽台上的百葉窗，因為那是你的事。現在你被徵召入伍，百葉窗日日夜夜敞開著。我一直在想著你。你事先就知道，你是應徵從戎而不是進行軍事演習；戰爭是在埃及而不是在東方；這是一場短暫的戰爭而不是持久戰。所有這些全靠你精確的內在機制演繹而出，藉此你可以繼續產生出完全合理的想法。我得給你看一個方程式，我的全部希望都取決於這個方程式的解答，猶如站在懸崖邊的人完全依靠高欄之力。

今天早晨，我坐在扶手椅裡，為你的黑西服換袖釦，讓它看起來時髦些。我邊縫邊問自己，是何種無法穿透的玻璃罩子落到你我頭上，把我們的生活隔離在所有的事物、空間、人和見解之外？當然了，米海爾，我們有朋友、客人、同事、鄰里和親戚。但每當他們坐在我們家客廳對我們說話時，由於隔著玻璃，他們的詞語總是不太明晰，甚至含混不清。只是從他們的表情上我能夠猜出其用意何在。有時，他們的形體溶解成了沒有輪廓的團團塊塊。事物、空間、人、見解，我需要它們，以使自身強勁起來。米海爾，你呢？你是否心滿意足？我怎麼能夠知道。有時你看起來很傷心。你是否心滿意足？我死了會怎麼樣？你死了又會怎麼樣？這只是我在初始階段所進行的探索，我依然在學習和排練一個複雜角色，在日後我得充當這個角色。打點行裝，準備就緒，付諸行動。米海爾，何時啟程？我已開始厭倦這沒完沒了的等待。你已將雙臂放在方向盤上。是在打盹還是在思考？我說不上來。你總是這樣安詳而自制。米海爾，快起來，快動身。我已經準備多年了。

35

西米卡從幼稚園把亞伊爾接回家。孩子手指凍得發青。他們在大街上碰到了郵差，郵差交給他們一張寄自西奈的軍用明信片。哥哥伊曼紐說，他一切都好，所見所為均堪稱奇蹟。他會在埃及首都開羅再寄一張明信片給我們。祝我們在耶路撒冷一切如意。他沒見到米海爾．沙漠很大，相形之下，我們的內蓋夫像個小沙坑。漢娜，妳是否記得我們小時候和父親一起到傑里科的旅行？下一次我們將去約旦。然後順路到傑里科，再去買燈芯草墊。伊曼紐要我替他吻吻亞伊爾。「盼他長大去消滅敵人。永遠愛他的舅舅，伊曼紐。」

米海爾一點消息也沒有。

我腦子裡有一幅畫面：在無線電台的燈影裡，他雕塑般的面孔上透露出一抹疲倦的責任感。聳著肩膀，緊閉雙唇，彎腰對著發報機，身體縮成一團。後背無疑是朝向蒼白暗淡的一輪新月。

那天晚上，有兩位客人前來看我。

下午，卡迪什曼與格里克先生在哈園里姆街上相遇。從格里克先生那裡，卡迪什曼得知戈嫩太太生病、戈嫩先生從軍的消息，他們立即決定當晚前來看我，看有什麼事需要幫忙。

他們之所以一起來，是因為若是一個男人獨自前來，怕會招致一些閒言碎語。
格里克先生說：
「戈嫩太太，妳一定很難熬。這是非常時期，天氣很冷，妳又是孤身一人。」
與此同時，卡迪什曼先生用他那肥大的手指摸摸我床邊的茶杯。
「涼的。」他聲音沉重，「冰涼冰涼的。親愛的夫人，能否容許我闖進妳的廚房——這個『闖』字當然是要加引號的——給您換杯茶。」
「當然不。」我說，「我是可以下床的。我穿上衣服給你們倒杯咖啡或熱可可。」
「千萬不行，戈嫩太太，那可千萬不行。」格里克先生大為吃驚，他眨著眼睛，好像我傷了他的面子。他緊張得嘴角抽搐了一下。像是兔子聽到陌生聲音時的那種驚悸。
卡迪什曼先生表現出有興趣的樣子。
「我們的朋友從前線寄了些什麼？」
「我還沒接到他的來信呢。」我微笑著說。
「戰鬥已經結束了。」卡迪什曼先生忙不迭地插嘴道，臉上喜氣洋洋的。「戰鬥結束了，在霍雷布荒漠上，一個敵人也沒剩下。」
「麻煩你開個燈好嗎？」我問，「在你左邊。我們幹嘛摸黑坐著？」
格里克先生用拇指和食指翻弄著下唇，目光似乎追尋著從開關傳到天花板燈泡上的電流。他大概覺得自己很多餘，便問：

「要我幫什麼忙嗎？」

「非常感謝，親愛的格里克先生，可我不需要什麼。」

我突然又加了一句：

「你一定也很辛苦，格里克先生，妻子不在身邊……孤身一人。」

卡迪什曼先生在開關旁站立片刻，似乎在懷疑自己的行動結果，未能確信他是否已完全成功把燈打開。接著便回來坐下。他做此事時像是在思考什麼，彷若身子大、顱骨小的史前動物。我突然發現卡迪什曼先生的臉上有幾分蒙古人特徵：寬而平的顴骨，相貌既粗糙又細緻，韃靼人的腦袋。米海爾．斯卓果夫狡猾的審訊者。我朝他微微一笑。

「戈嫩夫人，在這些具有歷史意義的日子裡，我極其詳細地思考了這件事：弗拉基米爾．雅伯汀斯基㉞的徒子徒孫雖陷於困境，但其學說卻得到了偉大成功。極偉大的成功。」

他似乎是帶著某種內在的寬慰講這些話的。我很喜歡聽他說話：有苦難，但漫長的苦難過後終會得到回報。我在腦海裡將他的韃靼腔翻譯成自己的語言。為了不讓我的沉默惹他生氣，我說：

「時間會說明一切。」

「它已經說明了。」卡迪什曼說，稀奇古怪的臉上帶著勝利者的表情。「這些重大時日已經清清楚楚、毫不含糊地把什麼都告訴了我們。」

同時，格里克先生已準備好了我剛才說到、現已忘記的問題的答案。

「我那可憐的杜芭，她正在接受電療。據說還是有希望的，他們說，人千萬別絕望。要是情況允許……」

他一雙大手揉搓著那頂破帽子，稀疏的鬍鬚像小動物似的抖動。他聲音顫抖，想要得到不屬於他的體諒。絕望是一種致命的犯罪。

「會好起來的。」我說。

格里克先生說：

「但願如此。真的，但願如此。噢，好大的一場災禍。這是為什麼啊？」

卡迪什曼先生說：

「從今以後，以色列國家將會發生變化。用比亞利克㉟的話說，這一次巨斧終於握在了我們手中。基督教世界迎來了它的起點，怒吼著，質問在這個世界是否有正義？正義何時出現？以色列不再是「打散的羊」㊱，不再是七十隻惡狼中的一頭母羊，或是屠夫手中的羔羊。夠了，「身在狼群中，就做一隻狼吧！」這一切就像雅伯汀斯基在他的預言小說《大利

㉞弗拉基米爾．雅伯汀斯基（Vladimir Jabotinsky,1880-1940），猶太復國主張和運動領袖，新聞記者，演說家，作家。

㉟比亞利克（Bialik,1873-1934），現代希伯來文著名詩人。

㊱見《舊約．耶利米書》50：17。

拉序曲》中所提到的一樣，妳讀過雅伯汀斯基的《大利拉序曲》嗎，戈嫩夫人？這本書很值得一讀。尤其是現在，我們的部隊正在追擊法老潰敗的軍隊，大海的海水還沒有向兩邊劈裂以便給埃及人讓路㊲。」

「可你們為什麼穿著大衣坐在那裡？我起來把電熱器打開，去弄點喝的。請把大衣脫了吧。」

格里克先生像是受到申斥一般，慌忙站起來。

「不不，戈嫩夫人，別起來。絕對沒這個必要。我們只是……來看看妳。我們得趕緊走了。請不要起來，不必開電熱器。」

卡迪什曼先生說：

「我也得走了。我只是開會路過此地，看看有什麼事需要幫忙。」

「幫忙？」

「萬一需要什麼東西。或是處理什麼事情……或者……」

「謝謝你的好意，卡迪什曼先生。像你這樣真正的紳士已經不多了。」

他那蜥蜴般的臉上一亮，並許諾說：「明後天我再來看看我們親愛的朋友寫信說了些什麼。」

「你一定得來啊，卡迪什曼先生。」我笑道。我的米海爾對朋友的選擇真教我驚訝。

卡迪什曼先生使勁地點點頭。「既然妳明白地邀請我，我是肯定會來的。」

「祝妳早日康復。」格里克先生說，「有事情的話，我可以幫妳跑跑腿，買買東西……妳有什麼事嗎？」

「格里克先生，你真好。」我回答說。他目不轉睛地盯著破帽子，沉默不語。兩位上了年紀的人已站到房間的另一頭，待在盡可能遠離我的床，伸手即可推開房門的地方。格里克先生看到卡迪什曼先生的大衣後面有根線頭，幫他拿掉。外面輕風習習，像死亡一般沉寂。廚房裡傳來冰箱發動機的聲響，好像它突然活了起來。我又一次讓那同樣的寧靜、清醒的意識衝擊著，感到我馬上就該死去了。多麼蕭瑟的思想。一個心理正常的女人是不會對死亡無動於衷的。死亡與我毫不相干；近在咫尺卻又那麼陌生。站在遠處的熟人和我毫無關係。我覺得自己得趕快說點什麼，覺得不該對朋友道別，不該讓他們現在就走。大概今夜就會下第一場雨。我當然還不是個老太太，我知道自己仍舊很美。我得趕緊起來穿上衣服，我必須弄些咖啡和可可，拿些蛋糕，聊天，投入，感興趣；我也受過教育，我也有自己的見解和想法——可是突然，喉嚨裡有什麼東西一緊。

「你們都這麼急嗎？」我說。

「很抱歉，我得走了。」卡迪什曼先生說，「格里克先生沒事的，要是他願意可多待一

㊲見《舊約．出埃及記》第十四章。

會兒。」

格里克先生往脖子上繫著厚圍巾。

老朋友，現在不要走，不能把她一個人孤零零地留在這兒。坐到椅子上，脫掉大衣，放鬆一下。我們要討論政治和哲學，交流對宗教信仰與正義的看法。我們會在友好的氣氛中侃侃而談。我們一起喝點什麼。不要走，她害怕一個人孤零零地待在房間裡。留下來，不要走。

「祝妳早日康復，戈嫩太太，晚安。」

「你們這麼快就走了，一定是我太乏味了。」

「絕對不是，別這麼想。」二人急忙異口同聲地說。

這兩位都很虛弱，孤零零的，年事已高，不習慣探望病人。

「街上沒什麼人。」我說。

「願妳好起來。」卡迪什曼先生重複道。把帽子拉過額頭，好像突然要擋住冥冥之光。

格里克先生離開時說：

「別急，戈嫩夫人。著急不好。會好起來的，一切都會像他們所說的那樣好起來的，真的是這樣的。妳笑了，真高興看見妳笑了。」

客人們走了。

我立即打開收音機，理平床單。我是不是已患上某種傳染病了？為什麼兩位老朋友到來及離開時都忘了要與我握手？

收音機報導說，攻克半島的行動已經完成。國防部長宣布，約特巴特島，通稱蒂朗，已回到以色列第三王國的懷抱。漢娜·戈嫩又將成為伊芳·阿祖萊。但我們的目的是和平，部長以他獨有的雄辯之風說道。如果在阿拉伯軍營內，理性能戰勝頑固的報復心態，經歷漫長等待的和平就會到來。

比如說，我的雙胞胎。

在桑海卓亞，松柏在微風中來回擺動，一會兒挺直，一會兒彎曲。依我淺見，任何一種曲張都是巫術。它流動，但是又很冷靜、優閒。幾年前，在塔拉桑塔學院的一個冬日，我記下希伯來文學教授那充滿傷感的詞句：從亞伯拉罕·瑪普到佩雷茨·斯默倫斯基，希伯來文學啟蒙運動經歷了一個痛苦的轉化過程，經歷了失望與幻滅的危機。夢幻破滅之後，敏感的人們折而不彎。「毀壞你的、使你荒廢的，必都離你出去。」《以賽亞書》中的這句詩真有雙重含意，教授說：首先，希伯來啟蒙運動所植根的思想形態，最終卻因其導致它的毀滅。其次，許多優秀人才在異域文化中汲取營養。批評家亞伯拉罕·尤利·考文納㊳是個悲劇性人

㊳亞伯拉罕·尤利·考文納（Abraham Uri Kovner,1842-1909），現代希伯來文學批評家。

物。他像一隻蠍子，當有火光包圍時，就把螫刺插在自己的後背上。十九世紀七、八〇年代有種壓抑性的情感在惡性循環。倘若沒有反對現實的夢想家和鬥士，或甚至現實主義者，我們就沒有復興，將幾乎走向毀滅。但夢想家總會取得偉大的成就，教授總結道。我沒有忘記。龐大的翻譯任務在等待著我！我得把這轉化成自己的語言。我不想死。漢娜·格林鮑姆·戈嫩·字頭ＨＧ的拼寫在希伯來文中意為「節日」。要是她整個一生能是一個長長的節日就好了。我的朋友，塔拉桑塔那位好心的圖書管理員，總是戴著一頂便帽，同我打招呼、鬥嘴的朋友，現在已經長眠不醒了。剩下的只有詞語。我厭倦詞語。多麼廉價的誘惑。

36

第二天早晨，收音機報導說第九縱隊奪得了沙姆沙伊赫海岸的大炮，擊潰了長年來對我國海運的封鎖。從現在開始，新的地平線，向我們敞開了。

烏巴赫醫生那天早晨也有一個消息需要宣布。他露出滿含憂鬱和同情的微笑，聳動著瘦小的肩膀，好像對自己的話不以為然。

「現在可以稍微走動走動、做點事情了。精神負擔不要過重，喉嚨不要用力，平靜地對待客觀現實。祝妳早日康復。」

米海爾走後，我第一次起床並走出家門。好大的變化，就像某種高亢刺耳的聲音突然一下子停息下來，就像外面終日發出顫音的馬達在天黑之前突然停止了運作。這聲音你在白天意識不到，只有當它停下來你才能感覺到。突如其來的沉寂。它存在過，現在它已停息下來。它已停息下來，所以它曾經存在過。

我辭掉女僕。給諾夫哈倫的母親及嫂嫂寫了一封家書報平安。烤了奶酪蛋糕。中午，我打電話給耶路撒冷的軍事信息辦公室，詢問米海爾的部隊目前駐紮在什麼地方。對方頗為禮貌地致歉說道：多數部隊正在向前挺進。戰地投遞狀況不可靠。不必焦慮。「米海爾・戈嫩」的名字在任何名單中都沒有出現過。

這是白費力氣。我從藥店回來後，看到信箱裡有米海爾寄來的一封信。從郵戳上看，信被耽擱了。米海爾一開頭就急切地詢問我的健康狀況，問孩子和家裡情況。接著便告訴我，除了因飲食不好造成胃灼熱有些加重、除了第一天就把眼鏡打碎之外，他身體很好。米海爾遵守軍事審查制度，未說明他的部隊現今在何處，但設法暗示出，他的軍團絲毫沒有行動，而是在國內負責安全問題。最後他提醒我，亞伊爾要在星期四去看牙醫。

星期四，正是明天。

第二天，我帶亞伊爾前去史特勞斯健康中心，地方牙科診所就在那個地方。我們鄰居的兒子約拉姆·凱尼瑟陪我們走了一段路，因為他的青年會正好在診所附近。約拉姆笨拙地解釋說，他很遺憾地聽說我生病了，見到我已經痊癒他非常高興。

我們在一個賣煮玉米的攤子前停下來，我主動要買給亞伊爾和約拉姆，但約拉姆認為還是拒絕的好。他的拒絕聲音很弱，幾乎聽不見。我對他不太客氣，問他為什麼看上去這麼神情恍惚、心不在焉，是不是愛上了班上的哪個女孩？

我的問題逼得約拉姆額頭上沁出許多小汗珠。他想擦臉，可是不行，因為他的雙手被我買給他的玉米弄得又髒又黏。我緊盯著他，目的是要他更加尷尬。屈辱與絕望激起這個年輕人一陣神經質的無禮，他朝我轉過陰鬱痛苦的面龐，結結巴巴地說：

「戈嫩太太，我沒有和班上的任何女同學有瓜葛，也沒和任何女孩子有瓜葛。對不起，我不願意對妳沒禮貌，但妳確實不應該問這個問題。我是不問的。愛情及諸如此類的東西總是……隱私。」

時值耶路撒冷的晚秋。天上沒有雲，但也不明朗，就是秋天的那種顏色：灰藍，好似公路與舊石頭房子的顏色。這顏色恰到好處。我再一次意識到，此情此景絕對不是第一次出現。以前我來過此地，經歷過這種情形。

我說：

「約拉姆，對不起。我差點忘了你上的是猶太教學校。我太愛打聽閒事。我沒理由分享你的祕密。你十七歲，我二十七歲。我在你眼中自然像個醜老太婆。」

這一次惹得年輕人比剛才更加痛苦。他故意不正眼看我，慌亂之餘撞到了亞伊爾，差點把他撞倒。他開始說話，但一時沒找到合適的字眼，最後便放棄了這種努力。

「老了？妳……恰恰相反，戈嫩太太，恰恰相反，我是說……妳對我的事情感興趣，而且……和妳在一起，我有時……不。當我試圖用語言表達時，卻適得其反。我的意思只是……」

「約拉姆，冷靜點。你不需要說出來。」

他是我的。他的一切都是我的。他任我擺佈。我可以在他臉上描摹出我所喜歡的一切表情。就好像是面對一張白紙。多少年來我一直喜歡玩這種殘忍的遊戲。於是我變本加厲，津津有味地品嘗著發自內心的笑聲。

「約拉姆，不，你不需要說出來。你可以寫信給我。不管怎樣，你幾乎說出了一切。順便問一下，是否有人對你說過你有一雙漂亮的眼睛？如果你多一點自信，年輕的朋友，你真的會讓人動心。我要是像你那麼年輕，而不是個老太婆，真不知能否抗拒對你的愛。你是個非常可愛的孩子。」

我的目光一刻也未離開他的臉。我享受著他的驚悸、渴求、痛苦及瘋狂的希望。我陶醉了。

約拉姆結結巴巴地說：

「戈嫩太太，請別……」

「漢娜，你可以叫我漢娜。」

「我……我尊重妳，而且……不，尊重這個詞不對。而是……敬重，還有……關切。」

「約拉姆，為什麼要抱歉呢？我喜歡你。被人喜歡並非罪過。」

「妳讓我懊悔不已，戈嫩太太……漢娜……我現在什麼也不說了，不然以後會後悔的。對不起，戈嫩太太。」

「約拉姆，說下去。我不相信你會後悔。」

亞伊爾這時插了嘴。他嘴裡塞滿了玉米，叫道：

「後悔——那是英國人。獨立戰爭時，他們站在阿拉伯人那邊，現在他們已經後悔了。」

約拉姆說：

「戈嫩太太，我該轉彎了。我收回剛才對妳說過的話，請妳原諒。」
「等一下，約拉姆。我想請你幫忙做點事。」
「我們在霍隆時，爺爺扎爾曼還活著，他對我說，英國人是像蛇一樣的冷血動物。」
「好的，戈嫩太太，妳要我為你做什麼呢？」
「媽媽，為什麼說蛇是冷血動物呢？」
「就是說牠們的血不是熱的，是冷的。約拉姆，我想麻煩你……」
「為什麼蛇的血不是熱的呢？為什麼除了英國人，人的血都是熱的呢？」
「戈嫩太太，請妳別生我的氣。我大概說了一些傻話。」
「因為有些動物由心臟泵擊血液並使之發熱，我也解釋不清。你不要折磨自己了，約拉姆。我像你這個年齡時，渾身充滿著愛的力量。令天或明天某個時候我再找你談。亞伊爾，安靜一會兒，別嘮嘮叨叨了。爸爸囑咐過你多少次了，在別人說話時別插嘴。令天或是明天，這是我想請你幫忙的。我要和你聊聊，我想給你一些建議。」
「我才沒有插嘴。是約拉姆先插嘴的，我說話時他插了嘴。」
「現在，沒必要再折磨自己。約拉姆，再見。我不生你的氣，你也別生自己的氣。亞伊爾，我已回答了你的問題。就是這麼回事。我沒辦法解釋世上的一切。怎麼樣？為什麼？何時？何地？『奶奶要是長了翅膀能夠飛翔，她就會成為天上的老鷹。』你父親回來後，他會向你解釋一切，因為他比我聰明，他什麼都知道。」

「爸爸並不是什麼都知道，但爸爸不知道的時候，他會對我說他不知道。他不會嘴巴說他知道但又不會解釋。那是不可能的，任何事你只要知道，你就能夠解釋。我說完了。」

「多謝了，亞伊爾。」

亞伊爾扔掉嚼剩的玉米棒，仔細在手帕上擦著兩隻手。他強忍住氣，默不作聲。就連我慌張地問他出門時是否關掉了煤氣時，他也一言不發。我恨他這股頑固的傲氣。到了診所，我把他硬推向牙醫椅子，即便這樣他也沒有抗拒。自從米海爾向他解釋他的牙根蛀得多麼厲害之後，亞伊爾便表現出一副明理的樣子，完全合作。牙醫總是對他感到震驚。而且，鑽子以及其他牙科用具激起了孩子強烈的好奇，讓我感到作嘔：對蛀牙著迷的五歲孩子會長成一個討厭的人。我恨自己竟產生這種念頭，但又無法擺脫它。

當醫生替亞伊爾看牙時，我坐在走廊的矮凳上，腦子裡盤算著該對約拉姆說些什麼。首先，我將設法引出不停折磨著他的內心話。我知道，自己在這方面會輕而易舉地取得成功。所以，我將再次重溫那股尚未完全喪失的力量。即使這種力量已經遭到時光的衝擊，遭到時光那蒼白而精確的手指的蹂躪、腐化與損害。

當我得到所嚮往的支配權之後，我打算說服約拉姆選擇一種冒險的生活。也就是鼓勵他去做一個詩人，而不要去做聖經老師。也就是說，將他猛地推向彼岸。也就是說，最後一次讓最後一個米海爾・斯卓果夫服從一個廢黜的女王的意願，完成她的使命。

除了表示友好的一般遣詞用字外，我打算什麼也不給他，因為他是個溫柔的男孩子，我在他身上尚未發現奇妙的靈活力量，也未發現深藏著的澎湃激情。

結果，這些計畫全都白費了。男孩並未遵守他滿懷痛苦的諾言前來看我，想必是我在他身上攪起的恐慌征服了他。

那個月底，一家沒沒無名的雜誌發表了約拉姆的一首愛情詩。與他以前的詩不同，這一次他竟敢說出女人身上的幾個部位。這個女人是波提乏㊴之妻，她暴露她身體的某些部位，來引誘正直的約瑟。

正統派猶太教中學校長立刻召凱尼瑟夫婦去談話。他們為避免出亂子，決定讓約拉姆轉到南方正統派猶太教一個基布茲的教育機構，完成最後一年的學業。我是後來才聽說詳情的。也是在後來，我才讀到描寫正直約瑟的苦楚的大膽詩歌。這首詩裝在一個普通信封內，上面用大寫字母印著我的名字，寄到了我這裡。它詞藻華美，精雕細琢，是情緒低落之際肉體的痛苦吶喊。

我承認自己的失敗。約拉姆將來要去上大學，最終去教《聖經》和希伯來文。他不會成

㊴《舊約》中埃及法老的侍衛長，買約瑟為奴。見《舊約．創世紀》第三十七章。

為詩人。也許他偶爾會寫幾首學究式的詩，寫在彩色賀年卡上，每逢新年時寄給我們。我們，戈嫩一家，將回覆約拉姆和他年輕的家庭一張賀年卡。時間是一種永恆的存在，一種高度凝固了的清晰存在，對約拉姆和我充滿敵意，預示著不祥。

實際上，我們那位歇斯底里的鄰居格里克太太已將一切都決定好了。她被帶進療養院之前，曾在院子裡辱罵約拉姆。撕開他的襯衣，摑他的臉，罵他好色鬼、偷窺狂、不正經。

但失敗者卻是我。這是我最後一次的努力。冷酷的現實比我要強大。從現在開始，我將偃旗息鼓，休養生息，隨波逐流。

37

第二天晚上，我正在幫亞伊爾洗澡洗頭時，一個渾身塵土的瘦子來到了門口。由於水流聲和亞伊爾的說話聲，我沒有聽見他進來的聲響。他穿著襪子站在浴室門口，也許一直站在那兒靜靜地盯了我好幾分鐘，我才注意到他。我震驚地叫了一聲。他把鞋子脫在走廊，為的是不把泥土帶進屋子。

「米海爾。」我本想報以溫柔的微笑，但這個名字衝出喉嚨時我卻硬咽了。

「亞伊爾，漢娜，晚安。見到你們都很健康真是太好了。我回來了。」

「爸爸，你殺阿拉伯人了嗎？」

「沒有，我的孩子。正好相反。猶太人的軍隊差點兒把我殺了。以後我再告訴你這件事。漢娜，你最好給孩子擦乾身子，穿上衣服，別凍著。水冰得很。」

米海爾服役的後備軍尚未解散，只有米海爾一個人提前獲得解脫，因為他們粗心地多招了兩名通信士，因為眼鏡打碎後他已無法從事通信工作，因為無論如何整個軍營兩天後就要解散，也因為米海爾生了一點小病。

「你病了！」我提高聲音，好像是在譴責他。

「只是一點小病，妳沒必要大喊大叫，漢娜。妳能夠看到我在走路、說話和呼吸。只是一點小毛病，很明顯，是中了某種腸胃型病毒。」

「我只是吃驚而已，米海爾。我不再說了，我不說了。好了，不哭了，已經過去了。我想你。你走時，我生著病，脾氣很壞。現在我病好了，我要好好待你，我需要你。你去洗澡，我把亞伊爾安頓到床上去。我要為你做頓豐盛的晚餐，鋪上白桌布，放上一瓶酒，作為今晚的開始。你看，我真傻，我把這驚喜的氣氛給破壞了。」

「我想今晚還是不要喝酒吧。」米海爾充滿歉意地說，臉上布滿安詳的微笑。「我身體不大舒服。」

洗完澡後，米海爾打開帆布背包，把髒衣服扔到洗衣籃中，將一切東西放好。他用厚毯子裹住自己，牙齒直打顫，要我原諒由於他的不適攪亂了我們相見後的第一個夜晚。

他表情很怪。沒有了眼鏡，他讀報很困難。他關上燈，轉身面向牆壁。夜裡，有好幾次我醒來時，覺得聽到了米海爾的呻吟聲，抑或是在打嗝。我問要不要替他倒杯茶。他謝絕了，但我仍起床倒了些茶，要他喝下去。他順從地喝了下去，又發出既不是呻吟也不是打嗝的聲音，好像非常噁心。

「米海爾，會痛嗎？」

他否認說：

「不，不痛。去睡吧，漢娜。我們明天再說。」

第二天早晨，我把亞伊爾送到幼稚園，請了烏巴赫醫生。烏巴赫醫生邁著碎步走了進來，憂鬱地微笑著，宣布我們必須到醫院去做緊急檢查，並以慣用的安慰辭令作結：

「就算遭遇任何可以想像的極端狀態，人類也不會就那樣輕而易舉地死掉。祝你早日康復。」

坐計程車去沙阿茲迪克醫院的路上，米海爾試圖用玩笑驅散我的愁雲：

「我感覺自己就像是蘇聯電影中的戰爭英雄。差不多吧。」

接著，他停頓了一下，說倘若情況惡化，就讓我打電話給台拉維夫的傑妮雅姑媽，告訴她說他病了。

我依然記得。我十三歲那年，父親約瑟・格林鮑姆病得奄奄一息。他死於癌症。臨終之前的幾個星期，他的形容日漸枯槁，皮膚萎縮浮腫，雙頰凹陷，頭髮一把一把地脫落，牙也壞了，人似乎每小時每小時地萎縮。最可怕的是他的嘴向裡凹陷，一直帶著狡黠的微笑，好像他的病是一場成功的惡作劇。實際上，父親在最後的日子裡始終堅持一種勉強的詼諧。他告訴我們，當他年輕的時候，還住在波蘭的克拉科夫時，他就一直對死後的生命問題極感興趣。有一次，他甚至用德文寫信給馬丁・布貝爾教授詢問這個問題。還有一次，他在一家大報的讀者投書版中得到了一種答案。再過幾天後，他將親自體會死後的生命，屆時他必然能夠得到最可靠而權威的答案。父親手裡拿著布伯爾教授用德文手寫的回信，教授在回信中寫道，我們靠子孫與作品來延續生命。

「作品不敢說，」他乾癟的嘴喃喃地說，「但我有孩子。漢娜，妳覺得妳是我靈魂或肉體的延續嗎？」

他立即又加上一句：

「我不過是開個玩笑。妳個人的情感是妳個人的。諸如此類的問題早就有人說過是找不到答案的。」

父親死在家裡。醫生認為把他送到醫院是不妥的，因為人已經沒指望了，他自己也清楚，醫生們也知道他明白這一點。醫生給他一些止痛藥。在最後的日子裡他表現出一種極為奇異的鎮靜，好像一輩子都在準備著死亡那一天的來臨。最後一個早晨，他身穿棕色睡袍坐在扶手椅上，解英文報紙《巴勒斯坦郵報》上的有獎字謎。中午，他出去到郵筒那裡把答案寄出。回來後他走進自己的房間，關上房門，沒有上鎖。他背朝門口，靠在窗台上死去了——其用意是不想讓他的親人看到一幅不愉快的畫面。當時，哥哥伊曼紐已參加了距耶路撒冷很遠的一個基布茲的地下組織，母親和我則去了美容院。那天早晨，從前線傳來小道消息，史達林格勒一戰使戰爭進程產生了戲劇性變化。在遺囑中，父親為我的婚禮留下了三千鎊，但如果伊曼紐哥哥放棄基布茲的生活，那時我得把錢分給他一半。父親是個十分節儉的人。他也留下了一疊約十二封左右的名人書信，這些信是他們對他那一系列理論問題的答覆，其中兩三封的確是出自世界知名人士之手。父親也留下一本密密麻麻的筆記本，剛開始我還以為他有祕密記下思想心得與觀察體驗的習慣，後來我意識到，筆記本上是他多年來從大人物那裡聽來的字句。例如，在一次從耶路撒冷去台拉維夫的路上，他與同坐一節車廂的海．烏希什金交談，聽到烏希什金這樣說：「儘管在任何行動中都有懷疑的必要，但是人們的行動必須勇往直前。」我發現了父親在筆記中記下的這些話，出處、日期以及有關事項都放在括弧中。父親是個兢兢業業的人，處處留意各種暗示與徵兆。他從不覺得自己內心對權威力量的服膺，是一種降低自尊的表現。我愛他勝於愛世上的任何人。

米海爾在沙阿茲迪克醫院住了三天，身體出現了早期胃病的症狀。幸好烏巴赫醫生警覺，病情才能得到早期診斷。從此，米海爾禁食某些食品。一週之後他就可以像平常一樣去工作了。

一次去醫院的路上，米海爾履行諾言給亞伊爾講起了戰爭。他講到子彈，講到伏擊，講到警報。不行，他沒辦法回答作戰本身的具體問題。「真可惜，爸爸不能到海法港去抓埃及敵人，沒有去加薩，也沒有降落在蘇伊士運河附近。爸爸既不是飛行員，也不是傘兵。」

亞伊爾表現出一種體諒：

「因為你不太合適，所以他們把你留下來。」
「你認為誰適合打仗呢，亞伊爾？」
「我。」
「你？」
「等我長大。以後我要做一名強壯的士兵。我比操場裡許多大孩子都強壯。軟弱沒有好處，就像在操場裡的時候一樣。我說完了。」
米海爾說：
「兒子，你必須明白事理。」
亞伊爾靜靜地想了想。比較，對照，歸納。他很嚴肅，聚精會神。最後，脫口而出：
「明白事理，這不是強壯的反義詞。」
我說：
「身強體壯、明白事理的男人是我喜歡的男人。我希望有朝一日遇到一個身強體壯、明白事理的男人。」
米海爾當然是報之以微笑，默不作聲。
我們的朋友接踵而至。他們經常前來拜訪。格里克先生。卡迪什曼先生。地質學家們。我最好的朋友哈達莎和她的丈夫阿巴。最後還有米海爾的金髮女性友人雅德娜。她與聯合國應變部隊的一位官員一同前來，一個加拿大的大個子。我目不轉睛地看著他，就連雅德娜也注意到我在看他，有那麼兩次她對我微笑。她在床邊彎下腰，吻了吻米海爾瘦削的手，好像他就要死了。她說：

「米海爾，振作起來。你不該得這些病。我真為你感到震驚。你信不信，我已交出了報告，甚至報名要參加期末考試。慢慢來，你一定會好起來的，米海爾，對不對？為期末考試幫我一把，好嗎？」

「一定一定，」米海爾笑著回答，「我當然會了。我為妳感到高興，雅德娜。」

雅德娜說：

「米海爾，你真棒。我從沒見過像你這樣聰明可愛的人，快點好起來吧。」

米海爾身體復原了，重新開始工作。在漫長的中止之後他重新繼續他的論文。夜間，他的身影又一次活動在隔開書房與我臥室的毛玻璃上。十點鐘，我為他倒了一杯茶，沒放檸檬。十一點鐘，他休息片刻聽最後一次新聞廣播。接著，他的影子在牆上舞動、翻滾：開抽屜，翻動紙張，趴在書桌上，伸手拿書。

米海爾的眼鏡修好拿回來了。莉亞姑媽送了他一支新菸斗。哥哥伊曼紐從諾夫哈倫送來一簍蘋果。媽媽為我織了一條紅圍巾。我們的波斯菜商伊萊賈・莫西阿從部隊回來了。

§

最後，十一月中旬，盼望已久的雨水終於來臨。由於戰爭，那年的雨季很遲。它夾雜著暴力與狂怒往下降落，擊打著城市。四周濕答答的。排水管傳來沉悶的嘩嘩聲。我們的後院濕得讓人進不去。寒風在夜間吹打著百葉窗，廚房陽台外面佇立著光禿禿、沙沙作響的老無花果樹。但松樹卻豐滿起來，開始發綠，發出動聽的歌吟，從不把我一個人孤零零地扔在一旁。街上行駛的車輛在濕透的柏油馬路上發出悠長的低鳴聲。

每星期兩次，我去參加由母親工作者協會舉辦的高級英語培訓班。雨停的間隙，亞伊爾在屋外水窪裡玩戰艦和驅逐艦的遊戲。他現在對大海有一種奇怪的嚮往。我們被雨關在屋子裡時，地毯和扶手椅就被當成了大海與海港，骨牌成了他的艦隊。大海戰在起居室進行，一艘埃及驅逐艦在大海中燃燒，機關槍口噴著火，艦長做出決策。

有時，我要是早早地做好了晚飯，也去和他一起玩。我的粉餅盒是艘潛水艇。我是敵人。有一次，我突然充滿深情地抱住亞伊爾，發狂地吻著他的頭，因為在那一刻，亞伊爾在我眼中像一個真正的艦長。結果我立刻被逐出遊戲和屋子。兒子又一次表現出陰沉的傲氣：只有當我處在一種無動於衷的超然狀態，才被允許參加他的遊戲。

也許是我錯了。亞伊爾正在表現出冷酷的權力慾，這並非米海爾遺傳給他的，也並非我遺傳的。他對事物的記憶能力常常今我驚愕不已。他依然記得哈桑薩勒姆幫以及他們從特拉哈里什對霍隆的襲擊，這是一年半以前爺爺耶海茲克爾在世時對他說起的。

幾個月以後，亞伊爾將從幼稚園轉到小學。我和米海爾決定送他上貝特哈凱倫小學，而不是附近的塔赫凱莫尼傳統派猶太教男子學校。米海爾決心讓我們的兒子接受改革教育。

樓上鄰居凱尼瑟一家以彬彬有禮的敵意對待我。他們依然屈就著回應我的問候，卻不肯讓小女兒下來借熨斗或烤盤了。

格里克先生每隔五天就來看我們一次。《希伯來大百科全書》他已讀到了「比利時」這一項。他可憐的妻子杜芭的哥哥是安特衛普的鑽石商。格里克太太治療得不錯，醫生保證四、五月份就可以讓她出院。這位鄰居對我們感激不盡。除宗教日報《觀察》週末增刊外，他還送給我們一包大頭針、紙夾、透明膠帶以及外國郵票。

米海爾終於成功地激起了亞伊爾的集郵興趣。每星期六早晨他們都投身於集郵活動中。亞伊爾把郵票浸在水裡，小心翼翼地剝下郵票上的紙，在格里克先生送給他的一大張吸墨紙上吸乾。米海爾再把乾郵票整理好，將其貼在集郵冊裡。在此同時，我往留聲機裡放唱片，蜷進扶手椅裡，疲倦的雙腳放在身下，織毛衣，聽音樂，放鬆。透過窗戶能看見隔壁的女人往陽台欄杆上晾被子。我沒有思想，沒有感覺。時間是一種強有力的存在。我故意不理睬它，目的是想貶損它。我對待時間的方式恰恰與年少時對待粗魯男人無禮目光的方法一模一樣：我並不避開目光或掉轉頭去，而是露出輕蔑的冷笑。避免恐慌或尷尬。好像在說：

「誰怕誰！」

我知道，我承認，這是一種可悲的防衛。但是欺騙本身更加可悲和醜陋。我並無奢求，只是希望玻璃應該保持透明。聰明漂亮、身穿藍外套的小女孩。患有靜脈曲張、佝僂著背的幼稚園老師。在此之間，伊芳·阿祖萊在無邊無際的大海上漂流。我只希望玻璃應該保持透明。別無他求。

38

耶路撒冷冬天的安息日陽光明媚，天空呈現出深湛、黝黑、濃烈的藍色，而不是普通的天藍色，好像是大海湧到陸地並倒懸在城市上空。這是一種清澈絢麗的純淨。無憂無慮的鳥兒唱著歡樂頌，沐浴著陽光。遠處山巒、建築、樹木彷彿在不停地跳動。造成這種現象的原因是因為濕氣蒸發，米海爾這樣對我解釋說。

在這樣的安息日，我們通常早早地吃過早飯，出去走一段路。我們離開傳統派猶太教教民居住區，散步到特勒皮特田野，或埃因凱倫，或馬拉哈，至吉瓦蕭爾。中午時分，我們在一片樹叢中歇息吃午飯，夜幕降臨之後我們乘安息日之後的第一趟公車回家。這些日子是如此的平靜。偶爾，我想像著耶路撒冷將其所有的隱藏部分照亮並展現在我的面前。我沒有忘記，藍光是一種短暫的幻覺，群鳥即將遠翔。但現在我已經學會了對這一切不理不睬。孤獨地漂泊。沒有抗拒。

一個安息日的旅行途中，我們巧遇我年輕時的一位希伯來文學老教授。在費了好大一番功夫之後，教授終於記起了我，把名字與面孔對上了。他問：

「親愛的女士，妳打算給我們一個什麼樣的祕密驚喜呢？一本詩集嗎？」

我沒有回答。

教授沉吟片刻，親切地微笑著：

「我們的耶路撒冷是一座多麼奇妙的城市啊！難怪會成為數代人在抑鬱不平的流亡生涯中所神往的所在。」

我表示贊同。我們握手道別，米海爾祝願老人健康。教授微微躬身向空中揮揮帽子。這次會面令我非常高興。

我們採了一束束野花：毛莨、水仙、仙客來、銀蓮。一路上我們走過廢棄的建築工地，在潮濕的灰石投下的陰影中休息，遠眺沿海平原、希伯崙山麓、朱迪亞沙漠。有時我們玩捉迷藏或抓人遊戲，追逐，嬉笑。米海爾十分快樂，無憂無慮。有時他的話語會表現出滿腔熱情，比如：

「耶路撒冷是世界上最大的城市。妳只要穿過兩三條街，就會走到另一個大陸、另一個時代、甚至另一種氣候之中。」

或者是：

「這地方真漂亮啊，漢娜。妳在這兒真美，我憂愁的耶路撒冷美人。」

亞伊爾對兩個話題尤為感興趣：獨立戰爭作戰情況以及公車路線網絡。

對於前者，米海爾堪稱是個資料庫。他用手指指點點，在地形圖上確認目標，在地上畫出作戰計畫，並借助樹枝和石塊加以說明。阿拉伯人在這兒，我們在這兒。他們試圖從這裡突破，我們攻其項背。

米海爾覺得，應該對孩子解釋一下錯估敵情、戰略失誤及失敗是怎麼回事。我也邊聽邊學，我對耶路撒冷的戰爭知之甚少。曾一度歸屬雙胞胎父親拉希德．沙哈達所有的別墅，現已移交給了衛生機構，變成兒科診所。空地上建起了一個住宅區。德國人和希臘人拋棄了他們在耶路撒冷的殖民地，新居民搬了進來，佔了他們的地盤；男人、女人和孩子搬進了耶路撒冷。這不是耶路撒冷的最後一次戰爭，我從老朋友卡迪什曼先生那裡聽說了此話。我自己也意識到，某種神祕力量正在焦躁地成形、膨脹、波動、躍躍欲出。

我很驚詫於米海爾的解說才能，他用簡單的語言就能描述複雜的事情，幾乎不用任何形容詞，我也驚詫於亞伊爾偶爾提出的嚴肅而又聰明的問題。

在亞伊爾眼中，戰爭是一場極其複雜的遊戲，向我們展示了一個有系統、有條理的迷人世界。丈夫和兒子都把時間看成繪圖紙上一串同等大小的正方形，它們提供了支撐線條與形狀的框架。

根本用不著向亞伊爾講述戰爭的動機，它們不言而喻，就是征服與統治。孩子的問題只盯住了事件的發展順序：阿拉伯人，猶太人，山丘，深谷，廢墟，公路，戰壕，裝甲兵，行動，突襲，作戰部署。

公車路線網也深深地吸引了我們的兒子，這是由於目的地各異的線路之間具有複雜聯繫。線路的分佈使他產生了一種無情的快意：站與站之間的距離，不同線路的重疊，在市中心會合，又向外圍散開。

在這個問題上，亞伊爾能夠啟發我們。米海爾預言，他會成為客運公司的行控。隨即他又強調說，這當然是在開玩笑。

亞伊爾熟諳運行在每條線路上的公車型號。他很樂於講述不同型號汽車的使用原因：這是陡坡，這是急轉彎，這裡路面很糟。孩子的解說風格酷似他的父親。他們兩人經常使用諸如「因此」、「然而」、「總之」等詞語，以及「可能性極小」等等。

我努力做他們兩人安靜而又專心的聽眾。

想著這樣的畫面：

兒子和丈夫仔細觀察攤在一張大書桌上的巨幅地圖。地圖上標滿了不同的記號，兩個人若是意見一致就插上彩色標籤。在我看來，這些標籤凌亂不堪。他們用德文彬彬有禮地爭論著。兩個人都身穿灰色套裝，素色領帶上別著銀色別針。我疲倦地站在那兒，身穿輕薄破舊的睡衣。他們完全沉浸在工作之中。燈光慘白，但沒有投下陰影。他們的態度表現出聚精會神、一絲不苟的責任感。我插嘴評論或提些要求。他們友善地表示贊同，沒對我的插嘴表示惱怒。他們很高興幫助我，樂於聽從我的吩咐，問我能不能等五分鐘？

也有截然不同的安息日旅行。

我們穿過城市最時髦的地區，熱哈維亞或貝特哈凱倫。我們為自己挑選住房，檢查未竣工的建築，討論不同風格公寓的優缺點。分配房間，決定哪裡該放些什麼，亞伊爾的玩具該放在這裡，這裡是書房，這兒放沙發、書架、扶手椅、地毯。

米海爾說：

「我們該開始存錢了，漢娜。我們不能總是賺多少花多少。」

亞伊爾建議道：

「我們賣掉留聲機和唱片換些錢。收音機裡播放的音樂就夠了。我也不喜歡聽。」

我自己呢？

「我想到歐洲旅行，在家裡裝一部電話，買一輛小車，這樣週末就能夠去海邊。小時候，我們有一個名叫拉希德．沙哈達的鄰居，他是個非常有錢的阿拉伯人，現在他們當然是住在一個難民營了。他們在卡塔蒙有幢房子，那是座別墅環繞庭院而建，房子將庭院緊緊圍在當中。你坐在院子裡可以與世隔絕。我想擁有那樣一棟房子，坐落在岩石與翠柏之中。米海爾，別急，我還沒說完呢。我也想要個女傭，一個大花園。」

「一個穿制服的司機。」米海爾微笑著。

「一艘私人潛水艇。」亞伊爾邁著堅實的小碎步在他身後緩慢地走著。「一個王子加詩人加拳王加飛行員的丈夫。」米海爾加了一句。

亞伊爾思考複雜的問題時眉頭皺得像他父親一樣。他停頓了一會兒，激動地說：

「我想要個小弟弟。艾倫和我一樣大，他已經有兩個弟弟了。我該有一個小弟弟了。」

米海爾說：

「最近，熱哈維亞與貝特哈凱倫的公寓花不了多少錢。但我們要是開始有計劃地存錢，再加上從傑妮雅姑媽那兒借一點，從大學補助基金會借一點，從卡迪什曼先生那裡借一點，這就不是空中樓閣了。」

「是的，」我說，「不是空中樓閣。但我們呢？」

「什麼『我們呢』？」

「空中樓閣。不只是我，你也一樣。你不只是在空中，你甚至在另一個世界上。只有我們的小現實主義者亞伊爾除外。」

「漢娜，妳是個悲觀主義者。」

「米海爾，我累了。我們回家吧。我剛想起要熨衣服，一大堆衣服等著我呢。明天裝修工要來。」

「爸爸，什麼是現實主義者？」

「這個詞有許多含意，我的孩子。媽媽的意思是指做事總是合乎理性、不生活在夢想世界中的人。」

「但是，我在夜裡也做夢呀！」

我輕輕一笑，問：

「你做什麼樣的夢，亞伊爾？」
「就是夢呀。」
「什麼樣的？」
「各種各樣的。」
「比如？」
「就是夢。」

那天晚上我熨衣服。第二天，家裡粉刷一新。好友哈達莎把她的女僕西米卡又借給我兩天。星期三或星期四的時候，冬雨開始降落。排水管咕嚕咕嚕。這曲調既令人憂傷又讓人氣惱。接二連三地長時間停電。街道泥濘不堪。

把家整理清掃過之後，我從米海爾的錢包裡拿出四十五鎊。趁著暴雨停息的空檔進了城。買了新的枝形吊燈。現在客廳裡有水晶燈了。水晶，我喜歡「水晶」一詞，也喜歡水晶本身。

39

每天過同樣的日子，我自己也沒有什麼變化。但，有些東西還是不盡相同，只是我說不上它的名字。

我和丈夫的關係，彷彿是兩個陌生人在一家診所外面偶然相遇，彼此都是去那裡治療身體的不適。兩人都很不好意思，揣摩著對方在想些什麼，感受到一種不安而又窘迫的親密，只能疲憊地尋找某種適度的口氣和對方打招呼。

米海爾的博士論文即將完成，明年他一定有希望成為學術界的名人。一九五七年初夏，他在內蓋夫待了十天，從事考察與實驗，好為研究打下基礎。回來時，他給我們帶了一瓶彩沙。

我從米海爾的同事那裡得知，他正打算在提交論文之後爭取獎學金，以便能夠到美國的大學，去那裡進行理論地質學的進階研究。不過，米海爾不願意把這個計畫告訴我，因為他知道我的弱點。他不願激起我新的夢想，因為夢想很可能隨時被打破，緊接而來的便是失望。

§

麥括巴魯地區多年來讓人感受到了一種漸變。新住宅一直建到西部，鋪上了公路，土耳其時期的建築加上了頗具現代風格的頂樓。市政府在公路兩旁安放了綠色長椅和垃圾箱，興修了一座小公園，以前雜草叢生的空地上建起了小工廠和印刷廠。

老居民逐漸搬出了居住區，政府公務員與代辦處雇員搬進了熱哈維亞或施穆爾鎮，職員和出納們在市區南部政府住宅區買便宜的公寓，紡織商和精品商搬到了洛麥瑪。我們留在這裡守候這條衰敗的街道。這種衰敗曠日持久而又讓人意識不到。百葉窗與鐵柵欄日漸鏽損。一個正統派猶太教承包商在我家對面開鑿地基，卸下一堆堆砂子與石子，接著突然又將工程放棄。或許他已改變初衷，不然就是人已死去。凱尼瑟一家準備離開這棟公寓，離開耶路撒冷，搬到台拉維夫郊區。約拉姆得到部隊的批准，回家幫忙收拾。他遠遠地向我招手。他似乎曬黑了，身穿軍裝顯得很有精神。我不能和他說話，因為他父親板著面孔站在那兒。我現在還能對約拉姆說些什麼呢？

傳統派猶太教家庭搬進了周圍的許多空房子裡。新移民，主要是來自伊拉克和羅馬尼亞，他們也開始到這裡定居。這是一種緩慢的變化。陽台與陽台之間拴起了越來越多的、橫跨街道的曬衣繩。夜裡，可聽見有人大聲罵著髒話。我們的波斯菜商伊萊賈·莫西阿先生把店鋪賣給了總是不斷發脾氣的一對兄弟。就連正統派猶太教學校塔赫凱莫尼的孩子們，在我眼裡，也比舊日更為野蠻粗暴。

五月底，我們的朋友卡迪什曼先生死於腎臟病。他把一小部分遺產捐給了民族黨耶路撒冷支部，把全部書籍送給了米海爾和我，其中包括赫茨爾、諾爾道⑩、雅伯汀斯基、克勞斯納㊶的著作。他的律師奉遺囑拜訪我們，感謝我們待死者十分和善。卡迪什曼先生一直是孤身一人。

也是在一九五七年的夏天，幼稚園園長莎拉．傑爾丁在馬拉哈伊大街被一輛軍車撞倒之後也去世了。幼稚園關門了。我在貿易工業部找了一份做檔案管理員的臨時工作，是好友哈達莎的丈夫阿巴幫我謀到了這個職位。到了秋天，幼時父母的密友、三位老耶路撒冷人也去世了。我以前未提過他們，是因為健忘衝破了我的防線，即使盡最大努力也無法抗拒。我想寫下一切，但不可能將一切都寫下。許多東西無聲無息地消逝了。

九月，兒子亞伊爾開始到貝特哈凱倫小學讀書。米海爾買了一個棕色書包給他，我買了鉛筆盒、削筆刀、鉛筆和尺給他。莉亞姑媽送給他一大盒水彩。外婆和舅舅也送他一本裝訂精美的德．亞米契斯的《愛的教育》。

十月份，我們的鄰居格里克太太出院了。她表現出默默順從的樣子，顯得安靜、平和多了。她人老了，也胖了，失去了那種因未曾生育而具有的雍容、成熟之美。我們再也聽不到那些歇斯底里的發作與絕望的叫喊。接受完漫長的治療之後，格里克太太冷漠順從地回來了。她在我們前院的矮牆上一坐就是幾個小時，看著大街，邊看邊悶笑，好像我們的大街變成了一個幸福、開心的所在。

米海爾把格里克太太比作傑妮雅姑媽的第二任丈夫、演員亞伯特・克里斯賓。他同她一樣，也是一度精神崩潰，神智恢復過來後也變得全然麻木。在納哈里亞的療養院裡住了十六年，除睡覺、吃飯、發呆之外無所事事。傑妮雅姑媽依舊用自己的收入供養他。

一場劇烈的爭吵過後，傑妮雅姑媽辭去了綜合醫院小兒科醫生的工作。幾經周折，又另謀他職，在拉馬特甘的一家私人醫院裡替患有慢性病的老人看病。

當她來我們這裡、和我們一起過住棚節時，把我嚇了一跳。由於菸抽得兇，她的聲音愈加嘶啞厚重。每點燃一支菸都要用波蘭語咒罵自己。每逢劇烈的咳嗽，她便噘起嘴，喃喃自語：「歇口氣吧！笨蛋。老不死的。」她的頭髮稀疏灰白，臉像個脾氣古怪的老頭，時常想不起希伯來文單字。她又狂亂地點一支菸，吐出一口氣，吹滅火柴，用嘶嘶的波蘭語咒罵自己。她罵我不懂穿著打扮，有損米海爾的身分；責備米海爾一切全聽我的，不像個男子漢，倒像個布娃娃。亞伊爾在她眼裡是粗暴、魯莽又愚笨。她離開後我夢見了她。她的形象與耶

㊵諾爾道（Max Nordau,1849-1923），出生於匈牙利的德國作家、醫師，猶太復國主義運動領袖之一。

㊶克勞斯納（Joseph Klausner,1874-1958），著名的希伯來語言學家、文學批評家和猶太史學家。

路撒冷的古老幽靈、走街串巷的工匠和小販們混在一起。我怕她。我怕盛年早逝，也怕暮年而亡。

我的嗓子令烏巴赫醫生憂心忡忡。有那麼幾次一連數小時失聲。醫生指示我做長期治療，但此種治療使我的肉體蒙受羞辱。

我還是在天明之前醒來，睜大眼睛面對邪惡之聲以及光怪陸離、反覆重現的夢魘。有時是戰爭，有時是洪水、鐵路失事、迷路。有些時候我會被那些強壯有力的男人援救；而他們救我只是想誘姦和凌辱我。

我把丈夫從沉睡中喚醒，鑽到他毯子底下，使勁貼住他，從他身上汲取一種我所渴望的自制。我們的夜晚變得異常瘋狂。我讓米海爾對我倆的肉體驚愕不已，引導他行走在我從小說中讀到的絢麗多彩的歧路之上，電影中放映的羊腸小道，我在少女時代從咯咯傻笑的女孩子口中聽到的悄悄話，我所知道並猜到的夢幻，男人最瘋狂、最痛苦的夢幻……許多自己從夢中學來的一切。顫抖狂喜的火花。冰湖深處的洪水。輕柔奇妙的陶醉。

但我迴避著他。我只和他發生肉體關係。只有肌肉、四肢、毛髮的觸碰。但在內心深處，我知道我一次又一次地欺騙了他。用他自己的肉體欺騙了他——彷若盲目跳入溫暖的深淵之中，沒有給我自己留下任何出路。不久，這唯一的通道也會被堵住。

米海爾承受不起黎明前夕慷慨施予他的這份熱烈與狂暴。我最初的挑逗就讓他完全崩潰與屈服。米海爾真能超越瘋狂的感情潮水、超越我帶給他的屈辱嗎？有一次，他竟低聲問我是不是重新又愛上他了。問話中帶有明顯的擔憂，我們兩人都知道沒有答案。

第二天，米海爾沒有任何反應，像平時一樣露出頗具分寸的憐憫。不像在夜間遭到羞辱的男人，倒像一個初次向高傲老練的少女大獻殷勤的毛頭小子。米海爾，我們倆不這樣互相接觸一下就會死去嗎？接觸，融合。你不理解。在此過程中我們可達到一種忘我的境界。融為一體。合而為一。你中有我。我中有你。這是一種無可救藥的結合。我解釋不了。即使詞語本身也在抗拒著我。如此的欺騙，米海爾。如此可怕的陷阱。我已精疲力竭。噢，睡吧，睡去吧。

有一次，我建議做個遊戲：每個人要講一下初戀的全部經過。

米海爾不想去明白我用意何在，他說我是他最初也是最後一次的愛。

我試圖向他說明：你以前是個小男孩，是個年輕小伙子。你讀小說，你班上有女孩子。你說啊。告訴我。你喪失記憶和所有感情了嗎？你說啊。說些什麼。你什麼也不說。不要整天一言不發。不要像鐘錶那樣打發光陰，不要把我逼瘋。

最終，米海爾眼裡出現一絲勉強的理解。

他開始用得體的詞語來描述埃因哈洛德基布茲內一個被長期遺忘的夏令營。講他居住在愓拉特伊阿爾基布茲的女友利奧拉。講在一場模擬審判中，他是原告，利奧拉是被告。某種模模糊糊的傷害。有位名叫耶海伊姆．佩萊德、年紀頗大的體操教師，因米海爾身體反應遲鈍，叫他「傻瓜．甘茨」。他還講到一封書信，與青年領袖的私下談心，接著又是利奧拉。致歉。等等。

故事講得可憐兮兮。即使讓我講授地質課我也不會這麼一塌糊塗。像多數樂觀主義者一樣，米海爾把現實視為一種無形的柔軟物質，人們得通過艱苦負責的工作來鑄造將來。他對過去持有一種懷疑。把過去當成一種沉重的負擔。從某種意義上來說沒有必要。在他看來，過去似一堆橘子皮，需要清除掉。但也不能棄之路上，這樣才不致弄得亂七八糟。得把它們收集起來毀掉，才能自由輕鬆。人只要對自己未來的計畫負責。

「米海爾，告訴我，」我並不掩飾自己的厭惡之情，「你活著究竟是為了什麼？」

米海爾沒有立即搭腔。他考慮了一下。同時把桌上的麵包屑歸在一起，堆到自己面前。最後宣布：

「妳的問題沒有意義。人不為什麼活著。只是活著而已。」

「米海爾．甘茨，你會無足輕重地死去，就如同無足輕重地出生。」

「人都有優點和缺點。妳又會說這是個陳腐的論調。一點都沒錯。但是陳腐並非真實的反義詞。二乘二等於四，很陳腐。不過……」

「不過，米海爾，陳腐就是真實的反義詞。有朝一日，我一定像杜芭．格里克一樣發瘋。這是你的過錯，傻瓜．甘茨博士。」

「漢娜，冷靜點。」米海爾說。

晚上，我們互相讓步了。雙方都為爭吵埋怨自己，跟對方道歉，然後一起出去拜訪阿巴和哈達莎在熱哈維亞的新居。

我也應該寫下：

米海爾和我下樓到院子裡抖床單。我倆得稍稍調整動作，一起用力。灰塵揚起。接著，我們疊床單。米海爾伸開雙臂向我走來，好像突然要擁抱我。他遞給我兩個被角。又退回去，抓住另外兩角。伸開雙臂。朝我走來。交給我。退回去。抓住。朝我走來。交給我。

「夠了，米海爾。我們做完了。」

「是的，漢娜。」

「謝謝你，米海爾。」

「不必謝我，漢娜。床單屬我兩人共有。」

夜幕降臨院子裡。夜晚。最初的星辰。遠處傳來模模糊糊的叫聲——是女人的尖聲叫喊，也可能是收音機的聲響。好冷啊。

40

在貿易工業部工作比在莎拉・傑爾丁幼稚園好多了。我從上午九點到下午一點，坐在一度是皇家酒店的大樓。辦公室曾是女招待的化妝室。辦公桌上放著來自全國各地的各種項目報告。我得從報告中提取有關信息，和檔案中的其他信息一一比較，記錄下結果，在有關表格上抄下報告頁邊上的意見，而後移交給另一個部門。

我喜歡這項工作，尤其喜歡諸如「實驗工程項目」、「化學混合物」、「造船廠」、「重金屬工廠」、「鋼鐵基地聯營」等術語。

這些術語向我展現了某種根深柢固的現實的存在。我不瞭解、也不希望瞭解這些遙遠的事業。知道它們在某處存在已讓我感到滿意了。它們存在，它們運作，不斷地變化。預算、原料、獲益程度、計畫、許多事物、空間、人口、建議。

我深知，這一切很遙遠，但並非虛無縹緲，不會在一個夢幻的世界裡消逝。

一九五八年一月，我們在家裡安裝了一部電話。米海爾得到了教師優惠，我們和朋友阿巴的關係也起了不小的作用。在遷居一事上，阿巴對我們幫助也很大，將我們排在等候政府住房計畫名單的前列。我們會搬進貝特瓦岡後方山丘新郊區的新興住宅，從那裡可遠眺伯利恆山巒及埃梅雷費邊界。我們交了一部分訂金，並且簽下分期付款的合約。按照協議，我們將於一九六一年拿到鑰匙。

那天晚上，米海爾在桌上放了一瓶紅葡萄酒，並送我一大束菊花，以紀念這感人的一刻。他倒了兩杯酒，然後說：

「漢娜，此時此刻，我們為自己祝福。我相信新環境會帶給妳平靜。麥括巴魯這地方陰森森的。」

「是啊，米海爾。」我說。

「這麼多年，我們一直夢想搬進新公寓。我們將有三個房間加一個小書房。今天晚上相信妳一定很快樂。」

「我非常快樂，米海爾。我們將擁有三房一廳的公寓。我們總是夢想著搬家。麥括巴魯這地方陰森森的。」

「但這是我剛剛說的話。」米海爾驚叫著。

「這是你剛才說過的。」我微笑著，「結婚八年，人的想法相像了。」

「時間與努力會賦予我們一切，漢娜。妳會看到，總有一天我們要到歐洲或者更遠的地方旅行，總有一天我們會有一輛小車，總有一天妳的感覺會好起來。」

「時間與努力會讓一切都好起來。米海爾，你剛才注意到沒有，那是你父親的說法，不是你的。」

米海爾說：「沒注意到，但這也沒什麼不可能的。事實上，這很自然。我畢竟是我父親的兒子啊。」

「絕對沒錯，不是不可能，是自然而然的事。你是你父親的兒子。太可怕了，米海爾，這太可怕了。」

米海爾傷心地問：「漢娜，這有什麼可怕的？妳怎麼會取笑我的父親？他為人清白正直，這樣奚落他是不對的，妳不應該說這種話。」

「米海爾，你誤會了。你是你父親的兒子這件事並不可怕，可怕的是你突然像你父親那樣說話了。你爺爺，還有我爺爺，我父母，我們之後是亞伊爾。我們大家，彷彿人類一個接一個繁衍、又一個接一個地被歸棄。圖樣一張接一張繪製出來，又依次被摒棄，揉皺，扔進垃圾箱，再被稍加改進的修改稿所代替。一切看來多麼無意義，多麼乏味，多麼無聊的玩笑。」

米海爾的反應是報以沉默。

他心不在焉地從架子上拿起一張餐巾紙。小心翼翼地把它疊成小紙船，目不轉睛地望著，輕輕把它放在桌上。最後說，我對生命的看法充滿幻想。父親曾經說過，在他眼裡漢娜像個詩人，儘管她不寫詩。

接著，米海爾給我看早晨簽約時拿到的公寓設計圖。他以慣常的清晰平淡的語言講述著。我請他說詳細些，於是米海爾又複述了他的解釋。有那麼一剎那，一種感覺強烈地將我攫住：這絕對不是第一次。很久以前我便親臨其境。所有這些話在遙遠的過去就已講過。即便那艘紙船，那徐徐飄向燈泡的煙霧，電冰箱的嗡嗡聲，都不是新的。米海爾、我，以及一切。是那麼的遙遠，卻像水晶一樣清晰可見。

一九五八年春天，我們雇了一個幫傭。從今天開始，另一個女人將操持我的廚房。我無須拖著疲憊的身子從辦公室回到家，乒乒砰砰開罐頭、切菜，還要完全仰仗米海爾和兒子的好脾氣，不致抱怨飲食太單調。

每天清晨我都給福圖娜一張字條，告訴她一天要做的事。她做完後一一勾掉。我對她很滿意：勤勞，樸實，智商不高。

但有那麼一兩次，我發現丈夫臉上漾起一種新奇的表情，這種表情結婚這麼多年我還是頭一次看見。每當米海爾看見這幫傭的身影，臉上便會露出一種不好意思的緊張神色。嘴巴微微張閉，腦袋低垂著，刀叉會在手中僵住片刻。全然一副愚蠢的模樣。徹頭徹尾的愚蠢，像個在考場作弊時被抓住的小孩。於是，我不讓福圖娜和我們共進午餐，而叫她去熨東西，打掃房間，或是疊衣服。等我們吃過後，她再一個人吃。

米海爾說：

「漢娜，我很難過地發現，妳竟然是用從前女人家指使女傭的方式對待福圖娜。福圖娜不是下人。她不屬於我們所有。她像妳一樣，是個上班的女人。」

我取笑他：

「那是當然的囉，甘茨大人。」

米海爾說：

「妳在無理取鬧。」

我說：

「福圖娜不是下人，她不屬於我們所有，她是位工作女性。令人費解的是，你那圓鼓鼓的牛眼竟當著我和孩子的面在她身上放肆享受。真不像話。蠢到家了。」

米海爾大驚失色，面色蒼白，開口要說些什麼，繼之又改變了主意，默不作聲。他打開一瓶礦泉水，小心翼翼地倒了三杯。

一天，我從接受喉嚨與聲帶長期治療的診所回家時，米海爾出了家門，迎面朝我走來。我們在一度歸伊萊賈·莫西阿所有、現由脾氣暴躁的一對兄弟經營的小店外相遇。從他臉上的表情可以看出，一定有什麼壞消息。他正忍受著災難的煎熬。

他的表情不是震驚，而是羞愧，像是在扮演小丑時被撕破了衣服。

「出什麼事了，米海爾？」

「一點小災難。」

他剛剛看到最新一期英國皇家地質協會主辦的雜誌，上面刊有劍橋一著名教授的文章，提出令人震驚的有關剝蝕問題的新理論，巧妙地駁斥了構成米海爾論文基礎的論證前提。

「這太好了。」我說，「現在你機會來了，米海爾．戈嫩，給這個英國人一點顏色瞧瞧。徹底把他打敗，別退縮。」

「我做不到。」米海爾侷促不安地說，「不可能。因為他是對的，我相信。」

和多數文科學生一樣，我總是在想像，一切事實都可以有不同的解釋，機智果決的解釋者總能夠自圓其說，只要他本人有足夠的力量和衝勁。

「你不戰而退了，米海爾。我寧願看到你好好力拚並取得成功，我會為你驕傲的。」

米海爾微笑著，沒有作聲。我想到假如我是亞伊爾，他就會回答我了。這可把我惹惱了，我取笑他：

「可憐的老米海爾，現在你得前功盡棄，從零開始。」

「實際上，妳這話未免有點誇張。情況並不像妳所想像的那麼讓人絕望。今天早晨我和教授進行了一次談話。我將重寫開頭幾章，論文主體有三處要進行修改。最後一部分反正尚未完成，屆時我會把新理論考慮進去。闡述的幾個章節不會受到影響，還和原來一樣。我需要再延長一年，也可能短一些。教授當場答應讓我延長一年。」

我暗自思忖：當斯卓果夫被野蠻的韃靼人俘虜後，韃靼人想用通紅滾燙的鐵棍燒瞎他的眼睛。斯卓果夫雖然是條硬漢子，但身上洋溢著深沉的愛。是愛使他眼裡盈滿淚水。這愛的淚水冷卻了通紅滾燙的鐵棍並挽救了他。意志與機智使他裝成盲人，直至完成聖彼得堡沙皇委派給他的艱鉅使命。使命與完成使命之人一樣得到了愛與力量的拯救。

或許他在遠方能夠聽見旋律悠長的微弱回音。這模模糊糊的聲音只有凝神屏息方能聽到。一支樂隊在遠方的樹叢邊、小山外、草坪上演奏。年輕人一邊行進，一邊唱歌。威風凜凜的警官騎乘訓練有素的剽悍駿馬。身穿金邊白制服的軍樂團。女王。儀式。如此遙遠。

五月，我去貝特哈凱倫學校拜訪亞伊爾的老師。她很年輕，有一頭金髮、藍藍的眼睛，很吸引人，像童書中的公主。她還是個學生。耶路撒冷近來突然到處可見漂亮的女孩。當然，十年前我做學生時也認識了一些可愛的女孩。我就是她們之中的一員。但新一代身上卻擁有某種不同的東西，某種浮動、輕鬆、隨意的美。我不喜歡她們，也不喜歡她們選穿的孩子氣衣服。

從老師那裡我得知，小戈嫩真有敏銳的思考天賦，以及很強的記憶力和專注力，但他缺乏感受性。例如，班上討論出埃及和十大災難，其他孩子都對埃及人殘酷無道及希伯來人的痛苦遭遇感到震驚。而戈嫩這個小傢伙呢，卻懷疑《舊約》中關於紅海海水向兩邊劈裂的描述。他能合理地解釋漲潮和落潮現象，彷彿對埃及人和希伯來人不感興趣。

年輕老師使四周的一切充滿了新鮮、輕鬆和快樂。談到小扎爾曼時，她微笑著。微笑時，臉上神采奕奕。我突然湧起一股憎惡之情，恨起自己身上穿的這條褐色裙子來了。

後來，到了街上，兩個女孩與我擦肩而過。她們是學生，笑得很快活，渾身洋溢著強烈的不可抗拒的美。手提草編手袋，身穿側衩長裙。在我眼裡，她們的開懷大笑俗不可耐，好像整個耶路撒冷成了她們兩人的世界。經過我身邊時，一個女孩說：

「他們簡直是發瘋了，也快把我逼瘋了。」

另一個女孩發出一陣大笑。

「這是個自由的國度，人人都可以隨心所欲。但我看，他們真可以去死了。」

耶路撒冷正在擴建公路。現代排水管道。公共住宅。有些場所甚至讓人覺得這裡是個普通城市：筆直的街道兩旁到處是公共座椅。這一印象稍縱即逝。要是你掉轉頭來，便會看到，在這些瘋狂興建的大樓群中竟然遍布岩石荒地。橄欖樹。貧瘠的荒地。鬱鬱蔥蔥的山谷。被千萬人踩踏而塌陷的縱橫交錯的小徑。牧群在新建的總理辦公廳外面吃草。綿羊安詳地啃噬著，老牧人坐在對面的石頭上一動也不動。周圍一片山岡。廢墟。被風吹動的松林。居民。

我在赫茨爾街看見一個皮膚黝黑的工人光著上身，用沉重的鑽孔機挖一條橫亙街道的溝渠。他大汗淋漓，皮膚銅光閃閃。雙臂隨著鑽孔機的彈跳而不停抖動，似乎無法扼制奔騰的精力，必須突然大吼一聲跳起來。

雅法路盡頭老人之家的牆上貼著一則訃聞，我從上面得知，虔誠的塔諾波拉太太去世了。我結婚前她曾是我的房東。她教我調薄荷茶以平息躁動不安的靈魂。我為她的死難過，為自己難過，為躁動不安的靈魂難過。

晚上睡覺時，我告訴亞伊爾一個自己在遙遠的童年時代曾經聽到的故事。這是小大衛的迷人故事，他總是那麼乾淨，那麼整潔。我喜歡這個故事，想讓兒子也喜歡它。

夏天，我們都到台拉維夫海邊度假。再次住進莉亞姑媽位於羅思徹爾德街的老房子，整整五天。每天上午，我們都到台拉維夫城南的巴特亞姆海灘。下午衝向動物園、遊樂場和電影院。有天晚上，莉亞姑媽拖我們去劇院。裡面都是年事已高的波蘭婦女，珠光寶氣。她們神情莊重地來回走動，宛如巨大的戰艦。

米海爾和我趁休息之際悄悄溜出去。我們走向大海，沿海灘北上走到海港。突然間我體內湧起一股衝動，酷似疼痛，恍若顫抖。米海爾拒絕，他想要解釋。我不聽他說話，用連我本人也非常吃驚的力量撕下他的襯衫，把他推倒在沙灘上。撕咬。哭泣。我用整個身子去撞他，好像我比他重。就如同多年前一個身穿藍外套的小女孩在下課時和男生摔角的情形：冷酷、激烈。又哭又笑。

大海、細沙也加入進來。一股涓涓的劇烈快感，既沁人心脾，又熾烈灼熱。米海爾嚇壞了。他嘟囔說認不出我了，我又一次讓他感到陌生，他不喜歡我。我很高興他對我感到陌生。我並不想讓他喜歡我。

午夜時分，我們回到莉亞姑媽的住處，米海爾不得不滿面通紅地向憂心忡忡的姑媽解釋，襯衫因何被撕、臉部怎樣被抓。

「我們散步時，有……強盜要襲擊我們，這個……很不愉快。」

莉亞姑媽說：

「你永遠不要忘記自己的身分，米哈。像你這樣的男人萬萬不要捲進醜聞之中。」

我哈哈大笑，又一直悶笑到天明。

第二天，我們帶亞伊爾到羅馬特甘看馬戲。週末返回自己家中。米海爾得知，住在惕拉亞爾基布茲的朋友莉奧拉離開了她的丈夫，帶著小孩以離婚女子的身分住進了內蓋夫的新基布茲，這個基布茲是在獨立戰爭之後，由她及米海爾的同窗好友所建立的。這個消息對米海爾的衝擊很大，他臉上露出強壓下去的恐懼，神情沮喪，一言不發，比以往還要沉默。有一個安息日下午，當他在為花瓶換水時，突然間躊躇不定，慢吞吞的動作之後是迅雷不及掩耳的舉動——我趕忙衝上去，抓住懸在半空中的花瓶。第二天，我進城去為他買了一支我所能找到最為昂貴的鋼筆。

41

一九五九年春，逾越節三週前，米海爾完成了博士論文。

他的論文對帕蘭荒原的溝壑侵蝕影響做了全面研究。研究工作是借鑑世界各國從事侵蝕理論研究的科學家的最新成果來進行的。論文中詳細探討了這一地區的形態結構，全面研究了單面山、外成內成因素、氣候影響、構造學原理，結論一章甚至提到了對這些研究成果的運用。論證本身縝密合理，米海爾對這一極其複雜的課題已頗有研究。為此他整整花了四年時間，認真地完成了論文，無論是論題本身的難度還是個人困難都沒有使他退卻。

逾越節後，米海爾把手稿交給打字員打字、裝訂，然後交給地質界權威人士審閱。他將在常規科學論壇舉行的演講和討論中論證結論。他準備將這個論文獻給已故的嚴謹、正直、謙虛的耶海茲克爾．戈嫩，以緬懷他的希望、愛心和奉獻。

也就是在這段日子，我們和好友哈達莎及她的丈夫阿巴道別。阿巴被派往瑞士兩年，做經濟專員。他向我們吐露說，他在內心深處期待，能夠謀到永遠住在耶路撒冷的一個合適的官職，而不是像聽差僮僕那樣匆匆奔波於外國首都。他仍舊想著離開政界，到金融界自由發展。

哈達莎說：

「漢娜，有朝一日，妳也會很幸福，我相信這一點。終有一天妳會實現自己的目標。米海爾那麼勤奮，妳又總是那麼聰明。」

哈達莎的離去及其臨別贈言令我感動不已。聽到她說她相信我們能夠實現目標時，我哭了。是不是除了我之外，其他的人均與時間、奉獻、努力、勤勉、抱負、成就達成一致了呢？我不使用孤獨、絕望之類的字眼。我感到憂鬱、屈辱、遭受了欺騙。十三歲那年，父親警告我要警惕壞男人，他們用甜言蜜語引誘女人，之後又無情地將其拋棄。他對自己所言進行有系統的闡述，好像兩性關係是這個世界上滋生痛苦的混亂無序，是一種男女雙方竭盡全力才能減弱其惡劣後果的混亂無序。我並未被下流蠢笨的男人引誘過，也沒有反對兩性關係的存在，但是，某種欺騙卻令我感到屈辱。別了，哈達莎，多給遙遠的耶路撒冷、漢娜和巴勒斯坦寫信，在信封上貼上漂亮郵票給我丈夫及兒子。多講講那巍巍高山、皚皚白雪。講講那客棧，講講那散落在山谷中無人光顧的小屋，風吹屋門，鉸鏈吱吱作響。哈達莎，我不在乎。瑞士沒有海，我的「龍」、「虎」號擱淺在聖皮埃爾、密克隆群島港口的船塢。船員們到山谷去尋找新的女孩。我不嫉妒。這不關我的事。我休息。三月中旬，耶路撒冷依舊是細雨綿綿。

我們的鄰居格里克先生，在逾越節前十天去世了。他死於腦溢血。米海爾和我參加了他的葬禮。大衛耶林街的正統派猶太教商人用慷慨激昂的意第緒語，談論耶路撒冷有家不守合禮的肉鋪開門營業。雇來的身穿黑禮服、體格單薄的領唱者在敞開的墳墓前念葬文，天空回以滂沱大雨。杜芭．格里克太太見祈禱和驟雨齊頭並進，不覺興味大發，爆發出一陣狂笑。格里克夫婦沒有子嗣。雖然米海爾與他毫無關係，但他繼承了先父耶海茲克爾的生活之道與做人品格，故而承擔起安排葬禮的使命。多虧傑妮雅姑媽相助，米海爾在慢性病老年患者醫院為格里克太太找到一塊棲身之地。那正是傑妮雅姑媽現在工作的那家醫院。

我們到加利利過節。

我們應邀到諾夫哈倫基布茲和母親及哥哥一家人參加逾越節慶祝儀式。離開了耶路撒冷，遠離了偏僻的街道，遠離了在陽光下縮成一團的正統派猶太教老嫗。她們就像棲在矮凳上的惡鳥掃視著地平線，彷若正在巡視的是廣袤無垠的平原，而不是一座狹窄的城市。

外面一派春意盎然。路邊野花盛開。湛藍的高空上，遷飛的群鳥一字排開。挺拔秀麗的松柏、枝葉繁茂的桉樹安詳地為大路遮蔭蔽日。紅頂白牆的村落，看不到陰森森的石牆，看不到鏽鐵欄杆環繞的破敗陽台。這是一片潔白的世界，綠油油的世界，紅燦燦的世界。所有街道都擠滿了人。許多人到遠方旅遊。公車上，乘客們的歌聲不絕於耳。他們是青年運動中的一夥年輕人。他們笑著，唱著從俄文翻譯過來的愛情、田園歌曲。司機一隻手抓住方向盤，另一隻手扣動著車票打孔器，有節奏地敲擊著儀表板，節奏明快。他還不時撚著鬍鬚，透過喇叭，告訴我們有趣的故事。聲音相當活潑圓潤。

一路上陽光和煦。碎鐵片閃閃發光，玻璃碎片熠熠生輝。放眼望去，綠蔭與藍天在廣袤平原的盡頭交會在一起。每到一站，人們上上下下，拎著箱子、帆布背包、獵槍，以及簇簇水仙、銀蓮、毛茛、萬壽菊、蘭花。抵達拉姆拉，米海爾為我們每人各買了一支檸檬冰棒。到了盧德路口，我們買了檸檬茶和花生米。公路兩邊是一塊塊遍布著橫七豎八的灌溉水管的方地。暖暖的陽光照射在水管上，將其化作光彩奪目的飄逸緞帶。

遠山微藍，薄霧迷濛。空氣潮乎乎、暖融融的。米海爾和兒子一路上大談獨立戰爭以及政府正在籌建的水利工程。我露出自己最甜美的微笑，深信政府能夠成就所有大型水利工程。我為丈夫和兒子剝橘子，一個接一個，分成瓣，揭下白絲，拿手帕幫亞伊爾擦嘴。

途經阿拉山谷，村裡的百姓佇立路旁朝我們招手。我摘下頭上的綠色絲巾朝他們揮舞，直到他們消失在我的視線之外，我還在不停地揮動。

阿富拉正在舉行重大慶典。藍白旗在城市上空飛舞，空中懸掛著彩燈，城西入口換上裝飾一新的鐵門。歡迎標語在輕風中搖曳。我的秀髮也隨風飄逸。

米海爾買了一份逾越節之夜的特刊報紙，裡面登有政治佳訊，米海爾解釋著。我抱住他的肩膀，輕輕吹拂他那頭剪得極短的頭髮。從阿富拉到太巴列，亞伊爾一直躺在我腿上打鬧。我目不轉睛地盯著兒子的方腦袋、結結實實的下巴、蒼白凸出的腦門。透過縷縷藍光，我當即斷定，兒子日後必會長成一個漂亮強健的男子漢。身著緊繃的軍裝，前臂上長出黃寒毛，我會在大街上倚靠他的臂膀，成為耶路撒冷最驕傲的母親。為什麼非耶路撒冷不可呢？

我們可以住在阿什克隆，納塔亞。在大海岸邊，觀看泛起泡沫的波濤。我們可以住在白色的小平房內，屋頂是紅的，有四扇一模一樣的窗戶。米海爾會成為一個技工。屋前是一片花園。每天早晨，我們到海灘拾海貝。泛著鹹味的海風吹進窗子。我們的皮膚總是曬得油黑發亮，身上散發出一股鹹味。熾烈的陽光終日炙烤著我們。各個房間裡收音機的歌聲不絕於耳。

到了太巴列，司機說休息半小時。亞伊爾睡醒了。我們邊吃炸豆泥邊沿湖邊走去。三個人都脫掉鞋子，走在水裡。水暖洋洋的，湖面波光粼粼，成群結隊的魚兒在深水中遨遊。慵懶的漁夫斜倚棧橋欄杆，他們身體剽悍，結實的雙臂長滿了寒毛。我朝他們揮舞綠絲巾，竟然有所收穫。其中一人見狀，朝我喊道：「寶貝！」

接下來，我們乘車駛進高山環繞下的翠綠山谷。路右側的魚塘閃閃發光，群山倒影在水中顫抖。這顫抖輕微和緩，像人們做愛時的軀體。黑黝黝的玄武岩散在四周。古老的居民區灰沉沉的一片寧靜：米戈達爾、洛什品納、伊素德哈馬臘、麥哈納伊姆。大地在旋轉，像醉漢一樣搖搖晃晃，彷彿孕育著某種內在的瘋狂。

在謝莫納鎮附近，一個酷似三〇年代老先鋒的老檢票員上了車。司機顯然是他的故交。他們快活地聊起逾越節期間將在拿弗他利山上舉行的獵鹿活動，老年隊的所有司機都將應邀參加。吉塔、阿布、瑪什瑞、馬考維奇、贊姆巴茲，他們都很硬朗。女人們不許參加。要大鬧三天三夜。傘兵部隊中一個著名的降傘信號員也會到。全世界沒有能夠與之比擬的狩獵行動。從馬納拉，經過巴拉伊姆，到哈尼他，再到洛什哈尼克拉。偉大的三天，看不到婦女和泣嬰，只有一群老傢伙。槍都準備好了，還有美式宿營地呢。那誰還不去！體內仍有餘力的老狼和老獅子們，就像逝去的輝煌歲月。「人人都去參加，一個也不留下，我們奔跑著跨過山岡，等到火光沖天。」

行至謝莫納鎮，公車沿拿弗他利山盤旋而上。道路狹窄，崎嶇不平。汽車一個急轉彎繞開一塊山石。這是個令人眩目的瘋狂旋轉，滿車人發出恐懼而歡快的尖叫。司機為使人更加刺激，快速地打著方向盤，車身輕輕擦過懸崖邊。接著，司機佯裝拉著我們直朝山壁撞去。我也不禁發出欣喜而恐懼的尖叫。

日落之前，我們來到諾夫哈倫。人們穿著整齊，他們剛剛沐浴過，頭髮濕漉漉的，精心梳理過，手臂上都搭著毛巾。歡蹦亂跳的孩子們在草坪上嬉戲。新剪過的草地散發著芬芳。灑水車噴出水花，黃昏微光映襯在水珠上，像五光十色的珍珠泉。

諾夫哈倫俗稱「鷹穴」。立於陡峭山頂的房子似乎懸浮在半空。山谷裡，一塊塊方田星羅棋佈。下瞰奇觀妙景，令人心旌搖蕩。遠處，掩映在叢林和魚塘中的村莊依稀可見。茂盛的果園，松柏叢中小徑彎彎，水塔潔白，遠方山巒蔚藍一片。

與我哥哥同輩的諾夫哈倫成員，大多三十四、五歲。他們精力充沛，喜氣洋洋，充滿責任感。我從他們身上看到了堅定而自制的品格。總是那麼富有情趣，總是那麼心悅誠服地遵從某種約定俗成的決定。我喜歡他們。我喜歡登高望遠。

後來我們去到伊曼紐的家。從那個小房子可以遠眺基布茲邊緣的圍欄，那裡也是跟黎巴嫩的交界。我們洗冷水澡，品嘗柳橙汁和母親烤製的蛋糕，換上夏裝，小憩一陣。嫂子瑞娜目光含著微笑，伊曼紐則扮狗熊逗亞伊爾玩。我哥哥就跟小時候一樣，總愛表演把我們逗到笑出眼淚，甚至到現在，我們也是看了笑個不停。

姪子尤西主動去招呼亞伊爾，兩人手拉手，到外面看牛羊。正值光線暗淡、影子深長的黃昏時分。我們躺在草坪上。夜幕低垂之際，伊曼紐拉出一盞長線電燈，掛在樹梢。哥哥與丈夫的觀點略有歧見，但不久便幾近和解。

到後來，母親瑪爾卡過來了，她開心地含著淚吻我們，問這問那，用支離破碎的希伯來語祝賀米海爾完成了博士論文。

母親近來出現嚴重的心血管阻塞問題。她似乎快不行了。母親在我心目中是那麼微不足道——她是父親的妻子，僅此而已。偶爾有那麼幾次，她高聲頂撞父親，讓我很恨她。除此之外，在我心中便沒有了她的位置。我深深懂得，偶爾應該跟她談談自己，談談她，談談年輕時的父親。我知道，這一次我不願拉開話題。我也知道，也許從此以後再不會有其他機會，因為媽媽看樣子快不行了。但這些想法並未減少我的幸福感。快樂的感覺在我體內洶湧澎湃，彷彿具有獨立的生命力。

§

我沒有忘記逾越節夜晚的那場聚會。弧光燈閃爍，酒杯交錯。基布茲歌唱團，舉麥捆儀式，午夜後篝火旁的燒烤，跳舞。我幾乎每曲都要跳，嘴裡唱著歌，讓魁梧的舞伴摟著，一圈圈旋轉，甚至將驚恐萬狀的米海爾拖到中心。耶路撒冷那麼遙遠，再也不會困擾我。也許就在此時，她已被四面八方的仇敵攻佔。也許她已經化作塵土。她命該如此。遙遠的我再也不愛耶路撒冷了。她希望我患病，我盼她墮落。在諾夫哈倫，我度過了一個如醉如癡、快快活活的夜晚。餐廳裡散發著炊煙味、菸草味和汗臭味。口琴一直吹個不停。我狂歡，我陶醉，我投入。

黎明將近之際，我獨自出門，站到伊曼紐家的陽台。眼前是帶刺鐵絲網，黑壓壓的叢林，晨光熹微。我面對北方，山巒輪廓依稀可辨，那是黎巴嫩邊界。古老石村上方的燈光無精打采，一片昏黃。不可接近的山谷。遠處積雪覆蓋的群山。山頂上孤零零的那座建築是修道院，或是碉堡。深谷裡怪石林立，寒風習習，我瑟瑟發抖。我想離開。這是一種多麼強烈的渴望啊！

快五點時，一輪紅日噴薄而出，在濃霧中冉冉升起。低矮的灌木叢朦朦朧朧齊地而起，對面斜坡上站著一個阿拉伯牧童，灰山羊在他四周貪婪地吞嚼。遠方鐘聲悠揚，彷彿另一個耶路撒冷來到身旁，出現在優美的夢中。這是一種陰鬱沉悶、令人毛骨悚然的反射。耶路撒冷在我身旁縈繞不去。車燈光亮耀眼，我什麼也看不見。巨大的古樹茁壯成長，空曠的山谷裡盤旋著霧氣。這是凝固窒息的混亂場面。寒光籠罩著這塊異域之地。

42

我曾在某頁手稿中寫道：「事物中有一種神奇的魔力，也是我生命的內在旋律。」現在看來，這些詞句過於浮華，我意欲捨棄「神奇的魔力」和「內在旋律」。然而，一九五九年五月，終於發生了，但方式卻很拙劣。是一種可怖、荒唐的模仿。

五月初，我懷孕了。第一次妊娠時我曾出現輕度併發症，所以有必要進行醫療檢查。家庭醫生烏巴赫去年初冬死於心臟病，所以由陸布洛佐醫生為我進行檢查。新大夫並未找到什麼令人擔心的依據，但是卻說，三十歲的女人和二十歲的女孩差別很大。我萬萬不可過於勞神，忌食辛辣食品，從今往後直至生產，不能與丈夫同房。雙腿上靜脈又開始腫脹，眼眶又開始出現黑暈，噁心，總是那麼疲倦。五月間，有幾次我竟想不起把東西或衣物放在何處。我把它當成一個徵兆。從那時到現在，我什麼也沒有忘記。

在此同時，雅德娜主動提出為米海爾的畢業論文打字，米海爾則幫她準備那已拖得不能再拖的期末考試作為回報。因此，米海爾每天晚上又乾淨又整潔地去大學旁邊雅德娜的宿舍。

我承認，整個事情近乎荒唐可笑。我打從心底一直期待它發生，但我並沒有被攪得心緒不寧。晚飯時分，米海爾顯得侷促不安、心神不定，不住地玩弄用銀針固定的樸素領帶，笑容捉摸不定並帶有歉疚，菸斗怎麼樣也點不著。他總是過於緊張地問我是不是需要幫忙：拿這拿那、撣灰塵、打掃房間、上菜。我已經用不著費心去偵察蛛絲馬跡了。

坦白說，我認為米海爾只不過產生了一些羞怯的意念和想法而已。我也找不出雅德娜會許身給米海爾的理由。但另一方面，我也找不出她應該拒絕的原因。但「原因」一詞在我眼裡沒什麼意義。我不知道，知道了也不在乎。我不是嫉妒，而是在暗暗發笑。米海爾頂多像我們的貓咪小雪，小雪有一次可憐兮兮地縱身跳起來，去抓天花板上撲騰著的飛蛾。十年前，我和米海爾在愛迪生戲院看嘉寶主演的電影。影片中的女主角向一個卑微的男人獻出了自己的身體和靈魂。我回憶起她的痛苦和他的鄙俗，這一切在我看來就是簡單方程式中的兩個元素，記得我也沒有費神去解這個方程式。我斜視著銀幕，直到圖像轉換成一串黑白雪花的光點，在以淺灰為主體色調的布幕上跳盪。我也不費苦心去澄清、去解決了。我冷眼旁觀。只是自己疲憊多了。而且，這麼多年陰鬱的生活之後，某些東西一定發生了變化。

這麼多年以來，米海爾一直把雙臂放在方向盤上，或冥思苦想，或昏昏欲睡。我向他道別。我不介入。我讓步。還是個八歲的小女孩時，我深信假如我行動上像男孩，就會長成一個男人，而不是女人。真是枉費心機。我不必像瘋女人那樣氣喘吁吁地跳起來。而是睜大雙眼。別了，米海爾。我站在玻璃窗前，在模糊一片的玻璃上畫畫，說不定你會以為我是在向你打招呼。我不會讓你幻想成空。我並未和你在一起。我們是兩個人，不是一個人。你不能再做我整天沉思的長子了。大概對你說我什麼都不依靠你、你什麼都不依靠我，還為時不晚。米海爾，還記得嗎，許多年前我們坐在阿特拉咖啡館時，你說，我們父母要是能見面該有多好。仔細想想那個場面，仔細想想我們死去的父親。約瑟。耶海茲克爾。米海爾，請別再微笑了。試著努力，集中精神，想像一下這幅畫面：你我是兄妹。有多種可能的關係。母與子。山與林。石與水。湖與舟。形與影。松與風。

但我所有的並不僅僅是詞語。我現在尚能打開一把沉重的鐵鎖，推開兩扇鐵門，放出雙胞胎兄弟。他們會遵我之命衝進夜幕。我指揮他們前行。

夜晚，他們蹲在地上準備武器，褪色軍用帆布包、炸藥、雷管、導火索、彈藥、手榴彈、寒光閃閃的利刃。在一片漆黑的小破屋內是英俊瀟灑的哈利利與阿濟茲兄弟，我叫他們哈濟茲。他們不說話，喉嚨裡發出咕嚕聲。動作有節制。手指柔韌強健。形體極為相配。輕柔而有力地挺起。衝鋒槍掛在肩上。肩膀寬闊棕紅。腳著膠底鞋。深色軍裝緊繃在身。沒戴帽子。他們借最後一縷微光一同起身，從小屋滑向陡坡，膠底鞋踏在肉眼看不見的路上。他們運用簡單的手勢表情達意，輕撫、私語，像戀愛中的男女，指觸肩膀，手摸脖頸。鳥兒悲啼。祕密口哨吹起。峽谷中荊棘高大。老橄欖樹濃蔭密佈。大地默默地任其行事。他們身體瘦削，面容憔悴，輕輕走向彎彎曲曲的深谷，內心深處潛藏著痛苦的緊張。他們屈身向前，似纖細的幼苗在微風中搖曳。夜幕將控制、籠罩、吞噬他們。蟋蟀唧唧。遠處狐鳴聲聲。

他們蜷身穿過一條公路。動作似悄無聲息的滑行。幽暗的樹林瑟瑟一片。鐵絲網被野蠻地切斷。星星成了幫兇，它們閃閃爍爍，似乎在傳遞信號。遠方的山巒似塊塊黑雲。下面平原上的小村莊燈光閃閃。彎彎曲曲的水管裡流水潺潺。灑水車水花飛濺。他們透過皮膚、膠鞋、手掌、髮根感覺到聲音。悄悄繞過峽谷中隱藏的騎兵，側身穿過一小塊黑壓壓的果園。小石沙沙作響。有信號。阿濟茲打頭陣，哈利利蜷身一堵矮牆後面。一隻胡狼淒厲地尖叫，接著陷於沉默。衝鋒槍子彈上膛，一觸即發。鋒利的匕首寒光閃閃。沉悶的呻吟。泛著鹹味的冷汗。不屈不撓。無聲地勇往直前。

明亮的窗前，一位疲倦慵懶的女人探出身子，關上窗戶，消失了。睡眼惺忪的打更人劇烈地咳嗽著。雙胞胎兄弟在荊棘叢中匍匐行進。雪白的牙齒咬斷手榴彈插銷。聲音嘶啞的打更人打著飽嗝，轉身走了。

巨大的水塔沉重地聳立著。稜角在黑暗中十分柔和，投下陰影。曲曲彎彎的四肢伸向四周，像是在翩翩起舞，像是在做愛，如同出自一體。電纜、計時器、導火線、雷管、點火器。他們衝下小山，衝向空曠的遠方，腳步輕盈。潛行在毗連地平線的斜坡上，渴慕愛撫。腳下的矮小植物平展挺直。彷若一葉輕舟滑過寧靜的水面。石徑、山谷口、周圍的伏兵、黑壓壓的松柏、果園、羊腸小道，他們輕巧地依附在懸崖峭壁上，聳起鼻孔，手指摸索著攀緣物。西邊天上劃過一道閃電，隨之是既突如其來又在意料之中的一陣沉悶雷鳴。回聲時斷時續，在山洞裡迴盪。

繼之爆發出一陣大笑。狂野，嘶啞，顫顫巍巍。拳頭猛然緊握。山上孤零零的角豆棚蔭。茅屋。一盞烏黑油燈。開始時說的話。欣喜的叫喊。安睡。外面是一個紫色的夜晚。山谷裡降下濃重的雨露。孤星閃閃。山脈綿綿。

我送走他們。黎明時分他們將回到我這裡。衣衫破損，但周身發熱，汗氣瀰漫。

微風和煦，輕拂松枝。天邊漸漸現出魚肚白。浩渺的太空一片死寂。

關於艾默思・奧茲

鍾志清

艾默思・奧茲出生於一九三九年。父母在排猶聲浪四起的三〇年代，受猶太復國主義思想的影響，從俄國移民到以色列，夢想在巴勒斯坦找到自由的「希望之鄉」。父親耶胡達・阿里耶・克勞斯納博學多才，嗜書如命，懂十幾種語言，一心嚮往做耶路撒冷希伯來大學比較文學教授，但始終未能如願。母親范妮婭漂亮賢慧，多愁善感。

奧茲童年時代的耶路撒冷由英國託管，日常生活蒙上了一層英雄主義色彩：地下活動，爆炸，逮捕，宵禁，搜查，英國兵，阿拉伯幫，迫在眉睫的戰爭與恐懼……古老的英雄神話彷彿成了現實生活的一部分，兒童故事講的都是耶路撒冷的過去和淪陷。據奧茲回憶：「父母將我送到一座希伯來基礎小學，學校教我緬懷古代以色列王國的輝煌，並且希望它在烈火與熱血中復興。」（引自《在熾烈的陽光下》，艾默思・奧茲著，尼・德朗士譯，劍橋版，一九九五年）在那個躁動喧囂的時代，奧茲的理想就是「做一個英雄」。

十二歲那年，母親自殺，這一事件不僅結束了奧茲童年的夢想，而且對他日後的創作產生了極大影響。奧茲本來就和父親不和，母親去世後，他對家庭的反叛意識越來越強。十四歲那年，奧茲離家投身到胡爾達基布茲（基布茲是以色列的集體農場），並把自己的姓氏克勞斯納改為奧茲，希伯來文意為「力量」。在那個頗具原始共產主義色彩的世界中，奧茲開始了文學創作。後來，基布茲將其保送至耶路撒冷希伯來大學攻讀文學與哲學學士學位。按奧茲自己的意願，他想繼續攻讀碩士，但未被批准。他只好回到基布茲教書，並從事寫作。直到後來功成名就，他才到英國牛津求學，獲碩士學位，後又獲台拉維夫大學榮譽博士學位。一九八六年，奧茲因兒子患哮喘病，不得不離開生活多年的基布茲，搬到南方沙漠地區的阿拉德小城居住（據說沙漠地區的乾燥氣候有利於治療哮喘），不久便被本·古里安大學聘為文學系教授。

艾默思·奧茲是當代以色列文壇上極具影響力的優秀作家。他自幼受家庭影響，閱讀了大量以色列經典作家及十九世紀俄羅斯作家的作品，表現出出色的文學天賦。早在耶路撒冷小學接受啟蒙教育期間，他所作的詩歌和短文便經常見諸學校報刊。在基布茲時，他利用休息時間勤奮寫作，後來每週得到一天特准的寫作時間。自六〇年代登上文壇後，奧茲先後發表了九部長篇小說《何去何從》（一九六六），《我的米海爾》（一九六八），《觸摸水，觸摸風》（一九七三），《沙海無瀾》（一九八二），《黑匣子》（一九八七），《瞭解女人》（一九八九），《費瑪》（一九九一），《不要稱之黑夜》（一九九四），《地下室的黑豹》（一九九五）；三個中短篇小說集《胡狼嚎叫的地方》（一九六五），《一直到死》（一九七一），《鬼使山莊》（一九七六）；雜文、隨筆集《在熾烈的陽光下》（一九七九），《在以色列國土上》（一九八三），《黎巴嫩斜坡》（一九八七），《天國的沉默》（一九九三），《以色列、巴勒斯坦與和平》（一九七六）等；兒童文學作品《索姆哈伊》（一九七八）。他的作品不僅在以色列十分流行，而且在世界上影響很大，曾獲得多種文學獎，並於一九九八年以色列建國五十週年之際獲以色列國家文學獎。

《何去何從》是艾默思．奧茲的第一部長篇小說，其背景置於約旦邊境附近的一個基布茲。德國移民魯文．哈里希是基布茲的詩人、導遊和教師，妻子伊娃拋棄他及一雙兒女，與前來度假旅行的堂兄弟私奔德國，留下魯文與女兒諾佳及兒子蓋伊相依為命。伊娃出走後，流言四起，說女教師布朗卡．伯傑與魯文有染。布朗卡有丈夫、子女，丈夫埃茲拉是基布茲的卡車司機，喜歡夜裡出門運貨，哥哥是耶路撒冷的名博士，可謂家庭顯赫。時光就這樣一天天逝去，魯文的女兒諾佳已長得亭亭玉立，情竇初開的女孩對曾被自己拒絕過的青年拉米萌生了一種難以名狀的情感。埃茲拉在一個深夜裡強暴了諾佳，致使諾佳懷孕。一度希望諾佳做兒媳的拉米母親再不願讓兒子與「血管裡流著母親不潔的血」的女孩有任何瓜葛。魯文對女兒深感愧疚，不再同布朗卡往來。諾佳拒絕墮胎，離開基布茲，與埃茲拉的關係告終。埃茲拉與妻子和解，重新回到她身邊。後來，拉米的母親去世，拉米與諾佳結婚。

《何去何從》不僅講述了來自不同文化背景的基布茲人的故事，同時也描繪了基布茲生活的危機以及新舊兩代之間的代溝。

基布茲是當代以色列社會的特殊產物，本世紀初由新移民先驅者創建。在基布茲，人人平等，財產公有，頗有原始共產主義的味道。奧茲最初到基布茲時，那個世界對他來說是陌生的。他拿不動鋤頭，還要寫詩，由於多年生活在知識氣氛濃厚的耶路撒冷，所以他講一種特殊的語言，惹人發笑。老人們喜歡和奧茲聊天爭論。他們知道奧茲有志於小說創作，覺得有必要把自己的一切事情都交給他，以便安全的保存下來。因為在基布茲，一切歸於公有。無論房產、花園，還是人們終生照看的果樹，什麼都傳不下來，留下的只有回憶跟經歷。奧茲成了老人們的忠實聽眾，無疑得到了一筆可貴的財富。當時，基布茲的生活條件十分艱苦，即使與現今貧困線下的生活相比也顯貧窮，每人每天吃半個雞蛋，每張桌子共用一把餐刀。人們有一種不安全感，不知道將來會發生什麼。但是在基布茲，人與人之間的關係卻非常默契、親密，能夠淨化人性中某種不純潔的因素。也就是在那個世界中，奧茲意識到理想與理想者本身的不一致，意識到夢想與夢想者之間的距離，意識到試圖改變世界的偉大理想與狹隘的自私心理之間的矛盾。儘管奧茲在基布茲生活多年，但一直對基布茲持批評態度，認為基布茲雖是先驅者們「出色的想法」，但與現實世界卻相去甚遠。

奧茲的基布茲思想直接影響到創作。《何去何從》中的伊娃曾因丈夫魯文之故毀棄了與堂兄弟的婚約，後來又心甘情願地隨他私奔慕尼黑。一方面是因為從事藝術的堂兄弟愛她，需要她，她本人也像《創世紀》中的原型夏娃（伊娃諧音）一樣禁不住誘惑；另一方面則是她富於幻想、追求精神生活的天性與基布茲嚴格的生活格格不入，對丈夫的知足常樂、隨遇而安的人生態度頗為不滿，因而執意離去。諾佳也是一樣，她稱自己是「山的女兒」，然而在基布茲這個毫無隱私權可言、一切均公之於眾的地方，她感到非常壓抑，於是嚮往另一個所在。奧茲之所以為他的第一部長篇小說取名為《另一個地方》（希伯來文書名），是因為他想表明一代新人對先驅者信仰的懷疑與挑戰。

十二年後，奧茲又完成了另一部以基布茲生活為背景的長篇小說《沙海無瀾》。青年主角約拿單與《何去何從》的諾佳一樣，也決定離開基布茲，夢想到一個有愛情、有冒險、有祕密奇遇的遙遠所在。

約拿單出生於基布茲，並在那裡生活了二十餘年。父親約里克是前任內閣成員、工黨領袖，現為基布茲書記，專橫跋扈而熱中政治，沉醉於往昔的輝煌歲月；母親哈瓦盛氣凌人；妻子蕾蒙娜溫柔美麗，卻頭腦簡單。在丈夫眼中，她顯得毫無意義，夫妻生活平淡如水，約拿單因而備感壓抑。正當他打算離開之際，一個篤信史賓諾沙哲學的俄羅斯青年阿札賴亞來到基布茲。第一次到約拿單家作客，阿札賴亞便為蕾蒙娜的美色所傾倒。由於天氣之故，他不得不留宿，約拿單意識到此人可代替自己的位置，說不定能夠喚醒蕾蒙娜這個「睡美人」。約拿單突然離去後家裡起了軒然大波，父母互相埋怨，蕾蒙娜默默地忍受著，阿札賴亞則大肆傳播自由思想。

約拿單衝向內蓋夫沙漠，他想穿過邊境，前往約旦的紅石城佩特拉。他深知自己在穿越邊境之際便有被阿拉伯士兵俘虜的危險。抵達邊境時，他與軍營的女兵有了一夜之歡，堪稱體驗到了愛和危險且又有了祕密的奇遇。有的評論家認為：「約拿單恐怖地發現，『真正的人生』原來就是通向死亡，通向地獄之路。」（引自《神獸間》，亞伯拉罕，巴拉班著，賓夕法尼亞州立大學版，一九九三年。）他所嚮往的佩特拉紅石城也成了一座地獄，於是他決心重回基布茲，與妻子及阿札賴亞和平共處。

約拿單雖然重新回到了基布茲，但不意味著他與父親之間的衝突得到了緩解。父親是與本・古里安（1886-1973，猶太復國主義領袖，以色列工黨創建者，以色列國首任總理）、列維・艾希科爾（1865-1969，一九一四年在巴勒斯坦參加建立最初的猶太人基布茲，曾任以色列總理）同代的以色列人，這批人代表著建國者們追求的正義與和平的信仰和創造力。但與之相對的是，先驅者的妻女、土生土長的以色列人似乎缺乏上代人的精神支柱，即使在抵禦外敵侵略的戰鬥中也是這樣。父輩們是為了實現復國主義理想，而年輕一代則是為了生存，這種衝突不可避免。從這個意義上，艾默思・奧茲的小說表現出當代以色列人信仰的失落。由於終日生活在戰爭的隱患之中，許多以色列人的內心深處不免產生一種強烈的生存危機意識。

《我的米海爾》是艾默思．奧茲的成名作，也是迄今為止奧茲全部創作中最負盛名、最受讚譽的一部作品。自一九六八年發表至今，已再版五十餘次，翻譯成三十種文字。表面看來，這是一部愛情小說：耶路撒冷希伯來大學文學系女學生漢娜與地質系學生米海爾邂逅相遇，不久便結成眷屬。婚後，米海爾潛心學業，掙錢持家，卻忽略了妻子的感情追求。往昔的一對戀人逐漸產生距離，美麗而感傷的漢娜不禁失望、痛苦，進而歇斯底里……作者在開篇便使用女主角的口吻寫道：「我之所以寫下這些，是因為我愛的人已經死了。我之所以寫下這些，是因為我在年輕時渾身充滿著愛的力量，而今那愛的力量正在死去。我不想死。」這段極富抒情色彩的文字在文中幾次出現，一唱三歎，動人心弦。

單純視為一部愛情小說，《我的米海爾》可能只是普通之作。但它不僅侷限於對婚姻與家庭生活的描寫，正如艾默思．奧茲所說：「若問我的風格，請想想耶路撒冷的石頭。」耶路撒冷的石頭具有許多層面，負載著深厚的歷史積澱。在猶太人的心目中，耶路撒冷是一座極富歷史感的城市。三千年來，迦南人、亞述人、巴比倫人、希臘人、羅馬人、猶太人、穆斯林、十字軍相繼征服過這座城市。第一次世界大戰後，耶路撒冷成了英轄巴勒斯坦首都。巴勒斯坦分治後，耶路撒冷成為一座國際型城市。直到一九六七年「六日戰爭」，這座古城才重歸猶太人所有。

作為猶太人，艾默思．奧茲對耶路撒冷充滿深情。「我愛耶路撒冷是因為我出生於此。」

「這是我出生的城市，我夢幻中的城市，我的祖先和人民癡心嚮往的城市。」但在奧茲心中，耶路撒冷「從未真正成為以色列國家的一部分」（引自《在熾烈的陽光下》，艾默思．奧茲著）。在《我的米海爾》中，奧茲不只一次地寫道，耶路撒冷是座讓人傷心的城市，並借漢娜之口道出，「那不是一座城市，而是一個幻影。四面八方都是山。」「我出生於耶路撒冷，但我卻不能說耶路撒冷是我的城市。」小說把耶路撒冷比作被圍觀的「受傷女人」，暗示其處在阿拉伯世界的重重包圍之中。漢娜到北方基布茲過逾越節時，為不再受耶路撒冷的困擾而感到輕鬆愉快，甚至對這座古老的城市心生恨意。將耶路撒冷置於否定的層面上進行抨擊，這在猶太作家的作品中確屬罕見，足見作家「愛深恨彌深」的情感。同時，作家又把筆端伸進耶路撒冷的神祕生活之中：冰冷的石牆，幽深的小巷，令人眩目的日光，喧囂嘈雜的市場，黑漆漆的森林，灰沉沉的天空……婚禮上的踩玻璃儀式，希伯來大學校園內陰冷的建築，街上神出鬼沒的小販，教會學校的孩童，悠揚的教堂鐘聲，獨立日，西奈戰爭，住棚節，逾越節等等，這一切不僅為我們展現出五〇年代普通人的日常生活，同時也描繪出那個亂世之秋的社會場景。《我的米海爾》確立了艾默思．奧茲在以色列文壇上的重要位置。小說透過女主角漢娜的眼光觀察世界，感受人生，手法上匠心獨運，行文流暢自然。漢娜自幼與鄰居家一對阿拉伯雙胞胎青梅竹馬，雙胞胎任由她支配，能夠滿足她的強權與施虐意識。但結婚之後，她從丈夫那裡得不到這一切，於是她絕望、抱怨、發洩，近乎歇斯底里。漢娜的性格本身具有很多弱點，但是奧茲採用女性口吻敘述故事，展開情節。如此豐富地表達出女性意識在現代希伯來文學史上堪稱獨創。

著名希伯來文學評論家格肖姆．謝克德認為，《我的米海爾》帶有明顯的自傳色彩。多愁善感的漢娜有些像奧茲的母親。奧茲承認，他的許多作品中均有自己生活的影子。在創作《我的米海爾》之前，小說中的許多人物便在他的腦海裡徘徊很久，卻又揮之不去，令他整整花上近三年時間進行創作。

另一部帶有自傳色彩的小說是《費瑪》。這部作品佈局精巧，情節始於一九八九年二月十二日星期一凌晨，到一九八九年二月十七日星期六安息日結束。主角費瑪是一位五十四歲的離婚男子，在一家婦產科診所做接待。費瑪年輕時是個詩人，其詩作深深感染著耶路撒冷的讀者。他稱自己是百分之百世俗的猶太人，但卻篤信希伯來神祕哲學，感覺整個世界上充滿著上帝的靈光。他博學健談，關心政治，尤其是關心動盪的以色列現實，喜歡與友人在咖啡館談論現存體制，研究詩歌。與奧茲一樣，他也篤信以阿和平，但是父親巴魯赫卻是個右翼極端分子。費瑪意識到，是因為母親的過早離世才造成他與父親之間情感上的隔閡。每天夜裡他在夢中辨認母親的形象，早晨起身記下自己的精神活動歷程。

在某種程度上，費瑪堪稱奧茲的負面角色，所以顯得比較愚鈍。他在思想上是個英雄，但在行動上卻是個反英雄。如果人們接受他的建議，那麼他無疑能夠解決以色列所面臨的問題，成為舉世注目的詩人。但這個世界卻背棄了他，他「感到自己的靈魂已死」，缺乏雄心、信心與自我興趣。用他前妻的話說就是「什麼也不愛」。在他看來，「愛情必然導致災難」，而「缺乏愛情」又會造成「屈辱和傷害」。他和妻子在一起時缺乏激情，但把妻子趕走後又覺得心神不寧。

奧茲用傳統小說敘述方式，把日常瑣事、政治見解、耶路撒冷的現實社會融為一體，展現出個人與社會、性慾與政治、夢幻與現實、善良與邪惡的衝突。他不僅表現當代世界，而且追溯古老的以色列文化傳統。

小說的希伯來文原名為《第三種狀態》。作品對此進行了相關描寫：連綿的陰雨過後，太陽噴薄而出。星期五耶路撒冷的早晨，一切猶如創世之初，這美妙的景觀刺激了費瑪，使他頓悟出在「沉睡」與「清醒」之間存在著「第三種狀態」，「第三種狀態」具有哲學意義。奧茲曾解釋說：「『第三種狀態』不僅指夢幻與現實之間的狀態，也是喀巴拉祕教所提到的中和狀態，是對不需要做任何決定的世界的渴望。如果讓費瑪在散步和打盹間做出選擇的話，他很難做出決定。睡覺固然愜意，但散步也不壞。最後，他決定穿睡衣散步，於是皆大歡喜。」「這也代表著對一切矛盾歸於和諧後某種複音狀態的渴望。這是小說中的一個深奧問題。」（引自一九九三年十月三十日艾默思·奧茲訪談錄）總體上說，《費瑪》是艾默思·奧茲九部長篇小說中最富哲學色彩的一部小說，進而被稱作「宗教小說」。

構成《費瑪》小說中的另一個主要內容是費瑪與女性的關係。艾默思．奧茲擅長描寫家庭生活，對女性形象的塑造是他所有作品中的一個重要現象。一九八九年，奧茲發表了一部長篇小說，提名為《瞭解女人》，產生很大迴響。小說的主角約珥是以色列摩薩德組織的一名特工人員。作品寫的是一個風雨交加的夜晚，約珥的妻子伊芙瑞婭觸電而死，鄰居前去救助時也不幸身亡，從此謠言四起。約珥提前退休，搬到台拉維夫，與岳母、母親、女兒生活在一起，養花，烹飪，為女人們操持家務，與自己並不愛的女鄰居交歡，經常坐在電視機前入睡，最後到一家醫院當了一名義工。

作為摩薩德組織的一名特工，約珥曾經不相信一切人，不相信一切事。退休後，他盼望把自己解析人的本領轉入剖析他所忽略的家庭世界。觸電而死的妻子，患有癲癇病的女兒，以及年事已高、身體欠佳且總在喋喋不休的岳母和母親，她們究竟是怎麼回事？於是他全身心地去瞭解生活中的女人。小說書名《瞭解女人》出自《舊約．創世紀》第四章第一節〈亞當瞭解夏娃，他的女人〉（中文通行譯本均譯作〈亞當和夏娃同房〉）。瞭解女人的過程實際上也是約珥尋找自我真實、追尋生命意義的過程。約珥與妻子共同生活了二十年，不忠似乎已經成為習慣。他把自己的全部心血奉獻給了自己的國家和義務。退休前夕，約珥曾被老闆喚去，要求他到曼谷尋找一名恐怖分子的前妻，他拒絕了。接替他前去執行任務的同事落入了陷阱，慘遭傷害。約珥以前背叛了家庭，而今又覺得愧對以色列。一個人把終生貢獻給了神聖的生活，其結果卻是一種失落。他是否要對妻子的事故、女兒的痛苦、同事的死亡負責？所有這些問題懸而未決，對讀者無疑是一種挑戰。

以上介紹的五部作品向讀者展示了奧茲創作的總體風貌。奧茲一向推崇希伯來文學大家阿格農、布倫納、別季切夫斯基等人的創作，酷愛俄羅斯作家杜斯妥也夫斯基、托爾斯泰、契訶夫及美國作家梅爾維爾等的作品。他的創作手法與敘事技巧主要得益於上述文學大家的影響，他用說故事的方式向我們娓娓動人地描述當代以色列人的生活，「語彙極其豐富」。

近代希伯來文學自復興以來湧現出許多優秀作家和詩人，但綜觀整個希伯來文學發展的脈絡，所描寫的基本上就是形形色色猶太人的艱辛歷程。有些評論家認為，希伯來語和意第緒語作家所探討的不是「個人的意義」，而是「猶太人的意義」。在他們那裡，語言已不單純是一個載體、一個工具，而是一種文化。作為上一世紀六〇年代登上文壇的「新浪潮」作家的代表，艾默思．奧茲一方面注重描寫家庭生活，剖析人生，揭示人的內心世界，同時又受到集體潛意識的侵擾。用他自己說的話說：「倘若這種歇斯底里的猶太人情結非常堅固，沒有它我又怎麼能夠生活？我又怎能放棄這種對集體共振與部落情結的沉溺與迷戀？如果我將這毒癮戒掉，我還剩下什麼？我們豈能過普通、和平的生活？我們當中誰能？我不能。」（引自《在熾烈的陽光下》，艾默思．奧茲著。）在他看來，一個希伯來文學作家不可能只為愛情而描寫愛情，不可能只去描寫人類的整體情況。從這個意義上我們則不難理解艾默思．奧茲作品的多層面特色，從其流暢舒緩的字裡行間發掘出凝重與深邃的意蘊。

艾默思．奧茲不僅是一個天才作家，而且是一個出色的社會活動家。他一直呼籲以阿和平，親自參加過一九六七年的「六日戰爭」和一九七三年的「贖罪日戰爭」。他不但撰寫長、中篇小說，而且寫有大量的政論及隨筆，題材包羅萬象。時至今日，奧茲的作品已被翻譯成三十餘種文字，譯介程度之廣在以色列當代作家中僅次於耶胡達．阿米亥。其作品在歐美世界亦迴響很大。國外對艾默思．奧茲的研究已深入到社會學、心理學、文化人類學等各個角度，可謂仁山智水，妙論迭出。

木馬文學 117

我的米海爾
My Michael

作　　者：艾默思・奧茲 (Amos Oz)
譯　　者：鍾志清
總 編 輯：陳郁馨
副總編輯：簡伊玲
行銷企劃：廖祿存
校　　對：陳佩伶・廖祿存
封面設計：陳文德視覺設計事務所
電腦排版：中原造像股份有限公司

社　　長：郭重興
發行人兼出版總監：曾大福
出　　版：木馬文化事業股份有限公司
發　　行：遠足文化事業股份有限公司
地　　址：231 新北市新店區民權路 108 之 4 號 8 樓
電　　話：02-2218-1417
傳　　真：02-8667-1891
E m a i l：service@bookrep.com.tw
郵撥帳號：19588272 木馬文化事業股份有限公司
客服專線：0800221029
法律顧問：華洋國際專利商標事務所 蘇文生 律師
印　　刷：中原造像股份有限公司
初　　版：2017 年 9 月
定　　價：新台幣 350 元
I S B N：978-986-359-427-7

國家圖書館出版品預行編目（CIP）資料

我的米海爾 / 艾默思・奧茲（Amos Oz）著；鍾志清譯 ,-- 初版 ,
-- 新北市：木馬文化出版：遠足文化發行 , 2017, 09
面；公分 ,--（木馬文學；117）
譯自：My Michael
ISBN 978-986-359-427-7（平裝）
864.357　　　　106011910

ECUS

ECUS